棉絮

荡马路

收音机

茭白

单调的年月，记忆会更丰富

心火上攻

大自鸣钟

汰衣裳

短袖女工　　吃酸

新酒

琴心　　发噱

史密斯 SMITHS 船钟

不长肉

矿洞

在这特殊观照中，旧物才最有光辉

看澡

白皮琴

掸灰

imaginist

想象另一种可能

理
想
国
imaginist

洗牌年代

金宇澄 著

上海三联书店

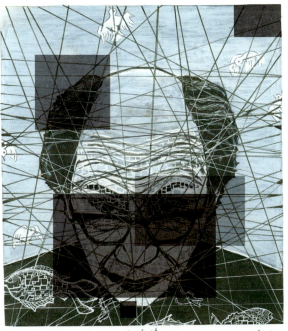

A·P   自画像   20.5

目　录

上
辑

此河旧影

日光

每当日光爬到长寿路桥堍，沪西一带男工女工，已经踏上苏州河的大小桥梁。

上海人称河叫"河浜"，面孔朝南，走过苏州河这条"河浜"，进入南岸工厂。

安适，井然，静然，从一而终，笃定。

时代如此，小学徒，师傅，师娘，师傅的师傅，一早起来"做人家""过日脚"——勤俭节约，兢兢业业，自带小菜，新工作服工作鞋，就是出门打扮的行头：八成新蓝布工装，配"中长纤维"面料长裤，钳工专用全新蓝布轮胎底工作鞋，或黄绿颜色专业电工胶鞋，同样是令人羡慕的岗位表征。

女人也一样，裁剪缝改的藏青色工作长裤，烫出两条裤线，一副"走亲眷"神色，包里带有织了一半的纱裤或者纱衫——工作手套拆的白纱线团、老式绒线棒针、新式环形针，记得工余织几针，洗一点小囡衣裳，工间休息的每一分钟全有计划，溜进厂托儿所里抱小囡，到车棚里揩自行车，上工路上已经仔细想明白，一路留心脚底的烂泥、茭白壳，瞄一眼河浜风景，不知不觉走进车间，换下这一身打扮，掸灰，挂到铁丝衣架上，更衣箱里真正的工作服，一般洗得发白，打有补丁，干干净净。

男工抬脚朝桥上走，袋里放一包飞马牌、光荣牌香烟，工厂的陡峭河岸，水塔，烟囱就在眼前，心里盘算还剩几天加班，棉纱是好，还是不好，17号车有毛病，夜班一个叫梅珍的女工像似对自家有意思……通常就这样一转眼的工夫，人已经与桥及河流景致脱离，走到浜南，走过北岸通到南岸的这段路程。

桥南盘踞了这批男女为之谋生的大小工厂，墙壁、房顶完全发热，发烫，发抖，迸发蒸汽、尖叫，日夜三班，24小时开工。国棉一厂、六厂早早已经敞开大铁门，莫干山路路口，整一座悬崖式"申新九厂"大楼，窗栏外钉有锯齿状挡板，每个尖牙、每条缝隙里飘动白颜色纱花絮，电线杆每一根木刺、螺丝钉，飘飞蚱蜢或者白鸽的翼状纱絮，机器彻夜轰鸣，巨型通风口嗡嗡嗡嗡吞入早春河面的湿雾，唾吐一阵阵白棉纱气味，机油气味，短袖女工的气味，气味一层一层，可以分别，瞬间搅散于马路和河堤之间。不管外面几点钟，是阴是阳，是落毛毛雨，是晨昏、午夜，路人走过车间边门，望见里面永远是哗哗作响的机器，雪亮耀眼的日光灯海洋。

　　此刻，桥旁停靠的大小航船和驳船上，一个乡下女人弯低身体，从挂满白霜的船篷下拖出晦暗被褥，爬到岸上去晒。小囡穷哭，农村褐黄色紧毛草狗，立定于狭窄的船舷，嗅辨城市晓风。港监的汽艇威猛开过来，响亮告诫前方"嘉字0032号"拖驳减速，黑酱油色河水重新滚翻白沫。一少年立于防汛墙的水泥堤上，手拎铁皮水桶，与朝阳成为一片剪影。附近"船民专给水站"围拢了人，河堤每一条铁梯结满冰凌。五个女船民蹲身接水，丝毫不觉辛苦，不懂水冷风寒，每趟航船驶进沪西这一带复杂多变的河道，这些女人必定直挺挺立于自家船头，戴一块红、黄、翠绿或宝蓝色醒目头巾，让船尾自家男人充当掌舵标尺，现在，女人失却了唯一亮点，两腿岔开，蹲得低，臀部宽扁臃肿，背对了沿马路的小烟纸店，乌鸦一样聒噪。

　　一个男船民端碗持筷，坐于船头棉花秸柴上大口扒着稀饭薄粥。市声里的寒气，回荡于水面和附近的桥洞里，摇晃不停。作为船家，一生就是这样早餐，自以为是，自有规则，处身于紧贴河流的位置，习惯水平视野，熟悉沪西的水上世界——以这种角度看出去，与长期行走岸上、俯观河景的市民不一样，苏州河于梦中，于现实印象里，也就是各种桥洞，红漆涂写的大小水位记号，陡峭灰冷的河堤，系缆铁环锈湿滑腻，工厂烟囱插入云天，河面贴近，日夜随了船身浮晃，漂移，逼仄，辽阔，嘈杂。

由此一路朝西，直到周家桥一带，全是船家常来常转所在，一路有几处湾，多少码头支流，心里烂熟了；大洋桥附近算支流，桥洞低矮，如果夜船脱了缆，漂移到桥洞之下就容易闷桥——涨潮时船身让桥洞罩住，甚至压扁沉没；即使桥洞上方"当心闷桥"的铁皮标语已生苔藓，心里也记得。东边昌化桥潭子湾一带，饱含了乡下小镇风致，岸上人口大多是习惯了苏北话，间杂上海口音，淮扬口音，上海话夹掺苏北话——这地段向来与苏北乡镇生发最执着、最有乡土情怀的感情，部分船民无须哑辨滋味，粗听满耳凹凸不平音节，细想一想也算是同语同宗了，心里就欢喜，乡音到此根深叶茂，继承代代传承之力，极其亲切，人也就爽快相认个把的岸上黄奶奶、李阿姨几门干亲，结识修车摊老王或大饼店老张——这就是上海工运历史里最著名的潭子湾了，几代移民到上海的第一登陆处，苏北乡人皆知的温情上海河岸，于城乡之间，坚如磐石，也若即若离，早潮时淹时现、大众心里最当然的一块息壤。

音乐

沪西苏州河，紧靠沪杭铁路线与中山北路，是一河、一铁道、一路并列，朝西延伸到中山桥方面才错开——铁路扭头南行，跨越老铁桥，河床则转朝周家桥、北新泾方向，各走各世界。

沿河这一带，船与火车互不相干，也憬然在目——岸上一旦地皮震颤，就是火车临近的征兆了，船民木知木觉——舱板并不传递车轮震动，河床低陷，挡有混凝土防汛高墙，与铁路隔有高低的民房、油毡棚户、杨树、丝瓜架、水塔、沙石抓斗，装粮食、垃圾的行车吊车，火车看不到船，船看不到路基上的火车，船家只听到声响，晓得有了变化——时常是等火车喧嚣奔腾，凶蛮逼近，几乎零距离，隔了棚户冲来，似乎撞毁堤墙，有闯入河中的错觉，船民毫不慌张，晓得自家船队与附近长长的快班货车，齐头并行，只一会工夫，也就远去。尤其是退潮时分，船家看不到黝黑的机头锅炉、红漆动力车轮、喷射阀门蒸汽的管道、司机面孔，车身也让棚户瓦垄、鸽子笼、晾挂衣被、裤袜、鳗鲞、草席、杨柳、梧桐、豆制品厂、中粮仓库砖墙遮挡。无风之日，船家手搭凉棚，望到一股直立烟柱由杂乱黑瓦、爬满野刺藤的山墙头上快速移过，上升、弥散、离开，就是火车的全部影像，假如司炉加大风量，黑烟更黑，带了粉煤屑的烟气飘撒到河面上、水葫芦上、船篷上、船尾破搪瓷痰盂里种的朝天椒上、行灶刚刚烧好的白粥上……不管船与火车并行、交会、背道而驶，永远不相为谋的态度，船队是永远平心静气，只接受慢风景，

中山北路

苏州河

沪西苏州河紧邻沪杭铁路线与中山北路，以一河一铁道一路并列向西延伸·1990

火车则一蓬烟，负心郎一样快捷离开，世界才有安宁。

到了夏季深夜，火车与驳船的汽笛声，顺正南风可送出十余里，滑入每一家敞开的南窗、发烫草席、居民男女燠热昏黑的梦中——那会生发多少夜车旅客的回忆呢，汽笛嘶嚎和哐当声里，床脚像颓然跌落到了铁轨里晃荡、加速、颤抖，最后也就于幻觉中疲惫醒来，看一眼挂钟，摇几下蒲扇，揩汗，吃冷开水、大麦茶……远听的火车鸣叫，是带有心意难平的激进姿态，尖锐的高音区，英武、急迫，也孤愤无奈，集聚为就寝的记忆重点，紧接是低音部，复杂浑厚的船鸣，一种安抚支持的屏障，单双簧管柔和短音，悠扬的法国号开阔而平静，轻度麻醉，交错、回荡，化为了一体，音域多么丰富、柔和、耐人寻味、持久，传播更远、更北，抵达大场镇以北无数的黄瓜棚，栽满"夜开花""落苏""洋红番茄"的田垄，船鸣宽宏忍让，有如城市的胸怀与静思，通常比火车高音低一到两个八度，最后，终于全部弱下去了，消弭到了更远的水田和革命废除的"联义山庄"碎裂墓碑、柏树丛中了。

苏州河整夜生发城市鼾声，夜航船与夜班火车并不比赛，不为炫耀，船队牵引数百吨棉纱、稻谷或者粪便，吃水深达船舷，蜿蜒于"之"字形的沪西复杂河湾，桅灯闪亮，手提喇叭如梦呓重复，提醒每个舵手与迎面来船，避让数不清的桥墩。附近同方向开行的火车，只装了一腔昏沉旅客、快件行李邮包，反复接近与离别这座夜城，司机一路倚窗瞭望，照例长时间鸣笛，提醒道口值班员，黑白相间的隔离横木落下来，上方电铃叮叮作响，道口值班员是"李玉和"打扮，拎有红色号志灯，徘徊于午夜空无一人的道口中央，期待火车到来。

这时期的子夜，如果立于江宁桥堍北岸的道口，就会发现涨潮了，夜航拖驳裸露于河堤上方，缓慢移动的桅灯滑过潮湿河风，异常立体，附近几辆装满蔬菜的"黄鱼车"正艰难上桥，车主属于有力有胆的草民莽夫，肩膀套有坚韧的帆布带，一寸一寸将沉重菜车拖到桥顶，稍作歇脚，然后半身悬于车外，飞一样冲向桥下的澳门路去，一路迸发出被追杀、被严刑拷问折磨才有的凄厉、非人声的叫喊，这类菜车不设刹闸，无车铃，单靠喉咙发出毛骨悚然的警示——"丝不如竹，竹不如肉"，与此同时，总有一两位夜不归宿的路人，附身动物一般踯躅于下坡道旁，待菜车疯狂冲下桥，也就于路灯光晕下，抢拾震落的黄瓜和小棠菜。

夜如此之静，如此黑甜、辗转难眠，如此一刻惊险，如此合理。到了清晨，这一带无数道口的铁道值班员也照样全神贯注——每个道口通向苏州河大小桥梁，火车来时，人车静立于黑白栏杆旁，观看绿兽一样直快列车狂飙而来，卷起一地灰雾……每天一早的日常画面，就是清晨七点正，人人都明白看清楚车中全部乘客齐刷刷站直，路人不由也站直身体——飞快掠过的每个车窗，无数乘客直立的身体，男、女、老、少、高、矮、胖、瘦，僵立的身体，飞过的身体影像，看不到头脸小腿，只是一扇扇的车窗，身体，身体，身体——全国同一时间段，全体乘客收听广播"早请示"时间，乘客全体立正，朝意念中当时的伟大领袖直挺挺致敬，飞驰火车举行全国清早的统一隆重仪式。道口的人群也静止立正，巨大的火车头犹如猛烈捶打钢轨的铿锵表面，一刻不停歇，敲断了气的定音鼓、大锣，哐当哐当一齐擂响，振聋发聩，然后，呼啸远去了，远去了——回应这番如雷电快板的，始终是低音提琴与法国号的和缓情感——附近航船们宽广、浑厚、稳重的低声部。

风景

河与铁道旁就是宽大的中山北路，每天早晨，有一长列整洁蓝色卡车、前后警卫车拉响警报，由西朝东簇拥而来，由江宁桥路口折向北去——据称这就是曹杨路桥（旧名三官堂桥）印钞厂装载新钞票的货车，每天这个时间，八点半左右在此亮相转弯，于涌往江宁桥密密麻麻的自行车流之间，严密警卫，装满崭新连号钞票的高大车辆，阳光美丽而肃穆，按照民众百姓的猜测，这车队里起码有一到二辆是空车，摆一种样子，里面不会有一张新版十元钞票，由此掩护着真正的钞票车，以防不测，大人物出门规矩，同样是一长列的车队，看不出哪一辆里坐了真正的"帝皇"……待它们远去，整个十字路口弹簧一样"嗡"地恢复了喧嚣的市声，拭净记忆一般，人车继续朝南涌去，淹没瞬间留下的空白，脚踏实地向前的精神，一天开始了。

运钞车每天从曹杨路桥北岸出发，顺苏州河的武宁桥、宝成桥、西康桥，一直向东，然后朝北转折的地点，就在江宁桥附近，仿佛是纸币厂与铸币厂生发的某种引力，双方于此作一种短暂回眸，这等于冥冥中钞票与硬币一辈子的初谊。江宁桥的铸币厂是上海一条历史脐带（旧名洋钿厂桥、造币厂桥），桥东栏杆一侧，等于一条参观厂区的游览路线，桥上行人无法回避下方这座大英博物馆样式的著名造币厂，此地虽与上游印钞厂同样宁静，也可以想象内里的喧腾——整日吞吐大量耀眼的崭新硬币，发出不寻常的哗啦声，附近住有这家厂的员工，某日收电费阿姨摸出新版白银般的一元硬币讲：晓得吧，这就是新出的一块洋钿（一块钱），不是一角哦。女邻居坦然答道：当然晓得，我每天就是做这只生活——每日每天，阿拉就吃这碗饭，晓得吧，这就是我做的"一块洋钿"。她往往如此自豪。

沪西 W 状的苏州河，是这一带连续几个河湾，它的美丽南岸和北岸，因为河湾曲折呈现的孤岛般左岸与右岸，都是城市背面。如果是在巴黎，将是建立荣军院或者圣母院的地方，而这一带南岸积累的只是厂，厂房，寂寥厂房，时光使洋灰色彩逐渐和顺，上世纪各式砌法的西式清水山墙，檐饰，铁皮水落管，窗台缠枝线脚细节，手造铁栅，搪瓷铁皮路灯罩，厂长室二十年代转椅，沉重笨拙的财务间银箱，都在慢慢斑驳，霉变，腐烂与死亡，隐入到黄昏里。河水流经寂静岸壁，已如天成石崖。宝成桥一带的宽阔河道，两边的厂、旧屋、树、河畔和厂房攀附黑沉沉的爬山虎，都可做沉思状的美景。暮色四合时分的1990年代，如果走上这座人行小桥，可以游历那般凭栏，东面是河湾，再过去，便是西康桥了——前方定然有更多的桥和船，但这头看不到，河似乎流到了尽头，看不见前方流去了哪里，但会听到船就在前面鸣号，看不到船，有时它就拐过来，大马力拖轮，仿佛水下河怪那么突然浮出，冒出高翘的船头，髷口样子分开的白浪，携带柴油引擎巨大的轰鸣，逐渐近来，牵引列车一样长长拖驳庞然变大，终于，眼睛从眺望改为观望，改为俯视，八艘高广的驳船，朝天袒露被掏空的腹腔，死一样麻木，头尾相衔，逐渐成了平面，顺从，蜿蜒，穿越脚下的宝成桥，给观者时光飞逝的感受。

桥南叶家宅的窄巷方向，听到一句邓丽君甜糯的音乐，然后被晚风带走了，小饭店的铁勺叮当作响，吃过夜饭的人家，便是洗牌的哗啦声，本滩的调门，江淮戏的调门。燎原电影院的舞厅就要开始卖票，乐队成员如果家住徐汇，此时应准备骑车出门，牙膏厂的味道从南面飘来，刮西风就是三官堂桥塆造纸厂的刺鼻纸浆味。天在暗下去，武宁桥轧钢车间的出炉钢锭，此刻应该更红更耀眼，河水相对凝结，远看那些点灯静泊、一簇簇的船家，逐渐发了黑，弱小下去，将要被河岸的石壁吞灭；知道接下去的时间，河上的行船就少了。

还没来得及入画，沪西的苏州河，已经褪尽这副熟悉的老脸，以往风景都朝东边流过，流失，不能回头。过去模糊嘈杂，响亮的光，墨沉沉的暗，杂乱的倒影，原以为一直纠缠河岸的平凡和民生，无数大钟样的悬空抓斗，黑铁的指缝遗漏和挤压掉多少时间和年龄。船民给水点，锈蚀扶梯，垃圾码头，粪码头，中粮仓库，棉花码头，三官堂桥造纸厂的稻草堆栈，"盘湾里"砂石码头，船家，每夜的灯火，小雨中密盖的草民船篷，船缆，行灶，炊烟，都将不再；这一段沪杭铁路也早已消亡，更难有人记得，当年它曾经的立体感，它的凌乱嚣张和它的跋扈。

上文所提八桥，由东排至西列有：长寿桥、昌化桥、江宁桥、西康桥、宝成桥、武宁桥、曹杨路桥、中山桥。

锁琳琅

当年一位弄堂理发师，经常提到店里有三个铸铁转椅，"大炼钢时代"让上级领导拖出去化成了铁水，从此就改用木椅子，作为理发师，他一直觉得很没面子。

当年上海的弄堂理发店隔壁，往往有"老虎灶"、裁缝店。理发店一般不生炉子，由老虎灶送热水。

阿强常为父母看守老虎灶，帮理发店送热水，时也克扣水钱，灶上有个铁罐，一旦父母不注意，阿强就"五爪金龙"，抓了角子就跑。

逢年过节，店里照例生意兴隆，理发师老李请阿强在底楼"前进"理发店帮忙，为女人拧毛巾，拆卷发筒，火钳烫刘海。

当年多少女人的腻滑颈项，在椅背、水盆前面低垂丰隆的细节，纷繁热闹、吐气如兰的场面，现在想想阿强依旧感到神往。老店渐渐老了，西洋老地砖让几代人绣花拖鞋、皮拖鞋、夹脚拖鞋、广式木拖板、"烧麦头"、"丁字"、"松紧鞋"磨去了"洛可可"纹样，留下云霓状一片死灰。

也只有阿强晓得，这块地方是本人的青春化境，是自身年华飞度的客厅，这里曾经出入过多少1970—1980年代弄堂美女、菜场风流少妇、女店员、独身女子、时髦老阿姨、"老妖怪"、出格女生（时称"赖三"），种种笑貌鬓影，阿强烂熟于胸——从哪一年哪一天起，店里逐渐就消失绝灭爽身粉、钻石牌发蜡的气味了？多亲切的女人的味道。生意逐渐逐渐清淡，店里的猫也老了，当年几个察颜辨色、油嘴滑舌的师傅也已经木讷迟缓，闲来不再拈了兰花指，对镜细梳日益稀疏的白发，天晓得，他们曾经都留有那种锃光油亮、"梁波罗"式的分头。再以后的以后，老派铸铁白珐琅理发椅子，老式钢丝烫头罩，本白补丁布围兜，"胜家"白铜电吹风，秃毛白鬃肥皂刷，美式趟刀布，老牌德国剃刀，"三友"花露水及其他的名堂，都于某一时某一刻忽然消失了。这个玉石俱焚的年月，正也是阿强供职的国营工厂关门大吉之时。

"前进"理发店让民工叮叮当当改作"美美"洗头店的那个夏天，沪西数家大型纱厂正也叮叮当当"压锭"，砸碎大量的纺机，转眼之间，阿强同样熟悉的辉煌车间，变成了一堆垃圾。

如同当年千千万万朴素的爱恋样式，阿强痴迷过邻居的女人或女儿，先是来娣，而后刘美萍，还有隔壁弄堂小红，长他四岁的大花瓶林丽丽等等。这些女人堪为无果之花，有看头，有颜色和香气，有情有义，但缺少姻缘，不结仇，却有根蔓，也有日后持续生发的无穷等待与可能。林丽丽结婚十五年后，与阿强小心翼翼约会了多次，腰身肥硕许多，也灵活有力许多，两人时常去廉价早早场（7:30—9:30）的集雅舞厅，结结实实跳了几次舞。

　　当年阿强每一次下中班，是打开理发店前门上楼的，比走后弄堂近，他有钥匙。小店晚上七点就打烊了，他关了门，独自停在店堂中央，弄堂的路灯光斜照进来，一面一面镜子闪过年轻的侧影，荡漾女人的发香。理发器具和所有的杂物都锁入柜里，只有镜子和理发椅遗露在外。有时他就在椅子里坐下，转动把手，椅身斜靠下来，如修面那样躺平。很静的夜晚。3号沪生家收音机唱《红灯记》片段，顶上响动，有楼板缝隙泄漏的光，移动痰盂的声音和流水声，他晓得二楼邻居新娘子来娣已睡醒起身了，这样的空间结构，声音不算秘密。他晓得她床榻的位置，拖鞋和文胸放在哪边，有时，他意识来娣正透过楼板的裂隙，静看下面他仰脸假寐的姿势。她告诉过阿强，这是最难忘的景象了。来娣是通宵公车的卖票员，如果赶去上班，如果船员丈夫睡得死，或离家出海，她就蹑手蹑脚乌发蓬乱下楼，在离店门最远的阴影里，紧靠理发椅子和这个小学徒亲热缠绵良久，这是阿强印象深刻，一生都引为源头的宝贵初恋。

　　有很多夜晚，阿强就这样躺在空无一人的店堂，躺在闸北民居深处这块安静地方，像被催眠、禁锢在理发椅里，四周多宁静。耳中继续一阵阵纱锭嘈杂，最后消散了。

他把椅子调整到原来角度，经过混合了去污粉气味的洗头池，打开昏黄的电灯，陡峭后楼梯就竖在眼前。二楼是来娣家和美萍家，开启三楼家门，五斗橱上的三五台钟敲了一下，十一点半，也许十二点半。眼中前、后楼的三层阁，双老虎窗，是阿强住所。父母弟弟通常都睡了，方桌的纱罩里是一碗泡饭，剩菜，煎龙头烤，或新蚕豆。

美萍算是阿强第二个女友，毕业分配是安徽兵工厂，暂留上海培训一年。有一次两人下中班，就在深夜的理发店里，不知怎么抱在了一起。

美萍是美人肩，藏青对襟棉袄，皂色平针绒线领圈，深咖啡罩衫，米色开司米翻领，简单干净，骨子里考究精心。理发师老李说，美萍有"小孤孀"的冷。阿强知道，她身体也真是冷的，薄棉袄内只穿了一件棉毛衫，裹紧冷冷的细圆身体，她不冷，一定也感觉冷，拉住手臂，阿强感到她的颤抖，她的心一直也是冷的，知道留沪只有一年，从来不对阿强啰唆什么，但她的上海确实是没有未来的，是完全肯定的。在夜晚的理发店，镜里这对昏暗的年轻男女陌生对望，相看良久，都缺少表情。阿强为她拢头，烫刘海。美萍的白手如葱，经常出现在黑色的镜子里。她在厂里学的是加工铸铁件，学做粗车工，这是相当龌龊的工种，钨钢刀头碰到飞转的铸铁，就腾起一阵黑雾。她戴口罩、帽子，绝对珍惜自己的一双手，对婴儿那样当心，已经是要手不要命，一直违反车间规定，戴手套开车床。她私下里讲，就是给机器卷死，也要戴手套。理发师说，刘美萍的手，弄堂里是排第一的，如果她是外国明星，就要买保险，可惜是工人丫头的命。

刘美萍和轻佻的小红，最喜欢荡马路，两人无心无脑，挽了手出双入对，像做一件最要紧的事，她们只要走到马路上，走过新闸桥，后面就有盯梢，她们认真走路，步态一样，低了头不理不睬，笑不露齿。

有次她们刚刚荡到南京路大光明电影院门口，盯了五站路的两个男青年就上来搭讪，当时只开口讲了一两句："……小阿妹"，或"……妹妹"，只要刘美萍小红一回头，身体有反应，前后有一问一答的神态，不管表情是不理不睬，还是略显风骚，跟了几站路的几个"暗条"也就忽然扑上来，当场抓紧，使这个地段聚集了大量路人围观。四个人，两男两女，各自用细绳子扎紧一对大拇指，押到附近人民广场派出所去审查。走进里边，就喝令男青年坐到水门汀地上，袋里所有东西一件件慢慢摸出来仔细盘问，比如摸出一块手帕，审问：是不是想为女人揩嘴巴？揩过几次？摸出一卷桉叶糖，先数一数少了几粒，审问：是给哪个女人吃的？是放到女人手心里，还是直接放到她嘴巴里？不讲，一记耳光。美萍和

记忆 · 1975

小红极紧张，怕两个青年瞎讲，哀求派出所的阿哥爷叔，费尽了口舌，表白自己根本不可能同这种瘪三，这种"摸壳"（上海黑话，即流氓、盯梢者）阿飞开口啰唆的……最后她们被释放了，讲定明早再来，每人交一份检查到派出所来。

她们许久不写字，对于回家写检查，深感庆幸，也很担忧，匆忙赶到阿强家里一一复述，阿强坐于破八仙桌对面发呆，文理不通，纸上踌躇，戳戳点点，绞尽脑汁，终于，她们请阿强吃了一客小笼，阿强最后交出了两张用"车间统计表格"写的歪歪斜斜字纸，让她们小心誊写，第二天他调了班头，陪她们去派出所交付了事。

一年后，美萍就去了安徽山里兵工厂，据说那地方永生永世在做手榴弹，很多男工人没老婆，因此上海发了一卡车女工去，据说美萍一到那边，立刻就被配了对，结婚了。再以后，美萍家调换了房子，离开了这条弄堂，也就失去了联系，阿强再没遇到过她，心里却一直记得美萍坐在理发椅里发的愿——假如她以后回到上海，路上碰见阿强，假如她抱着小孩，是一定会让小孩叫阿强一声爸爸的。

二十多年里，阿强换了不少钥匙，工厂屡合屡并，社办厂，经营部，联营合作，后来变戏法一样全部拆光了，水泥基础也连根挖掉，阿强最后归并到一个开发公司，做夜班看门，很多的大门钥匙、更衣橱钥匙在调换，只有家和理发店的锁一点没变。

之后就是，阿强的弟弟当了经理，买了汽车、两处房子，不再指望阿强能结婚，只望他可以与父母住新房子，老房出租。最后是，父母搬了家，阿强仍居此地。在弟弟眼里，家兄阿强一直是怪诞的，像关进老房子里一个老怪物。

这阶段，"前进"理发店变成"美美"洗头店，之后经常换租，但不再改变店名和"洗头"的内容了，装有粉红电灯的小店，很多年不再有女客人光顾了，却从不缺少女人驻守，但不管店主如今是谁，洗头妹们今年来自何方，都喜欢楼上的阿强，称他"阿哥"。

不上班的夜晚，他在店里喝五角一两"炒青"，和三四个贵州或者江西的洗头妹看电视，消磨时间，谈谈人生。他诚心诚意的老话就是，她们如果要让男人服帖，嗲比凶好，本店不会有正经男人光顾，不要抱任何希望，等以后改行了，不能回乡嫁人，也绝对不做"煤饼"（低档妓女），应该弄一个假文凭，到本埠正经地方上班，哪怕做擦桌子、订机票的小妹，才会碰得到心上人。最重要的是，决不透露自己的洗头身世。

这些老内容，阿强化得出无穷的谈资，洗头妹喜欢听，比较崇拜。东北老板娘和阿强也相当投缘，雨天没客人，阿强给她敲背捏颈，最后，她就端了钢精锅，到弄口万春面店买回一碗素浇面请阿强，缠绵之际，洗头妹们多数溜到阿强的三层阁嬉戏，吃阿强菜橱里的盐水毛豆，躺在床上，翻他的抽屉，看阿强历届女友的定情照片，吃他的苔条酥、鸡仔饼等小食。在她们来讲，留连这个房间，等于了解了这座城市遗留的过往回眸，丰富而杂乱，这里堆有过多的旧物，比如窗式旧空调一部，高低旧"华生"电扇两架，祖辈老马桶，铜箍脚盆，生铜痰盂，两大叠的陈年地摊杂志，壁上数幅真人大小的日本春宫过期挂历，按下开关，门口两个杂牌射灯和稀疏的圣诞彩灯珠就放光，干枯的广东金橘盆景，破旧的塑制圣诞树和发财树，嵌有"海洋世界"抬额的漏水玻璃鱼缸——都是父母搬家及邻居无法处置的"烫手山芋"，阿强还保存了他们遗下的1976年代自家打制的捷克式落地音箱，不少"文革"塑料唱片，1981年代老虎脚夹板五斗橱，以及小菜场丢弃的1983款"老板台"。两个旧冰箱，一是老家的单门"双鹿"，一是菊妹家1985式豪华"航天"牌冰箱，压缩器已坏，阿强用它做了菜橱。

光阴如梭，阿强老厂的女工同事们，早已为人妻母，她们一般是文眉，盘着干稻草一样发式，替人看门面，当售货员，或居家打麻将、做饭，跳广场舞。她们都记得阿强，称他"柴爿王老五"，时常单独或结伙登门，在他的三层阁做客调笑，也翻他抽屉，观赏春宫挂历，打麻将，开传销会议，练木兰扇，敷贴廉价面膜，试减肥按摩膏，制菜会友。来客遇到有别的女人在，也不会生气吃醋。

不婚男人，即使如何花花草草，在部分已婚妇人眼中，总是处男的美好感觉。阿强很理解这一点，只要她们需要，必也一一满足。她们都是本分人，生活单调重复，唯有面对阿强，会唤醒她们的早逝的羞赧、活跃和心愿。阿强的话是老一套，希望她们对老公或情夫恩爱和睦，这是他作为男人很可贵的一面，从来不诋毁她们各自的配偶、意中人的得失，只望她们善作思考，知己知彼，要有感情，要有吸引力，懂得"一嗲遮百丑"的硬道理。这种密友咨询会议气氛融洽，增添了她们的感动和信任。

　　某些内心孤寂的妇人，把自家的陈旧生活重做精心调整，以期与阿强宝贵的会面。在她们看来，每月能和这个单身男人相拥合欢，跳一次早舞场（票价一元），中午在小饭店喝一小杯，然后到此休息一趟，就是最理想的人生目标，下午四点钟敲过，她或者她，通常就起身告辞，急急赶回家去准备晚饭。五点半、六点，做保安的老公回来，会对厨房里忙碌贤惠的发妻道一声辛苦。晚上，这类人家的妇人，一般都是早早就寝，绝不单独出门的。

　　一个燠热夜晚，在父母家吃饭、打完八圈麻将的阿强，出门等末班车。

　　车站上只有一个妇人。久等不见来车，阿强看那妇人，她也看看阿强。窥见对方是他熟知的气质和阶级，阿强沉默一会，搭讪道：这么多物事，拎到啥地方去？对方不说话，问之再三，她低头顿了顿轻声道：——是衣裳，去汰衣裳。

她脚下有两个鼓鼓的塑料马甲袋。阿强沉吟道：到我家里去洗？我有洗衣机，独用水表，有龙头，我一个人过日子。

妇人看看他，低头不说什么。

后来车来了，两人前后上车，车厢哐当哐当摇晃，妇人拎着两个袋子，不和阿强讲话。但是，等阿强下了车，她却跟了下来。阿强在前面走，她后面跟。阿强想替她拎一个袋子，她低着头，不松手，不说话。阿强只能走，让她跟着。

午夜时分，两人在路上几次走走停停，停停走走。她都不说话，坚持自己拎袋子，跟着走，一直不说，跟进了后弄堂。

等走上三楼，两人都已经汗津津的，阿强开电扇、空调，倒一杯冰茶，拖出床底的脚盆备洗澡水。妇人也不闲着，摸到楼下搓了毛巾上来，低头擦篾席，擦枕席，后来就和阿强一样，洗了澡。房间里静，只听见水声。

远处高楼上一个霓虹灯牙膏广告，一部分映在黑瓦和窗台上，一部分在床头上打闪。阿强躺在席子上。

不久，妇人也在席子上躺下。阿强把电扇调小了一挡。

两小时以后，阿强醒来了。

天还没有亮，听到楼下水斗里哗啦哗啦的水声，他知道那妇人没有睡，她一直在下面洗衣，没用洗衣机。

他再次听到声音，天已经蒙蒙亮了，声音静了下来，隐约的塑料袋声响——她是把洗好的大叠湿衣服装入袋子？过一会她轻轻上楼来。

她离开床一段距离，站着，低头对阿强说：我走了，衣裳洗好了。

她就这样下楼，这样走了。

黄昏接近尾声，底楼"美美"的门面正逐渐沉陷下去。街区绵延的黑色瓦脊，在浑浊中演化，爬入苍茫夜色。闸北民居繁星样的黄浊灯光，发着抖，哆哆嗦嗦，点点盏盏，不断闪烁出来，逐渐化为大面积的光晕，逐渐浸染洇湿，如密集的菌丝体，细微而旺盛，这就是阿强的闸北。电台女人滚珠般报出股价，如昏呓呢喃，如咒，如诵经文。胡琴声，车铃的叮叮声。生煎，荠菜香干，油焖茭白，腌鲜，葱烤鲫鱼的镂气，一个妇人叫："小妹！小妹呀！"新闸桥上，西风里是匆匆不绝的归人。东南方面，屏风般无以计数，直插天穹的是宝顶玉宇，耀眼广告牌的明亮海洋。苏州河在阴影里凝止停当，如今驳船稀少，不再有嗡嗡的汽笛声了。

阿强一直单身，一月数天在父母家混饭，有一点小积蓄，加上有限几个工资，一人吃饱全家不饿，是满足的。

有一天，他对老板娘说，如果他是有妻小的上海男人，他这种条件，过普通男人那种生活，肯定是早就白了头发的。

注：此文曾无偿给某导演改为短片《少年血》，据说获得西亚某电影短片奖项，笔者至今未知是否注明版权。

合欢

　　大伯母在二楼房间里跪了四小时，一直哭——她在空蛋壳里塞了价值可观的钻石耳坠、翡翠戒面、拆碎的南珠项链，用橡皮膏小心封口，同真鸡蛋摆在了一起，有位革命女工以前是蛋摊的营业员，本能发现鸡蛋的分量不对，及时破获了这批赃物。得到了这个消息，蓓蒂妈很不开心，她没有想到大伯母对运动这样抵触，因此她找到了抄家组织的领导人，表示自己和大伯母不是一样的人，大伯母是因为劳苦出身，才做出了这桩"下作事体"来——原以为这样的告白合情合理，没想到组织领导人很恼怒，很反感她这种结论，因此蓓蒂妈也被拉到房间里罚跪。她顺从地跪着，不服气地浑身发抖，说她根本就不在乎首饰了，1949年后就知道，她的首饰基本就没用了。

　　蓓蒂以后再读《暴风骤雨》，地主婆把"金镏子"藏在"骑马带"里，后来当啷一声掉了下来的段落，就会想到大伯母。

　　家里已经抄了一个星期，还没有结束。革命组织上门那天是在晚上，蓓蒂父亲早已经穿了男佣的旧短衫裤，脱掉了天文星座金表，滞留在大餐间门口，等待发落。后来，他就在人群中交出钥匙，有人不小心把餐台的一瓶波旁酒摔破了，八月的夜晚，吊扇无力地旋转，瞬息之间大家嗅到了一种陶醉的气味，此时外面涌进更多的人，在这一刻，来人仿佛是掉进了另一种生活里，虽然他们一路上已有所准备，知道不是去看一场绍兴戏，但临到置身其中，突然实实在在陷入这个空间，仍像被绊了一下，产生感官的冲击。眼前的情景涌动恍惚，是不需说一个字就可以明白的。整幢楼的电灯随后一一点亮了，组织者打开花园大门，把装有锣鼓、文具、铺盖和冷饮桶的黄鱼车放进来。很多人在楼上楼下咚咚地跑一趟，脚步笨拙——他们分不清房间的格局。

　　附近的里弄都聚集了嘈杂的队伍。淮海路"万兴"（"第二食品店"，现已拆除）几个大玻璃橱窗，一夜之间摆出了大量可疑的起获物：洋酒、罐头、小瓶阿尔卑斯矿泉水和廿四支装木盒哈瓦那雪茄，布满尘垢，年代久远，甚至已经"胖听"，相互粘连，标牌脱落。陕西路的废品收购站顾客盈门，大量处理旧书旧报和胶木唱片，有些户主是被人员押过来交付这些杂物的，不能算钱。

　　盛夏时节的东湖电影院还在放映《攻克柏林》。复兴路上海电影院每到散场，还无法阻止满堂飞舞的纸扇（每个座椅背后插有此扇），那都是和蓓蒂年龄一样的男孩子从二楼观众席扔下去的。她就读的长乐中学早就停课了，她刚读完初一，看到人群进入学校隔壁的天主教堂（现址为新锦江酒店），不久后的一天，她溜进那个神秘的穹隆之下，一切的喧嚣都被瓦砾掩埋，祭坛坍塌，塑像在黑暗里躺着，它们的彩袍是一堆堆斑斓的垃圾。野猫无声行走，麻雀在飞。仿佛这里必须经历如此的死寂，才可期待日后的复活。

现已是第几个晚上了，弄堂里的工人们围在黄鱼车旁边吃饭，工厂食堂的饭师傅，负责把冬瓜汤打在多个搪瓷碗里凉着，打算早些踏黄鱼车回厂。吃完的人很熟悉地洗碗，或在门口乘凉，几个壮实的男工从楼梯夹层钻出来，脱掉满是灰土的工作服，把绳索和锤子放在地上，抽烟歇一会。他们与在厂里工作的样子基本相同，但分明不是一般的上班，他们在这幢大宅里住了几天了，已有车间那份稔熟的神情。资本家居所的疑点，如壁炉、烟道、壁橱、浴缸、通风口、楼梯、踢脚板、顶棚、汽车间、煤气烤炉、老式冰箱（以冰块制冷），都将撬开认真检查，花园里的花坛和花盆要看明白，尤其是甬道上铺的每一块水磨青砖要看仔细，如果内中杂有仿制的水泥砖，估计十有八九夹藏金条。据一份内部通报的消息，徐汇区某人住宅曾就这样起获了不少十两的大条子。户主的家具、地毯、冰箱、电视、带自动落片的电子管两用座机，已经仰仗师傅们装上卡车，运回厂里办抄家展览，或是装到淮海路国营旧货店（俗称"淮国旧"）立刻廉价处理了。

家具和钢琴冰箱都十分沉重，厂里配备有丰富经验的起重工，动用大量劳力将它们从窗口直接吊下去。

主人银箱里现钞不多，一封一封的金条留着旧时的封签，似乎从没有打开过。箱笼中有不少金银器，几桌纯银台面（银餐具）及大小鸳鸯酒壶，各式银佛及纯银蜡签、香炉、香熏、手盂、花瓶、宝塔（每座大概高一尺九寸），小孩房里的银制小玩具（纯银汽车、畜车、畜栏、桥、篷船、舂米玩偶、"过家家"什器等），都表明了这是银楼业主的家私特点。它们在六十瓦的电灯下冷冷作亮。落地钟含混复杂的叮当声，一记一记在背景里回荡。不久以后，户主一家被集中在用人的小房间里住下，其他的房间都由专人锁闭，每个门口都有人员守在地上，铺席子睡觉，这是经验性的安排。酒的气味消散尽了，整幢房子逐渐凉爽下来，夜已很深，清风穿过敞开的窗子，飘来黄浦江破碎的汽笛声，对于在此沉入睡乡的所有人来说，这一夜，都是极应记取的体验。

在革命来临前的一年（1965）某些周末的夜晚，一些时髦男女都应邀来堂兄家跳舞。如果那时蓓蒂在家，可以听见萨克斯风花哨的滑音以及客厅硬木地板上急迫的舞步。蓓蒂妈对堂兄很气恼，她告诉蓓蒂，一定要远离他们。"这些人是没有前途的。"她这么说。舞会组织者和来宾都出自资产阶级，没考上大学，也没有按流行的做法自愿去新疆务农，甘当上海的"社会青年"。堂兄常是大包头发型，夏威夷衬衫，

上海"凡尔登花园"之"大跃进"壁画·1958

火箭皮鞋打扮，两部"三枪"自行车，喜欢新式密纹唱片和日本展览会。他还在阳台上建起一个鸽舍。

夜晚鸽子重复的咕咕声，一直在提醒蓓蒂，如果搬家，它们肯定会饿死或被吃掉。想到这里，蓓蒂心里高兴，根本不可怜这些动物。这幢楼要经历一次革命，她就要过一种新的生活了，住在这里的人最终都要离开，丧家之犬。她有点幸灾乐祸，希望楼上的阿飞堂兄哭泣，或哭丧着脸。

母亲拿出一张"派房单"给她看。她念上面歪歪扭扭的字："某某新村……"蓓蒂自言自语："工人新村?！真好呀。"母亲呆呆地看着蓓蒂。"看不到堂阿哥了，我讨厌他。"蓓蒂说。

"不懂事。"母亲轻声，恨恨无奈地离开了小女儿。是因为有外人在场，她才这样小心吐露辞句吗，压制慌张，提着允许她带走的一口旧藤箱，挪回了房间里，地板上到处是碎纸和杂物。蓓蒂有点无趣，决意不再目送这个几乎蓬头垢面、身着旧布旗袍的女人。她一溜烟下楼，镇定一下心跳，慢慢靠近汽车间的过道。

半小时后，梳着两条小辫，白衬衫蓝布裙的蓓蒂来到新乐路一幢房子，自从进驻抄家队伍以后，这里就有男女人员日夜看守——她见到了打算出门的阿宝正被门口的男工拉住。男工伸出留长的小指甲，挑开"劳动牌"烟盒的封纸，看定了阿宝说：啥事体呀？学堂早就不上课了。阿宝赖着不动。这时他们都看到附近的蓓蒂。男工说：有啥要紧事体呀？

他抽出一支香烟，架在阿宝的耳朵上，拉过他来，在他身上到处摸索。住户出门，包括阿宝，都已经习惯了抄身，阿宝张开手来，很乖的样子，等摸索到裤裆，才有点躲闪。男人抓住阿宝的裤子不放，回头朝旁边女工咧开嘴，露出雪白的牙齿。女工有一刻不说话，突然对那男人尖叫起来：……瘟生！侬吃饱啦？！

暗绿色的24路电车驶过了，叮叮当当。听到了附近"咚锵！咚锵！咚咚喊咚锵咚锵！"的锣鼓声。

——他们最注意小孩了，说有的人家，就是这样把东西带出去的。阿宝说。

蓓蒂不说话。两人并肩穿过陕西南路，就看见了绽露在瓦垄间的合欢树冠。

蓓蒂一直想得到合欢树的全枝标本，曾经走到很多地方去找。有一次，阿宝打算回家，蓓蒂也要回去，在抬脚离开的那一刻，他们都发现小弄的深处，有一棵孤零零的合欢，端端正正，远远立在他们的视线里，像是个纸做的布景，或是一个树妖。

现在两人都看到树上停有一些浅粉色的小鸟，粉色的绒球，隐现在羽毛状的绿叶间。这是合欢树的花。

近景，很多人在弄口围着。嗓音嘈杂，"是吊煞的？""人已经死脱啦？""是吧是吧？""几号里的？""几号？"一辆救护车忽然驶出，车窗里伸出的大手猛摇悬挂的铜钟，当当当！当当当当！让开！跑开！跑开点呀！寻死有啥好看的！死人有啥好看呀！让开！

在这混乱难忘的时光里，一枝合欢树枝，有芽、有叶、有花、有花蕾的全枝，放进了蓓蒂的标本夹。

在告别时分，蓓蒂告诉阿宝，她要搬家了。

以后，蓓蒂再没有见过阿宝。教堂的废墟建起一幢临时建筑，里面有一尊近十米的领袖挥手塑像，巍峨耸立，耀眼极了。这座临时的上海油画雕塑工作室以及洁白的塑像，仿佛是一夜之间，从泥里长出来的，如火箭装配车间的格局。一些人员工蜂一样在塑像周围的脚手架上忙碌，十分壮观。这是"复课闹革命"期间蓓蒂突乎其然的发现。那时的她，已经变得沉静和害羞了，她的脸庞很白，前额明净而有光泽。她透过学校的北窗，最后呆呆地看着那个雕塑工作室。

时间通常就是这样，白天在飞快地溜走，仿佛夜就在眼前。

琴心

他初中毕业，查出两眼"视网膜脱落"，医生说，很可能失明，因此他打算学琴。

邻居的毛老师，以前教过音乐，之后下厂劳动，早已不拉琴了，有一天，毛老师听他说完，脱下他的眼镜仔细看了看说：唔，眼神黯淡，目大无光。他低下头。毛老师想了半天，最后同意了。

毛老师拮据，标准酒鬼，深度近视眼，三伏天顶一块湿毛巾，走八九站路上班，省下车钱买醉，冬季吃上海"绿豆烧"、七宝大曲，夏天改零售"加饭"、散装啤酒，一直关心时局，有次到杨树浦，看见"工总司"攻打"上柴联司"，回家就发烧，反复胡话："……开枪哴！开枪哴……死脱交关（许多）人！死脱交关人！"——其实这是"联司"工人造反组织强力弹弓齐射的现场效果，10mm 六角螺帽"弹"如雨下，打得电线杆火星四溅。

他就这样做了毛老师学生，他的手指粗，眼力差，但耳朵好，逐渐顺利入门，有时琴声久不再响，这是他认真抄谱，夏天的中午，蝉鸣让人昏昏欲睡，他捏了一根牙签样的小木棒，蘸黑墨水，先是点了十多页的五线谱，然后钢笔勾连，抄得飞快。

两年中，他的眼病没有恶化，下颚被琴托磨出的疹子也已平复，也可以像毛老师那样修理提琴了——铁匙探入琴板的 f 孔，调整音柱位置，仔细注意音色，揭开琴板再重新上胶——毛老师说，即使以后他做了瞎子，也有口饭吃了。

当时他的同学已陆续离开上海，做了下乡青年，只有他仍然靠父母生活。听到隔壁师娘常为五分一角酒钱和毛老师吵架，每个字都相当清晰，他有时就立在弄口路灯杆附近，等毛老师半夜下班，等老师走过身边，他就出现了，拿出一个装"土烧"玻璃瓶塞在老师人造革包里，立刻离开。

他在最后那个晚上，拿一瓶"上海"黄啤，呆立在弄口，等毛老师下班，却久久没有等到——那一夜毛老师再没有回来。

他第二天知道，毛老师死了。

那一夜，毛老师下了中班并没朝家走，直接上了附近的沪杭铁路。天上没有月亮，但周围有依稀的灯光，夜风相当凉爽，毛老师独自在两条铁轨之间慢走，过了不久，就被一列快班火车撞死了。想来这是一种快速自杀，毛老师也许被撞飞，四散开去；火车司机木知木觉，笨重的车头不会感到任何阻力和异常震动——这起事故是在两小时后，让一名夜班巡道工人发现的。

毛老师没留下一句话，就这样不见了。

他寻到了那条冷清的铁路，是在三天后的事了，那一带的路基四周都是围墙，厂房，树，看不到任何痕迹，路边蒿草和落满灰尘的野姜、低矮灌木、攀附植物，以及篱笆、道砟上方的晴空、整齐笔直的铁道，野蒿气味浓烈，蜻蜓飞舞，静下来就是"油葫芦""棺材板"的叫声，铁轨反射耀眼的阳光，穿越显露出烟囱和水塔的城市，延伸到了远方，在颤动的热气中，伴有嗡嗡耳鸣。

他走了一段，蹲下身来。

苍蝇低飞，道砟和道钉之间，有一团东西，模糊的块状物，道砟大小的一块，一团，石头样子，却没有棱角，一种黑褐色、亚光的软物，表面脱水，刚才他踏了一脚，现基本恢复了原样，有液体渗出。

曾经是生命的一块肉、软组织，死亡的一个局部。

这肯定是毛老师一部分的身体。

他的日子缓慢流过，以为眼病会因毛老师事件加速恶化，但没那么糟糕，视力仍然维持原来状况，他继续练琴看谱，只是渐渐不再热衷了，三个月后，他正式放弃提琴。

他知道不能再多看书，改听唱片。毛老师走后，师娘就送来一架发条断裂的手摇唱机，翻开唱机盖，内里嵌有一面圆喇叭，很是少见。他看了看发条，知道无法修复，最后仔细擦亮了盒盖、盖内的圆铜盆喇叭，机身涂了鞋油擦亮，搬到闸北虬江路的地摊里，换来一架电动老唱机——应该是1949年前中央商场倒卖多次的美军物资，虽然整个唱头有损，变速开关损坏，还是设法修好了。他从此常坐在破沙发里，摘下眼镜听唱片，他心里知道，这也是失明后日常生活的写照——为此收罗了不少胶木唱片，包括弄到了一套日本1933年版"贝九"，一整册四张，都插在刻花木质活页内。

他在这段时间忙碌而平静，以后得知一个同学收到了东北下乡通知书，不由从沙发里坐了起来，他还记得当时的样子，唱片在转，窗帘拂动，外面小雨淅沥，他沉默一会，决定跟同学一起走。

城市青年响应当局号召，自动迁离上海户口的举动，在当初一直是最时尚、也是最无奈的行为，深得里弄干部夸奖，立刻颁发了大红花，并附加了敲锣打鼓到车站欢送的最高礼遇，包括领取一套免费绿色冬衣。

当年上海的鲜亮街景，就是此类少年人，手捧整套绿棉衣裤，在家人簇拥下绽露几分自得之画面——整个社会记取和激赏这阵阵的新风气，马路这边，一伙捧衣人往西而行，马路对面，三两个少男少女，各抱一叠绿衣东去——他们都把这捆衣物搂得很紧，因为这是一生中最不平静的选择。

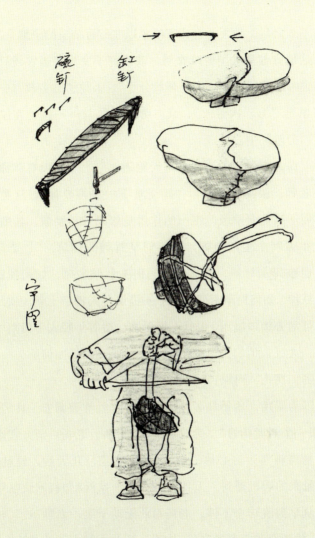

记忆 · 1977

不久之后，他便站在齐齐哈尔以北三百公里的土地上了。

这地方曾是大型劳改农场，改换牌子变为普通农场只有一年，内部遗留大量"刑满释放分子"，人称"二劳改"——事实也是"第二次劳改"，或"劳改二"——一直处在监督生产"劳改"中。

上海北京过来的青年，每天跟随他们上工，没有尊称所谓的老师，最高统帅指示"接受贫下中农再教育"，这类长者却属于被监督阶级，唯一的作用是告知劳动要领，辅助完成青年人剩余生产指标，青年们早起列队锄草，"二劳改"裤腿已被露水打湿，静立晨曦的田头恭候多时，如何握锄，认识豆秧、如何剔净苗间之草——提议各人裤带上悬一铁片，时时可刮去锄口湿泥，也就不累手腕。待等年轻人下田割麦、玉米、大豆，他们仍然早早于地头恭候，教授如何磨刀，如何割倒、捆扎、码垛，一一仔细讲解。

因为眼疾，他铲坏了几十条豆垄，后就被调去工具房劳动，跟一个叫老杨的"二劳改"学做镰刀柄。老杨讲南方官话，事必弯腰谦恭，言必称"您"。环境安稳，几天后，他就把上海带来的唱机搬到了工具房，先听《沙家浜》塑料密纹唱片，唱盘从早到晚转个不停，老杨对此无动于衷，默默造了一个木架，放两个装干草的麻袋，成为一座北方泥土气的"沙发"。他经常坐这两个麻袋之间，心情见好——老杨给他煮羊肝，这是"明目"的土方。他脱去了眼镜，身体陷在麻袋深处，锅里冒出羊肝特有的香味，附近就是牛栏——如果倾听《田园》"雨后天晴"一章，背景就带有了附近牛哞的回声部。

他发觉老杨喜欢音乐，是某夜到工具房取东西，发现屋子很暗，唱机在转，音量调到最低，那是《降调夜曲》的乐章……老杨坐在"沙发"里发呆，然后羞涩地站起来。

工具房有音乐，喜欢乐器的青年闲人也就流窜到此聚会，这伙人里，他最心仪的贵客是外农场赶到的"白毛"，意即"少白头"，上海人。

白毛随身带了一把吉他，俗称"白皮琴"，通体淡米色，琴腹和琴背竟然有大提琴的弧度，而且双 f 音孔，镶嵌银丝，紫檀螺钿指板——一般吉他都是平板琴体，深色，正圆音孔。

他立刻迷上了这把琴，但是有一天，白毛忽然就走了，是一走了之，从此不再回来——白皮琴是白毛的标志，白毛必带着它流窜各地，混吃混喝是白毛的命。

素来谨慎讷言的老杨，当天拍拍他肩膀说，没关系，可以自己做一把，这琴可以做，按提琴标准做。

都知道提琴的面板，必是用无节疤的直纹白松板，背板照例是红桦，两块对接，横纹图案就是俗称"虎皮"。这两种木料和木纹的要求，地理上都属欧洲概念，东北所幸出产这两种木头，符合要求也难上加难：一、必须是自然干透。二、普通白松板一般有密集节疤，极难觅到素净的。

结果老杨在一架破房子的大梁上，发现这两种老材料，做出记号，让他带了人和锯子趁夜秘密拆下——对于搞破坏，老杨从不动手。

老杨制琴的步骤（土造琴身）——两侧的 B 形侧板等等全记录：

预做两大块的"凹凸模具"——取一整块厚木，用钢丝锯破出 B 状曲线，也就是一对厚厚的凹凸木模。

薄板先刨光，泡入食堂大锅里煮软，趁热放入凹凸模中，夹紧绑实。

数周后解开绳子，侧板曲线已定，另一侧板也如法制造，然后两者对接，固定成形。

琴面板和背板，隆起弧度都取之厚板材，用扁铲雕出，保持平均厚度，包括仔细在面板上开出双 f 孔。

整体用鱼鳔胶粘结——安装音柱，雕成的琴头——过程漫长。

这年冬季，农场开展文艺排练，也就是他和其他青年们凑成的一个特别组合，聚于革命委员会的空房，老杨给他们烧炉子。

这样的夜晚，温暖热闹，西洋乐器，包括手风琴，中国笛子、月琴、高胡、二胡混合一处，排出简易 N 版的《红旗颂》，管弦嘈嘈切切，逼面而来。老杨佝偻身体立于一侧加煤烧水，

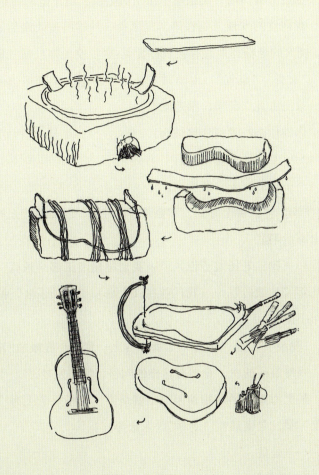

"双 *f* 孔"吉他自制流程·1974

闲人也过来看热闹，喝茶嗑了瓜子离去后，留下他们排练。

戏剧性的发现，是在第二天深夜——排练进入最后的间隙，烧火的老杨忽然直起腰板称赞说：好！交关好！霞气好！

"交关""霞气"，上海话"非常"之意。众青年仿佛见到一只昆虫直立起来，很是吃惊。

你讲什么？老杨！你讲啊！

……上海话。老杨说。

……我上海人。老杨说。

"啊，你就讲上海话，不要紧，讲好了，以前做什么的？讲上海话吧。"

……我。老杨羞涩说，……我老早勒浪工部局乐队，拉了几年"凡娥铃"……我以前在（上海）工部局乐队，拉过几年小提琴。

"勒浪"：沪语"在"。"凡娥铃"：上一辈对小提琴的旧称。

寒冷温暖的夜，竟然有这样的问答，像是发梦。

某上海青年吊足精神问道：就是讲，老杨是老上海"洋琴鬼"啰？老懂经？"老举"（老法师）？

——是是。

"洋琴鬼"——沪语：西洋乐队乐手。

"老懂经""老举"——熟练的专家、老手之敬语。

《红旗颂》顷刻间消弭殆尽了，城市青年的优越自得，改为谨慎与惊讶——关于过去的时光，过去的音乐，过去的故事。

——旧上海，老杨一定开心吧？

——是是。

——开心啥呢？

——每礼拜要出场，勒浪"兰心"大戏院，晓得吧？指挥的名字？已经是上海人指挥了，叫"黄的"，上海话就是"黄跌"，真就这两字，怪吧？指挥一定是自家取名，有腔调。

——后来呢？

——后来呢？

后来？老杨尴尬说，后来，后来就是日本赤佬进来了，租界取消呀，后来我就逃到苏州去，卖脱意大利"凡娥铃"，这是老故事了，现在不值铜钿（不需要提了）。

意大利琴啊，苏州啊，租界啊，现场七嘴八舌。

之后众人再排《红旗颂》——老杨小心翼翼，指一指哪一位音不准，哪一位谱不熟——老杨说，指挥最不容易，再好的乐团，全靠指挥，天天演出就会好一点……

指挥是个容易脸红的上海黄浦区胖子，一叠声低头称是。

也就是此刻，一个农场干部忽然推门进来，就在门动一瞬，老杨佝偻了身体，立刻矮下来了，他有感知，全身蜷起，像蝴蝶退回蛹里，非常迅速，改变样子，成为一个老农，是他一种麻木，一种熟练的条件反射。老杨用炉钩子不断弄火，变成原来的老杨，谦恭，一无所求。

后一年春天，农场大兴水利，众多"二劳改"被征调而去，老杨也行进于长长的队列之中。出发时老杨说，最多三个月就一定会回来了，一定会尽早回来——那把仿"白皮琴"做到最后，事情最为烦琐，刷十数遍的虫胶漆，打"蜡克"，手做琴马，做指板嵌线，做弦钮，都是老杨想做的。

他就这样一直等老杨回来，已托人到哈尔滨买了六根琴弦，但是最后，这把白皮提琴风格的"白皮吉他"还是没能做好，一直白生生挂于土坯墙上。老杨再没有出现，再没有回来。直到最后，白琴被尘灰蒙盖，变成淡黄色、深黄色，挂满了蜘蛛网——老杨再没有消息，不知去到了哪里。这支属于老杨的"二劳改"队伍，从此也再没在农场的黄沙大道上出现过。

上海人困觉

上海话"困觉",即书面语"睡觉"。

当年无数上海小青年,遵命发送到几千公里外的北方生息,每一夜"上炕",就是"上床"——当地人讲,某女上了某某的"炕",也是同一种意思。

东北野生一种四句子小调,意境生动,一荤三素,比如说"四大红":小庙的门,杀猪的盆,大姑娘的裤衩,火烧云;"四大欢":风中的旗,浪里的鱼,十八的姑娘,叫槽驴。"四大香":开江鱼,下蛋鸡,回笼觉,二房妻。另记得一首"四大累":卖大炕,和大泥,扛大木头,脱大坯,其中三条讲人世的苦役,所谓的"大炕",难道是大床吗?怎么个卖法?南人是莫名的,后晓得,这是指旧时期妓业,如按照字面直译:"卖出有供暖功能的砖砌卧铺",完全不合。

非常的年代,处事常常欠周,记得有一回众青年紧急集合,各人领了可维持几天的干粮(咸菜加窝头,一窝头眼里塞一块咸菜),直奔大兴安岭灭火,可怜这一干人马在山中瞎转整日，漫说火灾现场，火星子也扑不到一颗——林火往往鬼使神差，"火头""火身"来去无踪，甚至贴近了树顶掠过，迅若飞鸟，或总是在远方燃烧，让人捉寻不定，等到了天色擦黑，一上海小青年突然跌足道：啊呀呀，我夜里哪能困觉？！

晚上怎么睡？上海小青年心神不宁，来北方之前，他们睡上海地板、草席、竹榻、棕绷床、藤绷床、折叠床或者"席梦思"。"文革"初始，席梦思当作资产阶级方式，一件一件拖到弄堂里开膛破肚，记得看到了剥开的一件，内里并没有通常的弹簧、鸭毛、棕丝或棉絮，100%的旧稻草，尘灰四起；一参加"造反"的工人阶级说，咦？在我老家拉块，我苏北乡下拉块，最穷的小瘪三，也铺新稻草睡觉呀！

还记得1970年随一伙人坐长途马车，飞雪迷途，在黑河附近某"大车店"借宿——那是赶车人的低等客栈，人人驾马车、马爬犁（一种雪橇）而来，吸手卷黄烟，饮土造草籽烧酒，炕前是自家马鞭、笼头、套包，甚至进城必备的马粪袋子，南北大炕睡二十多号人，店家提供的被褥一概是黑色——黑布褥子，黑布被面，黑布被里，黑布枕头，黑得油光瓦亮，苍蝇滑脚，不知留有多少人脂人膏。就寝程序是，大家都脱得精赤条条，上炕后仔细抓一遍虱子——屋外气温降至零下40度了，热气由黑褥子传上来，多温暖宜人，也多么浊气难挨。众青年半坐半倚，群猿一般看样学样，仔细做自我的检查——原以为被子黑，虱子白，抓虱非常容易，其实很难，黑褥黑被之中，向来见不到一只明显的白虱，只有密密麻麻的黑虱——这种小虫自动变色，爬入棉毛衫，米白色；钻进蓝布短裤，蓝灰色；隐匿在黑布的折叠处、针脚处、线缝处，黑色。

半醒半梦，烟气，马汗气，马粪气，扪虱之毕剥声……近铺的两位车老板热得兴起，裸体立于煤油灯下，仿东北二人转某折，一饰女角，一饰本色男，前者摇扇（手巾），后者相随。女（喜气状）唱：咱呀有泡尿哇。男：那我就紧跟着啊。女：紧跟着我就不尿啊。男：不尿你就憋着啊……二人云步，扭身扇扇，哼唱过门调，重复颂歌……

——不知今夕何夕。

青年宿舍向来有轮值的制度，睡前烧热火炕，可是人心不稳，每天烧烧停停，使这一铺固定的砖砌睡具时热时冷——如果值日生有兴致，忽然谈上了女朋友，炕洞可以架起碗口粗的柞木劈柴，烧到火膛子发白，炕席和褥子焦黑冒烟，人人赤膊行走；值日生情绪欠佳，赌牌输光，病倒，大家也就干挺着，宁肯睡凉炕，东北形容年轻人有活力——"小伙子睡凉炕，全凭火力壮"就是，年轻是最大本钱，人人套着棉袄棉裤、棉鞋、毡靴、戴上口罩、大皮帽子入梦，一早醒过来，室温低至零下 30 度，人人头脸不敢动弹，几同僵尸——满眼、满胸、满炕，起伏透迤，覆盖白茫茫的厚霜，帽耳、领口、睫毛、胡楂，凝结冰凌，四壁雪白，晶莹剔透——整夜整夜的呼吸吐纳，形成了玉琢粉雕的冷库奇境。

上海小青年位居京、津之南，初来几千里外的北方，四天五夜旅程，整列整列火车，整条海轮吞吐成千上万一批又一批16—18岁年轻人，吵吵闹闹，哭爹喊娘，到达北方省份黑龙江嫩江，是遵循了最高统帅颁布的法令（简称"最高指示"），表面足可以热情激越，实际接受了最为严厉的户口新政——人人必须限时签离上海户口，凭一份"准迁证"，可采购一床棉胎、被里、被面；得一张"箱子票"，可买回一口装有西式把手的中式箱子。大部分小青年都是带自家的旧被、旧箱笼出发，被子差别不大，箱子林林总总，例如广漆生牛皮旧箱子，软硬不一西式大小旧皮箱，"樟木箱"最防蛀虫，黄铜箱锁扣，黄铜包角；一青年朋友运抵嫩江县的，是一口黑漆黑棺材般的大铁箱，是祖传之物，还是小职员父执的帮忙，1966年抄家狂潮中觅得？另见识到一座镶铁件的厚板大箱子，说是汇丰银行遗弃的钱箱，上海中央商场"冷摊"货色，原配铸铁钥匙，开启发出铁器刺耳的回声——苏联电影《红帆》甲板的那种藏宝箱吧？箱主人因此别号"海盗"。

在我记忆里，京、津、哈尔滨青年带到的箱子，一般是"半开盖"传统板箱，与嫩江当地农户的主体摆设差不多，部分小青年只带一"铺盖卷儿"，几年后自钉一口板箱子存放细软。

A

B C

D

E

F

G

记忆 · 1969

动荡的 1970 年春，记得某上海小青年不知出自什么原因，以太平盛世乔迁之喜的精神，随车快件托运了一件丝绒面子的单人旧沙发，共同到北方参加"生产劳动再教育"，待等拆开了包装，也就是立即为他召开了一次"现场大批判"会，这件臃肿的坐具顷刻间被没收，成为某分场"革命委员会"接待室的公产。

细节是细微的时代史，私人具象的生活流水账，关于睡觉，我记起当年登载黑河地区嫩江县的"上海日杂用品目录"里，确没发现一张上海"棕绷""藤绷""席梦思"，但见过上海式"床头柜"（上海话"夜壶箱"）和"被头橱"。这批青年人物到达后的半年，上海长途慢件托运过来的，有旧写字台、旧五斗橱、镶镜"面汤台"、"骨牌凳"、传统木制马桶、搪瓷痰盂、广漆澡盆、脚盆……再过个一两年，青年人物们探亲也带回了留声机、落地灯、旧唱片、三五台钟，甚至偏 30 度运转美式"胜家"缝纫机，其他还包括了旧"华生"电扇、电熨斗、电吹风、烫发钳、大小提琴、吉他、单双簧管、长笛、旱冰鞋、火油炉、刀叉、咖啡壶、"法兰盘"（煎锅）、砂锅、罐装"上海牌"咖啡、可可粉、麦乳精、鱼肝油、"梅林牌"猪肝酱、午餐肉、金华火腿、广式香肠、面包粉、通心粉、醉蟹、醉蚶、"大白兔"奶糖、巧克力太妃糖、花露水、金银花露、爽身粉、"扇牌"肥皂、"固本"肥皂、蛤蜊油、蝶霜、"龙虎"万金油、咳嗽药水，"飞马""大前门""牡丹"

香烟，等等等等，对于 1969—1975 年的嫩江乡下，无疑都是天外之物。如此"一家一当"，啰里八嗦，点点滴滴输出部分的上海生活精神，是因为五千里路的遥远与焦虑，还是其他？一时一地，虽沪语同样也鼎兴嘈杂，总也掩盖不住洪亮北方话的批判。

多年之后的 1978 年，"大返城"阶段，这一批老大不小青年人，同样也是吵吵闹闹加入回城大潮，其间嫩江火车站发生过一桩奇事，车站工人搬动一件发往上海的慢件行李，一个包裹严严实实，沉重异常的上海式"被头橱"，$500 \times 1200 \times 900\mathrm{mm}$ 尺寸，搬运工一个闪失，外包装麻绳、草包全部破裂了，橱板同时碎散，金黄色颗粒物迸发汹涌，瞬息之间布满了狭窄月台——整整一口旧橱，居然装满了限购的本地粮食特产——"东北一级大豆"。

"被头橱"是上海人摆放被褥的一般家具。黑河居民习惯是把被褥叠放于火炕靠墙一侧，一式一样的大红布被面，本白布被里，或青布面，细密小针脚缝就，不易拆洗，枕芯材料是麦糠、高粱皮、燕麦皮等等，从军背景的人家，炕脚叠起一片草黄颜色，更为简洁。属于纺织业"半壁江山"的上海，普通小市民阶级带过来的铺盖，到北方都是"可批判"对象，"木棉"枕芯，工业印染被面，包括绫罗绸缎质地，被单床单的纹样也各不一样，缝被方式是江南样子，宽大针脚，便于拆洗，包括缝有毛巾的"被横头"——多么琐碎奢侈。

某男青年的被子，是精制天鹅绒被面——上海某纺织厂为某国要人特别织造高级礼物的处理品。他初到北方，夜里准备困觉，抖开他被子，等于抖"古彩戏法"，镂花错金，夜空繁星闪闪，夺目璀璨。现场一肩挎红色塑料"语录包"，穿"扎杠"棉袄（苏俄式棉袄）的富拉尔基（齐齐哈尔郊区）小青年，即刻上前质问他家庭出身——当时流行的政治习俗——官僚资本家出身，还是一般的地主富农成分？他警觉答道：100%上海工人阶级，三代纺织工人出身，一直被国民党买办反动阶级、日本纱厂老板剥削的革命劳动人民出身。问者只得颓然退下。

从这夜起，"高级被面"消息传播飞快，本地连队指导员娘子得知以后辗转难眠——结局是可以预料到的，为更好接受"贫下中农思想再教育"，本客双方不久便以各自被面入手，做了诚心诚意的一对一交换。

南北生活在那个年代，显示出突兀的某种深度磨合，江南"衣被天下"，蚕丝品质的丝绵被、丝绵袄，属平常之物；笔者祖籍是上海附近的黎里镇，几百年的面貌就是，哪怕镇上最穷困潦倒的瘪三乞丐，也铺盖丝绵被子，穿丝绵袄裤，不吃死鱼死虾，是物产如此，满眼桑田，满湖鱼虾的原因。丝绵品有自身麻烦，每年要"翻"松，才有保暖效果，因此每年要拆开丝绵被、丝绵袄裤，"翻"松再绗缝，上海过去

上海北站·1964

小康人家，都愿意请苏、浙籍贯妇人帮佣，也因为只有她们才懂得"翻丝绵"，知道丝绵的脾性，不是地域或"阶级感情"原因。

南北共处，每晚"上炕"集体"困觉"，一个不小心，被窝之间就有纷争，一句不顺耳或对方一个玩笑，一把虱子投过来，或只做一个姿态，就可以让上海小男人举灯一个好找。有一老实闸北小青年，特别珍爱自家被褥，近80号人混居的空间里，难有私人地盘一说，但他回到宿舍，就坐守于自家铺位，阻止他人在此喝酒聊天打扑克，果然有一天，他的宝贝被窝里出现了一堆新鲜马粪，他只能拆洗晾晒了事，没几天被褥又失踪了，是在附近茅房的棕黄色粪水里沤着，宝蓝色葛丝被面都被镰刀割破，于是这上海小男人大放悲声——原因是，这床被褥曾是他母亲陪嫁，他来北方不久，母亲就过世了；他的被褥，几乎就是他的母亲。

北方生活，对某些上海人讲，就是如此的不合适，不如意。某军队文艺团体当年到农场演出，有一小战士特别卖力，全力卸车，搬抬道具，拉电线，装喇叭，忙得汗流浃背——他私下说，整个演出团队就他一名上海兵，因此必须"脱胎换骨"，卖力做一切事，不这样做，他就"完结了"——我不知"完结"有什么更具体的涵义，他没有回答，只是羡慕，羡慕我，羡慕农场环境，因为他已发现，前来的观众都是大群自由游荡的上海小青年。他告诉我说，昨天穿了一双花尼龙袜子，受到班长的严厉训斥，令他脱袜子写检查——唉，我总归上海人呀！他叹息了一句，扛起一大卷帆布，快速离开了狼藉的舞台。

　　一直记得另一上海青年阿弟，集体大宿舍的一分子，眉清目秀，勤快过人，喜欢做菜，洗衣，特别能照顾人，开始的半年里，很多人都得到他的好处。

　　但在第二年夏天的流言中，大家都发现了阿弟的异常，他一直是在被窝里换衣服，不和大家一样脱光了公开擦洗身体，不和大家一起在地头公开撒尿，进而发现，他是柳肩，胸部颤动隆起，腰股好看，走路姿态和所有男子总不一样，细看过去，阿弟愈发唇红齿白，嗓音尖细，搓洗衣板的手势，极为灵活娴熟。上海人向来少管是非，面对阿弟即使有更多疑问，通常是"自管自"，每晚自顾睡了，不直视他，不给他脏衣服洗就是。

　　同室某个北方青年人物，粗犷乐观，酒量过人，有一夜他喝高了，忽然就把当地一婆娘拦腰抱住，扛起来就走。那婆娘咬紧牙关，闷声乱蹬，好不容易被大家抢下来——她是富农成分，才没惹出什么大祸。后来那一晚，他很早就上炕睡了，九点，农场发电所照例变换了引擎的挡位，灯泡三明三暗，这是熄灯信号，于是大家上炕困觉，灯完全熄灭，月光由窗外静静铺洒开来，不知为什么，这青年人物就醒了，精赤条条跨过了十数个铺位，钻进阿弟的被窝，大家都听到他在阿弟被窝里折腾，嬉笑不止，也许他早就嗅到了阿弟的异味，盯上了阿弟，最后阿弟迸发出尖叫，有人举手电筒照去，众人一时间都说不出话来——拥坐被窝的阿弟，汗衫已被扯破，酥胸半露，在蛮力搂抱和纠缠中，阿弟完全是柔弱女人的姿态……

阿弟原名阿娣，上海特有的女性名字，十五岁前一直是少女身份，1968 年中学毕业，得出性异常的体检结论——半男半女性征，上海话"雌匍雄"，官话"双性人"？在那个粗鄙时代，医生请阿娣父母决定性别——做男还是做女，决定后就不宜再改，有利于性心理稳定；阿娣最终被父母定为男性——流行语"只生一个好！"其实也暗含"生一个男孩好！"就这样，阿娣剪掉两条长辫子，剃一个平头，花衣服送给了表妹，她的名字一夜之间去掉了女字，成为"阿弟"，她曾是上海弄堂里结绒线、跳橡皮筋、踢毽子的佼佼者，洗衣服做家务一把好手，自这天起，她停止了这类活动，不再去女同学家聊天；并且不随同学下乡，与外区学生迁来北方，也许是无人管束，爱做家务的习惯在无意中慢慢恢复——按现下的说法，阿弟属于生理异常，却得不到任何尊重和保护。

也许真正的选择，真正的机会，是等待某个男性鲁莽前来，只有他才能敏感到阿弟 50% 的荷尔蒙，才可以酿为一种结局。

也就在第二天，阿弟被连队长叫去谈话，从此再没有露面——据说等大家出工的阶段，"她"整理了物品就被调走了，听说是调去很远的一个分场，还是别的地方？从这天起，听说"她"真正改用了"她"的人称词，终于跟女青年们一起生活了，她返回到女人，再不回到男人中来了。

很多年过去了，大家一直执着记得阿弟，有人遇见过她一回，话了不少家常，甚至拿出她少女时代几张美丽照片来看……传闻应该是真的，也许是想象和补充。命运与性别，真实与戏剧，对这群曾经的青年人物来说，都是"革命"男女的某种启蒙，使他们对"困觉"有更复杂的记忆，伴随更深远的影响力——他们以后首次面对真正女性，是如何感受，如何的印象，已经不得而知。

那个长夜，在人们就寝之时，月光铺开的北方大炕，凌乱棉被和阿娣的线条，紧嵌在人们的记忆里，一直是深刻的。

雪泥银灯

　　老沙发的内部，真是个阴暗的世界，江南岁月的潮气使弹簧锈蚀，部分棕丝和麻布已磨成碎末，只左或右侧的横档上，洋师傅留的铅笔记号如同昨日，绷带背面，粘有一块1920年代《申报》，旧式骨胶凝固在每一条接缝处，似琥珀碎光、似咖啡结晶糖，查看一下边沿重复排列的钉眼——它至少翻新过两次了，因此，它的软组织全然变质，但全身骨架，包括木器外露的姿态，"麦糖柱"螺旋四腿，闪现包浆暗光，应是安妮风格的准古董家具。

　　只要主人再一次翻新，换下软饰部分，不用全塑海绵，花费真正的棕丝、鸭绒、新纺结实麻布、绷带、标准白蜡绳，300—450元人民币一米的英国青金面料，300枚以上纯铜泡钉，那么它咸鱼翻身，仍是一件显眼贵重的老货。

　　发表于1958年的《老沙发》，是"鸭嘴兽学派"会员弗兰德·拜伦所摄，铂版晒印，胶纸硝酸银感光，老沙发吐出了截然不同的味道，相貌亲和，宽大而柔软、与人关系最为密切，一生的过度使用，饱受挤压蹂躏，等如今浑身皱折，臃肿变形，也是它这一段生命的尽头。扶手与坐垫已蒙尘灰，坐垫凌乱不堪，靠背部分甚至映出人体的幻象——它记起了多少时间和人之变迁，拥有多少复杂故事，真不晓得。

行家眼里，经典沙发的地位，等于波斯地毯，越老越值钱。与地毯不同的是，沙发贴附人身，地毯则一直踩于脚下，距离感不同。毯面即使有了古代破洞和种种焦伤遗迹，不影响收藏价值。沙发则归属为更私密承载，面料与人体太近，有了贴肤之亲，就仿效一种初夜权，人总归要它一个从"新"到旧的起始点，它外在的痕迹一如妊娠纹，新主的基本判断就是，它的价值在于整体的气度和骨架，四足或扶手的雕工细节等等，易手前后，必会做面子的文章——更新面料，保持其整体的姿态与气韵。

比沙发更近人身的是旧枕，一旦遗留，基本无人会接纳。按最新说法，枕芯最好一年一换，否则细菌密集。在遥远的1950年代，据说上海肺结核病人临终时，医工与家属都习惯用枕头掩塞死者口鼻，也采用大团丝绵封堵（民国野史，是用新起锅的一张热面饼），防止喷出的结核细菌扩散，枕头最柔软无骨，也是最严密最便捷之物，《飞越疯人院》闷死对方之习惯手段，或闷蒙后再顶上枪口——因此它的功能成分相当顺手和复杂，最大量容纳人气的信息，首推是宾馆枕头，它在长年的服务期，保存了无数气味和语言对话记忆，也永远是海绵那样的包容和贪婪，却一直让浆烫洁白的枕套遮盖，谨慎摄生的洁癖者，对它们从来不信任。

在他人眼中，旧床垫与枕头比较，前者是更为不洁的，旧枕可以拍打成蓬松状，掩人耳目，床垫只是随岁月流逝逐渐塌陷、变形，日久生发的弹簧疲劳也更是醒目。据说早期的苏格兰场，如一旦找不到案犯，大致会借鉴床垫留下的形状估算逃犯的高矮胖瘦，弹簧床垫承载了整个人体，痕迹学家倒上石膏，该人就可以显形，但这只对长期专用的老床垫才能奏效；旅馆公用床垫，向来因为来客的信息过于繁多复杂，基本无据可寻。

记起早年一位单身朋友，性格总那么坦荡而慷慨，藐视"宁拆墙，不成双"之禁忌，也因当年登记旅馆都要出示结婚证单位介绍信等等的困难，他经常大方接纳各地路过上海的男女，借他住地幽会，以至于他那张床垫过早出现了金属疲劳，弹簧和连接件断裂错位，以后发展到了稍一晃动，就发出难听的摩擦声。如今他回忆所谓当年种种的男欢女爱，应就是一种短效的发热症了——有多少男女在此要死要活，颠鸾倒凤，有哪一对最后是结了婚的？不结仇，不陌路已属万幸了——曾经各位诸君那种种爱痕，还一直顽固遗留在他床单之下，除了抛弃，是永远无法抹去的烙印——"好在都是熟人嘛。"他安慰着这样说。直到如今，他仍在这床垫子

沙发椅 · 2003

上安睡，吃半夜点心，用笔记本电脑，心安理得，这是特别的例子。

一般意义的陌生旧床垫（不考虑宾馆），于陌生人眼里，全然是鄙视厌弃，避之而不及，一钱不值的，不产生任何的亲切感觉。而《献给爱米丽的玫瑰》之床枕细节，毛骨悚然，谁会知晓呢，爱米丽小姐，她常年是与一具男人干尸同床共寝，作者借了邻居的眼睛假设——小姐每一夜就是这样安然度过的，枕上明显有她头脸的印痕与几丝的白发——执子之手，生死共寝，这是极个别的趣味与癖好，她这张床，真也会让普通人深刻感佩，人世之间，就有这样独特的好定力。

读二战期间同盟国谍报人员传奇——如何防备万一，各人离开住处或旅馆，习惯把一根发丝，放于衣物和抽屉内，做一个记号，这是肉眼能见的最小痕迹，如果回房后发现，头发位置已动，已经消失，或杂有了陌生人的发丝，按照此行的规矩，必就是火速销毁密码本，注重走廊的动静，室外有否盯梢者，随时准备嚼碎毒药自杀。

爱米丽小姐的枕头上有她发丝，有她和男尸每夜同寝的凹痕，她始终朝暮陪伴，那男子生前如何待她？他写了仔细的日记吗？作者没有交代。

这种独特的情爱细节，其实一直在生活里无限延伸，近见沪上电视新闻报道，本市一中年嫌犯，发怒中掐死了同居的外来妹，之后他痛哭一场，细心为死者置换了里外三新的衣裳，为她做发型，描绘眼影、腮红、口红，事事停当之后，死活二人就共枕一处，企图触电自杀，最后是引起电线短路而案发……嫌犯的自述是爱之深恨之切，只为最后一次口角酿成了这故事。警方翻查死者日记后却发现，在这对男女三年的同居记录里，死者对身边这个男人根本就只字不提，只大量记录了她同数名男子私下打情骂俏的细节——这些人等都是她坐台期的旧交，此外大部分空白页码里，她只写"赚钱"二字，表明女主人一直不断自我加压，只望赚得更多金钱的理想。这桩实物证据，使涉案这上海男子赢得了广泛的同情，最终据说判了死缓。

上海类似的另案：某老年男子与老妻的尸身，共眠了半年。新闻电视镜头进入了杂乱房间里，这老年男子面对观众自道：老妻去世后，没告诉任何人，没有打接尸车的电话，一直活在无穷无尽的恐惧黑洞里——尤其是半夜独眠的恐惧，他常常突然惊醒，感觉极度的孤独，老妻已死的悲痛。与此同时，在黑夜里只要触碰到一侧妻子的尸身，立刻也就定心了，可以安然睡去……镜头在呈现酱色的尸身上飞速停一秒，由凌乱床褥的皱褶转回到了老年男人平静的脸庞，眉宇之间，丝毫看不到他有哥特式阴暗和诡异，电视也不传递任何异味，只是一整幅当代生活的图画，普通人家的内景，边上的旧电视，钢精锅，热水瓶……

死亡如此实际，远离生命威胁，是人的正常应对。此刻记起上海江苏路边的一张折叠小铁床，很多路人此地排队，轮流在床上打一滚，心满意足离开，仿佛如此这般，就可消除人世的疲劳与愁苦——这是一95老人睡床，本埠旧俗，寿诞阶段也就是一个开放式的行为艺术派对，不管来人是男是女，是老是少，上床这番一滚，即可除却烦恼，沾一点寿者喜气。全部意义就在于，老者还活着，还没死，红光满面坐于开席现场，小床毫无死亡气味。

每见博物馆玻璃柜内之伟人衣物，见到那种陌生领口、衣襟、衬里，都难以流连，匆匆的一瞥，拉大距离所谓"瞻仰"，即就离去，这当然违背布展者初衷，面对这类展览，常人永远不可能涕泗横流，人是最有理智的动物，死亡气息始终压倒一切，即便是花团锦簇的戴妃、猫王、梅艳芳衣物拍卖，摒除恋物移情癖或者其他心理人等，对于只做收藏生意的升值期望者，一旦独家面对这类散发陌生气味的物品，还是死亡的气息压倒了一切。

旧货店陈列大量旧表，发黑银汤匙，刀叉，旧玳瑁眼镜，污浊的贴身玉牌，玉镯，尤其各款老烟斗——留于"咬口"间深浅不一的种种死者牙痕。这类店铺"三年不开张，开张养三年"，等待戈多，门可罗雀，纯属正常。

某些古董——古陶、"米仓"、铜镜、发簪，收藏人不如早早安置于公共馆所才是上上之策。

绷带　白腊绳　麻丝

棕丝

海绵

记忆 · 1984

某友得到一枚古波斯款金戒——进价五百。古时昂贵的24K进口首饰，唐朝公主、朝廷命妇才戴得起。是夜下了一场雷阵雨，他平时睡得安稳，这一夜却惊恐无眠，电光忽然由窗外射入，家中十多面古镜，瞬间光芒万丈，架上多个陶罐萤火闪闪，唐朝"进口"金戒指，黄灿灿一如鬼火。到了凌晨，他梦到一古代女子指骨，套有熟悉的黄金指环。这个梦严重影响了他，之后他看报知道：本地一盛唐公主坟近被盗掘，陪葬物损毁遗弃——一般的盗墓者都有行规，掘后会掩埋尸骨，上香，而这座公主墓的遭遇却是暴尸荒野。恐惧败坏了他平素的风雅古趣，他拥有一乾隆年酸枝方桌，自称"上古人台面，吃现代泡饭，摆明清茶盅，饮上好乌龙"，忽也觉得嘴唇碰触茶盅，有与死人接吻之感。

人对陌生旧物的态度，很少有反常之时。1980年代，笔者曾到一剧组访友，片场设在苏州河乍浦路桥堍一旧戏院，当日是拍一场"戏中戏"，到"旧警察进入戏院冲散革命群众"为止。现场的群众演员太多，常处于混乱的局面，副导演彭小莲数度端电喇叭大骂脏话——戏院的前十排，估计会被镜头收纳，因此服装要求稍高，几辆黄鱼车送来了大批旧年代打扮，另有几车是更大量的草民衣裳，新布染色做旧，晦暗难看，上了身也就是上海小瘪三、小热昏、黄包车夫、奶娘、事儿妈、粗使丫头、大脚娘姨，小部分却是旧时代真正老货，老爷、小姐、先生、密斯张、密斯脱王的湖丝纺绸，长衫旗袍，各种西服领带袄褂——不知是谁家老辈遗物，或是"抄家物资"，估衣店的存货。结果就是，男男女女一时阵脚大乱，甚至丧失基本的理智，人人上前疯抢旧时代的剥削阶级遗物，不管不顾是否清洁卫生，人人来夺礼帽拐杖领带旗袍，抢走资产阶级地主阶级绫罗绸缎，不管大小合不合身，是否走光绷漏，无理智抓住就不放，就往身上套——这局面就是，人人都拒绝做奶妈，垃圾瘪三，卖梨膏糖、油墩子的上海底层革命工人或者革命小贩。现场混乱的热潮，实也看到如何做人，做什么人的真实反应，令人感慨系之——人的基本愿望理想，瞬间就在这里了，谁都不甘心做"下等人"，生活就是戏，必须出人头地。

也只在这特殊观照中，旧物才最有光辉。

新酒

短暂的酒保经历，酒吧的蒸馏管滴出酒液，香芬的熟识，都属于阿四。

一直在乡下帮家里烧酒，老板寻他来到上海，负责休闲总会烧酒演示——现如今民间技艺都搬入城里表演，炒茶、织土布、琉璃器、陶泥、剪纸受欢迎，本埠现场鲜啤酒的酒吧开了多间，但是做土烧酒，阿四第一人。

阿四摆定一排粗瓷小罐，老板在边上想想说：阿四，现在大概只有豆腐坊，还没弄到酒吧表演……大概，很快就有人考虑了，开"豆腐吧"可以的，泡黄豆的木桶，摊豆腐干的竹匾，石磨子，豆腐格子，过滤用土布，有味道，小资、小报记者、小女人最欢喜了，一讲野趣，生意就来了。

阿四想想说：大概吧，做粉皮也可以，做山东高桩馒头、苏北烧饼、麻油馓子，也可以到这里表演。大概。

老板噎了一口对阿四说：大概，你就放屁吧。

阿四所在酒吧区是中式设计，一座土坊蒸馏锡锅，用发酵蒸馏一次酒料，装入蒸馏器，头锅酒（首次蒸馏）有刺鼻酒糟气，辛辣上头，前农村卫生院一般当医用酒精用，第二次蒸馏就是二锅，和顺适口。土烧酒在旧时代上海，一般叫"绿豆烧"，北方习惯高粱烧酒、草籽燕麦做酒。传统小酒坊比较冷，温度要冷，"冷酒坊，热油坊，不冷不热豆腐坊"。酒吧室温24度，其实不大适合，但暖洋洋的气氛，阿四穿得单薄自由，周围陪酒小姐就穿得更少。

就这样，阿四做了上海小酒保，每日装料操作，客人男女，允许用粗瓷瓶去出酒口接酒，新酒流动香气，流动首饰光晕，雪茄味道和香水气味。进来新客人，包括外国人，先要看阿四和蒸馏器，手机拍照，熟客也就视阿四如墙壁了。等夜里十点后，阿四基本无事，老板让阿四做"少爷"，到包房上酒，不然算半班——等于弹琴算钟点工，阿四同意做"少爷"。

有酒就有醉，此地陪酒小姐先醉，每瓶酒有提成，小姐处心积虑鼓励客人要酒，一不小心，自家先醉倒，根本不怕客人动手脚，最怕灌酒，牢记客人面孔是本行业必需的高素质，只要让某客人成心灌醉过一次，对方第二次登门，即便生意如何冷清，不会上第二次当，吃第二次亏，一般也就笑脸相迎，想方设法介绍新小姐去陪。

这夜十点钟，阿四立刻认出两个著名"杀手"——小姐行话，专门灌小姐取乐的男人，这两人据说是高级职员，衣着考究，面色苍白，不声不响，目光阴沉，毫无笑容，每次进包房，点三瓶芝华士12或15加冰加水，外加两打麒麟啤酒，两位小姐陪；小姐一排立定于前，等候挑选——两个杀手据说是从事期货炒汇高压工作，忙了一天，到此放松，像面对另一种游戏，也算文雅君子，表情凝重端正，绅士风度，坐怀不乱，暧昧光线之下，礼貌请两位小姐落座，小姐大腿雪白，扭身一屁股坐定，照例就靠紧过来，这两个男人马上避开身体，随后，骰子罐就礼貌递过来，一起娱乐。

不管猜大小，还是猜任何游戏，两个男人不输一盘。

整个夜里（22点至2点20分），两男只用矿水，吸细支香烟，因为不输，不饮一口酒，不管要多少酒，最终都有办法请两个小姐自家送入口中，直到小姐醉晕过去，满口胡话或四仰八叉倒于沙发，横到地毯上翻滚，呕吐，人事不省拖抬出去，两个男人也就立起来买单，沙发留了小姐的小费，平心静气，礼貌离开。

比钞票比头脑，是阿四的软档。真不晓得这两个男人酒量多少——有没有酒量无所谓？只要喜欢，只要想这样子做，就让女人一败涂地？

这一夜，总会举办了"上海土酒节"——免费请客人饮用阿四的新酒，为了活跃气氛，允许阿四与客人自由干杯。

阿四的托盘里是一排瓷瓶、瓷盅、开心果——这天夜里，阿四就在大堂吧台、十几个包房转来转去。客人看看他，晓得这是一个做酒的小酒保。

晚上 22 点，客人比过去多了，阿四吃了不少酒，每个毛孔都有酒气，也有身腰高大的幻觉。

后来真的眼晕，经过了 15 号包房玻璃门，却清楚发觉，里面坐了这两个面色苍白的"杀手"，阿四迟疑几秒，忽然推门走进去，托盘放到玻璃茶几上，瓷瓶相互碰撞，发出响声。

两个小姐一声不响。

"杀手"的两对目光，盯紧阿四的眼睛，静听阿四开口。

阿四背了一段老板规定的免费民俗开场白。

然后，请他们用酒。

两个小姐笑了笑。

两个"杀手"静坐桃红沙发，毫无表示，目光像锥子一样尖，盯紧阿四的眼睛，没有一丝声音，没有音乐。

阿四不动，对方欠身起来，举起一瓶酒递给阿四，让他去喝。

阿四握住了酒瓶，停顿五秒。

喝下去！一个"杀手"命令说。

阿四忽然浑身发热，毫不迟疑，灌下去了，感觉不到任何的阻力。

酒顺喉咙滚下去，打雷一样消失。

阿四等待的，是对方也这样灌一次。

笛·2015

但无人重复这动作。

又有瓶子慢慢递过来，很慢很慢，渐渐凑到他口边，新酒的香味。

阿四接过酒瓶，手有些抖……周围毫无响声，于是对准了自己的喉咙……

鼓掌，有一个瓶子举过来。

"好酒量耶，芝华士12！"……"杀手"说……

"麒麟啤酒！"……

一系列一系列的感觉，后来全部留于阿四的印象里。小姐的面孔模糊了，吃吃吃笑，粉臂放大，模模糊糊搁到了"杀手"模糊的膝盖上面，"杀手"礼貌地摘开它，两眼死沉，冷峻盯紧阿四……

这天深夜，酒吧盥洗室因管道抢修，客人要去后门对马路的厕所方便，后门附近有一堆碎砖，阿四晃出门来，立于砖堆边解手，酒涌上来了，身体摇晃不停，感觉到热，远方路灯团团打转，转得极快，极好看，于是，阿四就这样忽然一头倒在碎砖堆上，像寻到了温柔之乡，一身皂色对襟唐装与这堆青黑色碎砖相似，也是瞬息之间，阿四就让深颜色的夜彻底吞进去，完全淹没了。

当夜很多的男人出来如厕，都是就近在这堆黑暗砖块前解决了事。没发现砖堆前有人。

黎明时分，一个送牛奶的阿姨经过砖堆，发觉了阿四，高声叫嚷起来。

浑身湿透的阿四翻了一个身。

开初他模糊的感觉是，昨夜下了一场雨。

上海水晶鞋

　　小家碧玉的简，一直自以为清雅脱俗——无论姿色、品位、时尚观，与这座城市一直是相配的。

　　简同时也否认了这年龄层大量女子那样，有相对薄弱的自信期限。

　　尤其是购物、阅人，简极少会走眼。男朋友宝隆，也是一位有悟性才华之人，背得出几百只名牌，也只有宝隆可以看清楚，简不是一般意义的出门，她的咖啡色手袋值几万几千港元，手表是水货江诗丹顿……宝隆这一类的直率，简以为是一种默契品格，包括同事，包括简其他男女朋友，基本缺少这等眼力和细致。女人的手袋不管高低，最好是真货，比较外在，是女人难以遮盖的器官之一，当然也因人而异，有人是要围巾、大楼、皮夹、眼镜、底裤必须名牌……这类物质的名目，假使乱了程序，有了瑕疵，简就会寂寞难耐，拍遍栏杆，早起眼皮浮肿。

对于宝隆来讲，简的辨别力实在敏锐了得。假如宝隆是一种死记硬背的"技术派"，简就是彻头彻尾巴的新直觉派。眼神明亮，嗅觉极其出色，通常只凭借整体感觉，就可以快速判定一桩事物，比如打量一陌生人，稍事一瞥，对方的气质装束，举手投足，就晓得了大概。

有年秋天，宝隆领了一个浑身名牌的妇人喝咖啡，自道是从美国回沪度假，准备做德国牌子大陆总代理，只吃素菜和日本料理，但是这一类话题逐渐忘记了德国，最终离不开日本男人了。事后简就对宝隆讲：美国人，德国人，哼哼，肯定是美国人托管的塞班岛这种小地方来的，现阶段这批女人，全部是做东洋男人生意的"煤饼"了。宝隆唯唯。简难免埋怨宝隆交朋友缺少档次，已到了堕落地步了。宝隆解释，对方是老邻居，住过一条弄堂，仅此而已。

简不会再多啰唆，塞班做生意是啥意思，当年日本普通游客去塞班最多，日本中年工薪男人普遍自卑，面对漂亮洋气年轻姑娘有障碍，比较吓，只喜欢大龄普通妇女，身材不重要，所谓"邻家妇人"——塞班这种地方，大龄亚洲女人多，生意太好。

某一次饭局，有个男人豪爽健谈，不像文人，不像做生意，不做官，但可以样样晓得，可以讲地皮，讲股票、汽车牌照，懂法律，懂官司，全部有联系，有把握，侠肝义胆，小市民八卦，万宝全书也可以讲，上天入地，好像这世界再大的麻

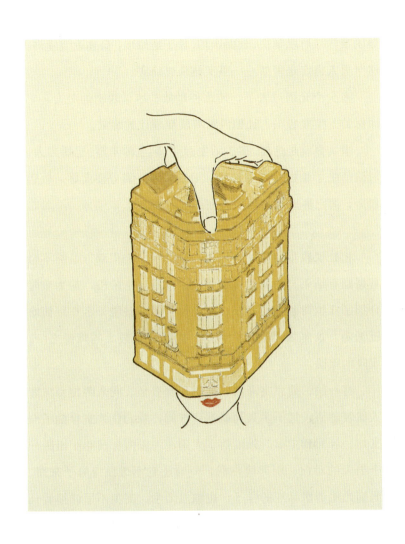

欧式公寓 · 2016

烦困难样样可以解决，表面亲切，骨子里傲慢。简靠近宝隆讲，这个男人肯定是警察——事实结果也确实。

多少个光阴过去了，简这种世故、冰雪聪明的眼力，牢固保留于宝隆心头，让他经常有醍醐灌顶的感觉。

事实真就是这样，多少陌生面孔，陌生的未婚、已婚男人，对简产生了微妙感觉的磁场，地铁车厢，商务楼走廊，饭店包房，简已养成观察陌生人底细的习惯。

相处了数年，简和宝隆已心知肚明，晓得双方最终不会有婚姻有结果。确实也禀赋相投。以后一个阶段，简为宝隆介绍了几位背景优渥女友，宝隆也带了一些境外客户跟简吃饭派对。这座城市要引为同道，结婚证是最大的障碍之一。宝隆的原话。

有一趟，简和宝隆到一间俱乐部去坐，同来两位台湾客人比较随俗，过不多久简就感到气闷，躲到化妆室里抽了一支烟，等回到走廊，外面落了大雨。大堂两个司阍小姐跟一个男人的对白，引起简注意，一时还看不透独身男子来路，问到此地消费标准的样子，也尴尬陌生。简免不了详细看几眼。男子客套了几句，不进包房，坐到大堂沙发里，像是等人，也像避雨。两个司阍小姐眼神沉默，简读到多少的冷淡。可以理解，立了四个钟头的细高跟，脚踝脚背一阵阵发痛，哪里还有心情和这种穷男人多费口舌（上海老男人讲，就是"多费樱桃")。这个男人闷声不响，看看表，米色夹克皱巴巴的，皮鞋完全湿了。

简静下心来，定睛细细看过去，发觉男人上装夹克是AIGNER，鞋子不起眼，看明了是意大利费雷东，也就有一点为男人的境遇不平，但简也要离开了。

戏剧性结尾是，等到简陪同宝隆的台湾朋友出门，大堂这位男人也立起来……这位迟到男人名叫方哥，某港资机构沪办老总，是台湾男人的重要客户。身份证实的短暂时机，灯光就像是亮了四千多瓦，有熟人陪衬，简眼中方哥这一件上装，更是养眼和顺，完全是旗舰橱窗的衣架了。

以后，也就是简跟方哥四十六天蜜月期了，直到方哥接电话回港结束。离沪之前，方太由香港来过上海一趟，简虽然检查了两遍，卧房、浴室，上上下下，消除自家所有痕迹，方太还是感觉到了异常——方哥从不请女佣，但壁橱里却有一块熨衣板，衣橱里也看不到一件皱巴巴外套。简的认真习惯，让方哥露出了破绽。

方哥曾经跟简讲一个故事——有一个日本爸爸出差半个月，回来的当天，爸爸的孩子小野照例要求去放风筝，这一天横滨风大，风筝上上下下摇摆不停，头重脚轻翻跟斗，小野收回风筝，忽然就解开了爸爸的领带，代替风筝的尾巴。爸爸静静坐到草地上，看这只系有领带尾巴的风筝，扶摇直上，升到蓝天上面，悬挂停当，爸爸的心就沉落下来了——

爸爸晓得，在他出差这个阶段，老婆有了外遇。

按方哥的脾气，这故事一定对许多女人讲过，包括方太，但对当时的简来说，已毫无任何现实意义，虽然许多天后，简半夜醒来，还会感觉到方哥轻微的鼾声，实际只是南京西路通宵公车引擎依稀的震动。再以后，什么也听不到了。简心里明白，人跟香水是一样的，即便收进水晶樽的保加利亚玫瑰精，最终也会挥发殆尽，人一直是想满足于现在，就像蜡黄的江水经过黄浦江这样，不会有一刻停留。

简第一次想到嫁人，是这一天黎明时分想定了的，她坐起身，对镜子褪去方哥买的软缎英式睡裙，踏到地板上去，看看自己两只赤脚，光滑的肩膀，一道晨曦，正好从城市屋脊上显现出来。

——对方必须单身，有相当实力（这不会走眼），有"上进心"，其他可以不论。宝隆晓得，简讲的这种内容，其实就是一般有理想女人的经典三段求偶句。宝隆不多啰唆，只是讲目前有一欧洲男人，要寻一"上海女孩"结婚。欧洲男人第一次来上海，几年前看了一部翻译小说，从此相信世界上最雅致女人，就是上海女人，因此要找一个上海姑娘做妻子。其他背景不明朗。

花园，鸟叫，玻璃咖啡桌，水杯，暗蓝塑料袋简装土耳其烟丝，波兰卷烟纸，一只骨节粗大的毛手，拿过一撮烟丝，

见领带飘在空中，他知道妻子有了外遇·2003

熟练卷烟……手腕不戴表，黑毛浓密暴露于粗蓝布料的袖口之外。花香中涌出一股呛人难闻的烟雾，简看看这些黑色硬毛，绵延到手背和手指上，黑熊一样坚硬的鬃毛……

简明确告诉宝隆，对这位卷烟男人，她根本毫无兴趣，攀谈几句，也就告辞了。

意思就是，她根本不可能喜欢只穿了一件蓝布工作服的外国陌生男人的，无法容忍坚硬的熊毛，简不是一匹雌熊。

本来也就是一桩笑谈，花园茶会就这样结束，但是宝隆房间的钟点工小凤晓得以后，多出一点点涟漪来。

小凤十九岁，小眼睛，圆鼻头，因为年轻，还算唇红齿白，她一向穿简的旧衣裳，有的还算合身，有些显得紧绷，整整齐齐，也拖拖拉拉，聪明伶俐，狡猾愚钝，等宝隆跟朋友挂了电话，她就软声求宝隆，要来这个外国黑熊的地址姓名，小凤要去一趟酒店，她以前养过几年羊，全部是黑颜色长毛的山羊，因此无所谓黑熊的黑鬃毛。

一个月后，一个春风浩荡、冬眠苏醒的时刻，小凤嫁给了黑熊。

从此，简就将黑熊归类为欧洲乡下人——只有乡下人是这种态度，捉到篮里就是菜，分不出上海跟外地的位置。

宝隆笑笑说，上海有啥呢，全是人，男人跟女人，只要到了上海，就是上海人呀。

几年光阴，如南京西路耀眼车流一样滑过去，光华夺目，却看不到可以捏紧手中的贵重记录，结婚的念头与时俱进，生活却样样朦胧，跟常人一式一样，看清的永远是面前的风景，不断换改的日程表，聚散分合，朝九晚五，日寝夜出，南京西路传送了多少滑过去的新面孔，似曾相识的饭局，咖啡气息，衣裙与手袋的过时展览。简一直笃定如泰山，拈花作一笑，保持镜子里好相貌，好神采。只是有一日，做脸的小芳轻声对简讲，她眼角旁边的角质层明显增厚了。简一声不响。

三年后一个刻骨铭心的下午，宝隆告诉简，小凤回来了，住静安五星酒店，这夜要请宝隆吃饭。

这消息对宝隆、对简逐渐形成不小的打击。

去看看。宝隆讲。

去酒店的路上，简已经得知这头花园黑熊是北欧望族，他的名下有四座森林、六架直升机，养殖了虹鳟鱼的高山水库两座。

音乐声忽然钻过简的内心，慢慢流淌起来，迎对冷风，简回顾蹉跎的南京西路，偶然发现波特曼的顶楼，冒出一只黑毛茂盛的粗手，噢，是机房排出一股柴油烟雾……

小凤的房间，电话无人接。

总台先生说，客人刚刚起来，是去本楼美容部梳妆，昨天也这样。

走过走廊的厚地毯，简忽然闻到了最为膜拜的保加利亚玫瑰的氤氲气息，一丝丝沁人心扉，银粉色的房内无任何声音，只是色香之感。

两人看到，小凤由四个小妹簇拥服伺，云床斜倚，蛾眉懒扫，十指娇嫩如春笋。小凤的鼻头还是圆圆的，不过这是东方命妇的盈润，樱唇微启，饱含人间珍露，肤似凝脂，燕瘦环肥，颈项如象牙，珠围翠绕。

正是佳人梦醒时分，花藏叶底，月隐云中。简眼里的小凤，恍如深陷绮罗锦缎的一个芭比，一个历经考核、万选千挑的豌豆公主。

灯火平生

1

莫干山路，有人拉京胡。

老房子的气味，丝弦的咿呀声，逐渐近来，逐渐远去，忽然撞入的杂念，不曾料到的琐事，不必的判断，零乱泛现，固定场景是夜晚的便利店，含有标准城市的简装香味、夜灯、书报、音乐，夜没有丝毫变化，车照常走，街树毫无表情。

这是河边，背靠堤岸，前面是大名鼎鼎的申新九厂——后来改为"红子鸡"大饭店，拐到它后面的这条路，前纺织机器形成的嗡嗡声仍犹在耳，窗子和电线杆上的棉纱飞絮现在都干净了，是大厨房的油烟味、麻辣味很浓。北边一排老式民房、小店，弄口的垃圾箱、烟纸店，上海温暖的气息和无处不在的灯光，使黑夜温润，有大卡车开过来，代表城市新的力量，装满着渣土，一大股的旋风，地皮震动，等一切安静下来，依然是麻将和眼前的民生。

朋友在此地有一间闲置的前厢房，前天陪一个大学生来看这房子，原以为它只可以借给外来人员，没想到应征者是二十岁的上海学生，面对陌生的合用灶披间，七八个油腻水龙头、电炉和火油炉，他全部接受，表示一切都"很有味道"。

　　二楼居住的是老张，每天有固定的时间拉京胡，晚饭以后，下午，周一或者雨天，上午也会拉，这是朋友介绍的情况。说的时候，胡琴就响了，西皮二黄，因为楼板薄，声音是刺耳的，朋友笑了起来，像这是他的一个错误。

　　学生要上楼看看这位新邻居老张。我们走近楼梯，开了灯，发现那是一架通透的铁制扶梯，如同我们身在底舱，可以一直仰看上三层的甲板。朋友说，姑娘上楼都是要捂住裙子的。二楼的灯光下，一切都是浅酱色，三人站着听老张拉胡琴。

　　老张掉了几颗门牙，低头练几个过门，随后说了一些见识，主要当然是关于京胡——琴筒上蒙的蛇皮必须讲究，最好用十年的公蛇皮，蛇皮是向来分公母的，母的有生育，所以皮容易伸展变松，不几年就要换。琴弓上的马尾，也相当有讲究，最适宜用的花马尾巴，黑马的尾鬃太刚强，白马尾则过于柔软。

　　他的话，还有灯光，想起灯火平生的句子。

　　待我们和男孩离开那条弄堂，走出去很远时候，还听到老张的琴声。

2

在晒台上悬挂酱肉。墙角留有上海冬日第一次的薄冰。

粘着花椒的深褐色猪腿肉，已散发久违的酱香。

过年有什么能为它去做，年有什么能够留存下气味的，也许是酱肉。

陈村曾经面对万家放鞭炮的年夜，"泪流满面"——民生的愿望大概就这样，祈望风调雨顺，知足平安；"泪流满面"是真实一刻的感觉——愿望仿佛很小，其实广大，一种传统的满足和动容。

酱肉材料：比如新鲜五花肉四斤，或后腿蹄髈一对，斩骨，洗净，系麻绳悬吊在背阴处沥干；铁锅炒盐少许，加入花椒成花椒盐，遍抹肉上，挂于北面背阴处一个日夜；陶瓷器内倒入四斤上好红酱油——现统一叫广东名字"老抽"，将肉浸没，四五小时翻动一次，如此一个日夜，然后沥干，挂背阴处一周左右，即可割取蒸食，肉香扑鼻，绝对小民之美味。

没人相信在如今，还有我在制造过年的肉食，略懂滋味，每年等待做这件琐事，等它们变成一种半成品的制造的享受，正如别人在毛边纸上画贺年卡，编辑策划应景版面一样，在继承和庆祝的意义上也是对的，上海人比如定做鳗鲞，快递花篮，派对，钱柜唱歌过除夕夜，转发"水晶属相算命"等等——大半是与他人共享——制造酱肉，大半是送亲朋至友。

王祥夫吃过酱肉，大为赞赏，带走一大块，但一周后从大同打电话说，肉表面有霉花，老婆十分讨厌，只好请他放弃。对于腌制的肉，北方人一般不知如何保存和做菜，尤其金华火腿，甚至不仔细清理表面，整块剁碎煮食，味道自然不佳。

制造酱肉，必是在江南隆冬季节，但居处如无背阴、背雨处可悬挂，气候不对或者外国，难以实现。

3

经过成为画家村的旧厂房，天是完全暗了，苏州河逼近眼前，长寿桥横陈，看过去更多灯火，更多人和车，东面依旧发亮，城光反射到天幕，使附近更黑，更热。过来一只船，两个赤膊船民并排直立着，逐渐慢转，在河湾那边逐渐露出船屁股、引擎、舵。还是没有风，逐渐看清一个拾荒者坐在堤岸上，是吃西瓜，还是吃饼？澳门大酒店的霓虹在河面跳动。

K在躺椅里，在莫干山路98弄前面。

"上海面粉厂嘛，老早拆脱唻，此地就剩下来阜勋里（或阜熙里），嗒，98弄呀。"K说。

没有风。路边各种躺椅，麻将桌上方挂了一个灯泡，烟纸店，馄饨店，因为热，失了活气。"现在我一天两场麻将，

除夕的上海 · 1973

适意，一天隔一天值夜班，皮管子冲水门汀，拿把长凳，赤膊坐到单位门口，跟隔壁发廊老板娘讲讲谈谈。"K说。

弄堂背靠苏州河，低矮的红砖券门，弄旁的小便池，在燠热之夜有些模糊，对面工地高大的楼影近逼，"春明城市工业园区"就在隔壁。

"无所谓，我无所谓，不想拆。"K盘算："隔壁有四十几国，一百多画家蹲在那里，饲料厂那边，画家也搬过来了，上礼拜有专家到弄堂里拍照。98弄出名了。"K摇着腿。"要拆，底楼我一统间，27平方，拿不出四十万，哪能会走。"

98弄，旧时代面粉厂职员的舒适住所，多少面目模糊的男女在此生活，已如河水东流，房子变矮，弄内一半以上已是外来人，每天出出进进，除了老邻居，其他的人，K都不认识。

"阿三还可以，还有人（给他）介绍朋友，有次带了一个外来妹，先到新造的啤酒厂夜花园里白相相，荡马路，一道吃冷面。现在大家谈外来妹，做小保姆也可以，伊这把岁数，无所谓了。"

"问我么？还好，就是天气实在太热，我老早不去舞场了，夜里二两'尖庄'，'一滴香'也不错。隔壁嘛我是不进去的，不过我晓得画家，我晓得呀，艺术家里有一个姓丁的，专门画十字，阿三讲肯定是耶稣教，还有一个叫啥人顶有名，报纸上经常登……现在就看这条弄堂拆不拆了，不拆也是蛮好，我就去隔壁上厕所，老厕所只有两个蹲坑。"

夜晚，这个接近直角的苏州河湾，原先船声不断，船家行至 98 弄背后，落了油门，鸣号，大概是两短一长，嗡嗡——嗡……这是过去炎夏的回忆。如今船已经相当少了。

4

大雨滂沱的黄梅天，苏州河某黑暗的桥头，一男子裹了塑料布躺在地上，算是"乘风凉"，看过去，如一具殡车上掉落的、夹头夹脑听任雨泼水浇的无主死尸。

以前夏天最要紧的是"乘风凉"；上海人一天里可以重复十几二十遍这个关键词，讨论晚上如何"乘风凉"，去哪里"乘"？它是夏季生活的重要部分，"乘"得不佳，意味睡得不好，"乘"就是睡，屋里太热，外面也太窄，每人须"抢"到一地方去"乘"——夏日黄昏，头等要紧早点掼掉饭碗，出去占一块地盘，摆稳自家椅子竹榻。

乘风凉，中间一个"风"字，上海味十足；官话"乘凉"，慢半拍，上海人实际，要有风，无风，就无任何实际作用。"纳凉"二字，主人没三四进的大宅子，没三两株芭蕉桂树，总不合宜——上海的石库门天井狭窄发闷，没得一点风，哪来的凉。

历史上是有几处知名"风口"，最高建筑国际饭店，上海大厦，中百一店附近，有穿堂大风——还应再加一处，老锦江背后长乐路口，艺术剧场一带，也属于有名风口，极其凉爽，楼高风大——雨天小朋友经过，几乎撑不住伞。

现今在时髦的陕西路"百盛"，以前一到夏夜，人行道铺满草席，居民小孩扑满爽身粉端坐竹椅（非折叠式躺椅时代），金银花露，木拖板，蒲扇，决明子茶，第二食品店卖冰镇酸梅汤，"立丰"（"巴黎春天"位置）堂吃西瓜——西瓜按人头配售，店家一旦切开零卖，客人必须在店内吃完，不得外带，可惜没人拍得一部纪录片——满堂方桌子，陌生人聚首一起，闷头吃西瓜，店外大排长龙；桌边有人转来转去，专事收集瓜子带回家，准备过年时炒了吃，场面热闹。

摄影家陆杰在本埠一座知名楼盘前，拍到最后的"乘风凉"照片。仿罗马、希腊楼盘正面，已经很尴尬，不知哪个厂家做的双翼飞狮、维纳斯、安琪儿、海神波塞冬等等，粗短肥壮，呆手呆脚，畸形，头大身体笨，白花花在门口一立就是几年，旁边是假罗马台阶上，属于附近老弄堂的上海阿爷阿娘、阿爹阿伯、爷叔婶婶、阿姨娘舅在此端坐着"乘风凉"，躺椅、板凳，高低错落，喝茶吸烟看夜报；天还亮，打赤膊的身段与附近石头雕像混为一体，黄黄白白，各有各的显眼，也不容易分别，真切的肉身有活力，石臂石腿，死板臃肿，真人石人合了一处，天慢慢暗了，真人在动，石人石翅膀有时被牵动，仿佛活起来，特别醒目——难叙难述，难描难写，唯有照片可以传神有趣。

摄影家拍照，膝下的孩子一直不断地提问：爸爸，啥叫乘风凉？

这话问得好，现在很多的上海小孩，已不知此言为何物。

看澡

很少去浴场，那天是带孩子去，出好多的汗，孩子大了，有点不好意思和爸爸在一起，我躺在脉冲热水池里，不再管他。温度合适，有一段时间，简直想睡过去，很多裸体男子在我面前走过，静静看着这些身体，不由想象属于他们各自的女人，男人的细节，虽都那样不同，但在我眼里，实在毫无美感——他们身形不一，也大致一样，女人怎会一一接受他们？这是瞬间的想法。对于非同性癖、非人体画家的男人，实难去发现同性之美——包括这林林总总黄褐色躯干，黑色毛发以及蒸汽，粗重的雄性的声浪……男人们只在观赏雄性动物，比如一匹公狮，即便是如何角度与心情，无论是仔细或匆匆的一瞥，应有一致的结论，雄性更美，经验就是这样，任何禽兽都是雄性漂亮，看视同性之男，除却了米开朗基罗，面对这些线条与身姿，应该不以为然——男人当以全部的感知，倾重于女体之美——经典的出浴图，作者都是男人。

相对而言，女性看待雄性（女性主义另议），应该不会如此扭曲，无论观赏男人，或者观赏公狮和其他的雄性动物，都会产生客观的同样的视觉。

　　另外可诧异的，是为何自然界的雌性外观，都比雄性逊色。雌者身形一般都低调，鸣声喑哑，毛羽接近环境色，那应该是造物为繁殖设置的安全屏障，雄者历来是保持了夸张的外观效果，公狮鬃毛稀疏，也就失去了种群。非洲公蓝鸟，外形顾名思义，毕生的任务是罗致收集蓝色物体，蓝花，蓝色石头，蓝色塑料碎片，辛勤装点鸟巢，吸引雌鸟眼球。

　　原始部落的男子，一律也花哨打扮，习惯以动物的华彩翎毛，矿植物丰富颜色，文身刺颊，秉承美学的永恒原则来装点自身。只到了人类的发达社会，女性开始倒错阴阳，转换到雄性动物的外观特性——难道不是吗，整个男子社会启动了女性的装饰美学，使女性们很自然地借鉴了包括雄鹿、雄孔雀那种注重外貌，顾影自怜的性格，女高音歌唱者，完全是公开坦然接受对她的赞誉——她自己肯定也承认，她拥有了百灵鸟般的婉转歌喉，她已经不知道，世界上只有公鸟，才会生发如此华彩悦耳的啼啭……

　　新近去买两条斑纹热带鱼，店主对我说，我如果喂进口鱼食，雄鱼就会保持宝蓝色的光斑，十分美丽，雌鱼再食，也不会美丽，这是睾丸素作用。

　　然而在当下，在古代，一切的一切的现实中，囊括了天上飞的，地上跑的，水里游的，属于雄性世界的，无所不用其极的夸饰手段，包括女用香水（可取自雄麝、雄麝猫、雄香鼠的性腺），神奇激素的全部霓虹，都装饰作用于了女人，也就是说，在不知不觉的数千年里，女人们早已欢愉纳入了雄性美学的范畴；包括女画家和女作家，都已然热衷自觉用颜色、用文字描述女性的美丽裸体，她们都具备了本该是男人才有的坚定鉴赏异性的视觉敏感——这都使有心者意味深长。

常识显示，男人和鸟兽，应该是早就脱净干系的，有意思的地方是，目睹那些幽默，口吐莲花，缠绵求偶的男人，包括《一千零一次求婚》男角，继承了没日没夜歌唱的杜鹃、相思、百灵鸟的执着精神。霸道狡诈、顽强、精力无穷的男子，仿佛就是土狼、豺狗、澳洲的公蝙蝠。体面斯文，有权威，身影伟岸的成功者，是公北极熊，公虎，公非洲扭角羚，公爪哇大蜥蜴风范。前面提到蓝鸟，还有非洲织巢鸟、土拨鼠、远东水獭，如同炫耀财富的男士们，习惯收集各种豪华闪耀礼物，营造安乐窝，用于迷惑异性。特别要提到雪貂，它象征了当代社会中稀有的洁癖男子，记得以前我住的房子，正对前一栋三楼的北窗，屋主是最具代表的一位，每天数次用白毛巾擦地板，桌子，板凳，阳台栏杆，这种性格，一定会吸引有同好的女性，但古往今来，这类男子必比寻常男人有更多的困惑，这等于猎人知道的动物品性，比如捕获雪貂，就是在它的路途上，遮挡肮脏之物，它特别爱干净，会乖乖

爱神入浴图 · 2017

地顺着干净的设计路线，最后跑入一个铁笼里去……

此刻我已躺不住，满面是汗，经过桑拿房，在水池里坐下，桧木池、人参池，然后在大镜子盥洗位前，洗头洗身，面对身体，一遍一遍，有点无聊。环顾四周，年纪不一，高矮胖瘦的男子们，素面朝天，声色各异地刷牙、剃须、擤鼻、濯足、篦发，可联想城市各个私密的清晨和深夜。然后出来，服务生帮助擦干，套一身浴场的衣服。此时看到孩子了，坐电梯，到上一层的休闲场所，满眼是浴场统一衣裤，蓝条纹的男女老幼，像是省级监狱放风，精神病院的活动客厅。我们在这特殊地方吃了晚饭。

记得曾在这地方，碰到一帮过去单位的男男女女，拉我一起喝酒，才知他们一下午是在这里看球赛直播。附近还有一个三代同堂聚会，摆一座大蛋糕过生日，统一衣裤的七大姑八大姨，呈现一种异景，仿佛穿越到了某个理想国，全城子民全都失却性征——女人明显不保持外观态势，不佩戴胸罩，男女一样的拖鞋，在广大空间里走动，或在我最近的距离坐下，没了以往的依仗，空气里出现了一种不适，懒散，百无聊赖的气味，等于群居时代、外星世界影片的内景。一对一对中年夫妇，手拉手闲游，等同于身披睡衣，刚刚离开了床榻，或是我误入了他们卧房的过道。

这种单调的场面，可联想 1970 年代的国人服饰，一律"蓝蚂蚁"场景，有专家研究说，当时城市美女极为稀少，单说说那时期的女影星，完全不及民国时代漂亮，可如今呢，说起来每一年每个人周围，都涌现了大量美眉，美女无处不在，雾月镜花的，经得起细究么，结论就是——如你是在1973年撞见一大美女，惊鸿一瞥，那才属于真正意义美女。反对者说，这根本不可能，那时代的衣裳，尺寸等于是大面口袋，三围不明，只凭五官，怎就能判断真正意义美女呢，不可能。

想到澡堂的男人女人，鲁迅给仙台友人写的信，同学佯狂，或登高而窥裸女。《伊豆舞女》的一节，千代子和薰子姑娘邀请川端洗澡，千代子希望能仔仔细细给川端擦背，似乎无男女距离的特别，但接下来，薰子与川端面对面下五子棋，薰子过于专心，头发差点碰着川端的胸口，她立刻脸红着跑开了……这一刻，场景恢复了亚洲女子的通常样貌。

江户时代式亭三马《浮世澡堂》，这类环境成为民间交流的平常之所，也不见男女打情骂俏记录，只是嘲笑了不懂洗澡的西部人，错把别人的兜裆布当手巾用，这方面的描述，除浮世春画的题材，澡堂的东家，一般只是坐于高凳，看视男女更衣，让我忆起1970年代上海的公厕，都是由妇人所辖，男女两室之间留有窗棂，妇人端坐其中出售手纸，允许她左右张望。

我只是记得在遥远的北方冬夜，在没有风的黑河的原野，气温零下三十二度，我步入雪地去洗澡。读者一定疑虑，那是在室外？是附近一个发电厂的露天冷却池，水很干净，水温也合适，远看如一座厚雪中冒气的温泉。我在池边脱衣下水，当时满天星斗，一切沉在暗蓝的天幕里。池壁是厚厚的桦木板做的，我的鼻子前面就是池沿，积了很厚的冰，它们并不融化。水很热，我泡了一会，可以把头枕在池沿的冰上，并不感到冷。头上是银河，在很暗的电厂的四周，只有天穹是那样醒目和深远，有牛在叫，一两声狗吠，真是静，还有就是暖和。好像就是，一个人可以逐渐远离孤独的人生，一种赤条条的解脱与满足，也许，此生再也不会有这样宁静的感觉了，当时我想，如就这样昏沉睡去，即使我不再醒来，也是好的。

上下肢

上海人称外国人"外国赤佬""红头阿三""红眉毛绿眼睛""罗宋瘪三""矮东洋"……黄包车夫让外国人踢了一脚,"吃外国火腿"。上海人口中的"犹太人",并不是外国人,意思是"人精"。

之后就改口了,外宾,外国友人,外国专家……美国少爷兵,苏联老大哥。

有意味的是,不管上海人北京人,称其他人是"黑人""白人",却从不自称"黄人"。

西方预测,异种的通婚越来越多,金发人种会越来越少,只要夫妇一方不是金头发,后代无法继承这种发色,只有我们"黄人"不用担心,有朝一日自家小孩有一头金发。喜欢金头发或红颜色头发,要花五百元去染。

郭沫若认定黄种人是进化最好的人种,因为体味淡,体毛相对稀疏。其实我们中等体型黄人,应该是世代辛苦耕作,吃糠咽菜形成的进化结果。我们节俭勤劳,吃所有可吃之物,也习惯了叠盘架碗，大宴宾客，喝酒当惩罚，模仿力强，有样品就能造，工细，一根头发丝上可刻《红楼梦》第八回，繁殖力虽有三十多年生育限制，上海人口早就负增长，据说寿数超过了纽约，总体人口仍是世界第一。其实我们的强大在于，黑头发本身是一口大染缸——哪怕再多色系的头发混合进来，调色盘一样，黑颜色永将终结任何的头发颜色。

看一段视频，当代非洲猎手仍旧徒步追赶一匹扭角羚，烈日下面人兽不间断持续奔跑了十三个小时，到了黄昏时分，猎手将标枪大力投向这匹野兽——它已筋疲力尽，呆立不动，听凭热血顺枪杆流淌到蹄壳和沙土之上……猎手快速肢解它，筋脉为绳，皮做包袱。这个夜晚就睡在树上，割成条状的兽肉也挂在树上储存，天亮后他跋涉一个整天，把肉干背回家。

这种消耗大量体能的奔袭，在我们早就失传了，祖宗早就培养了更多的温驯家畜，也因为我们历来腿短，夹不住高大的马匹，古画里的马都是那么肥矮温良，宋朝骑手的坐态，都像是陷入了宽胖的沙发里。《中国人的性格》提到中国人造房不讲究地基和材料，大概是与我们的体质有关，不主张消耗巨大体能，去做毫无意义的巨大石造系列，巴台农神殿、大金字塔等等——我们祖上的传统遗迹，基本是泥墙草棚、土木结构的历史，早就有了统一定规千年不变的木料砖瓦营造法，因此祖屋不易久存，朽蚀坍塌，失火烧毁，留下模糊的考古台阶和柱洞，这一切或许都与我们的体能有关系。

在世界杯或温网比赛的日子里，一部分黄人女性沉浸于电视直播的迷醉中；韩日球员在自己地盘上像模像样，有较多的进球，虽有极强烈的自信与激情，但是个人气质仍不及其他种族球员耀眼，想到遥远的男网华裔美国人张德培，当年是赵子龙风范，哀兵必胜，讲不来国语，白盔白甲跳上长坂坡，跟白种人盘肠大战，打出了不少超手球，但最后输在体力不支，两腿实在太短，那双名牌球鞋也更加笨拙。

每当男子处于近身角斗阶段，正是女子最佳的骑墙观望时刻，造化如此，即便不是原始年代的两雄相争、胜者赢取种群的剽悍、灵活、力量身段的雄性崇拜期，仍脱离不了雌性基因的原动力，在这一类不对等的男性赛事里，胜者基本是黑、白人种，等于还了自然本相——异种异性反复闪光的身体，高强度画面弥散的汗气和红土气息，使女观众如醉如痴——有一篇分析男子体质的论文写道：优秀球员具备超常的雄激素量，一般运动员的雄激素也高于常人，因此深得女子们的喜爱，是物种本能的精确反映。

中等强度，上肢运动的比赛，不给对手有身体接触的机会，那么棋类、乒乓、羽毛球、跳水等等，我们是当然冠军。

若需要身形像疯马那般快跑，比一比蹦跳、冲撞和爆发力，因是肌肉质量的人种限制，我们立刻败下阵来。拳击一项虽是依靠上肢，腿脚不派多少用场，但是赤膊交手近贴，真不好玩，在高强度的体力对抗面前，我们一旦遭遇黑、白鬼佬，夺冠的希望从来就是渺茫的，我们只能把冠军、双冠王金腰带让给他们。

好像全世界都知道，足球缘起于我们祖宗"蹴鞠"，记得国际足球组织马上就要开会，纪念这值得纪念的名词了，这是伟大的，舍我其谁的快乐日子，也为强化自我中心的中国足球，专家也已经具体考证出足球运动落实到我们大宋朝奸臣高俅的名下——虽然现如今我们暂时得不到世界冠军，但如果抢注册承认这项运动是我们高俅的发明，也好呀。

中国北方话，形容人脚力不稳："脚底绊蒜"——走进大蒜田里，两脚容易被枯蒜穗子纠缠，绊个踉跄趔趄，上海话"软脚蟹"，八腿没到硬化阶段，在沙滩行走就难，我们哪一天趟到西瓜地里呢？哪一天胯下出现一个个乱滚的西瓜和皮球又如何呢？

传统表达，我们一直是以上肢为不二法门的，比如《孔雀舞》的复杂纠缠，双臂、肩、脖颈、眉眼，更"文静"的有："阿哥龙吸水，阿妹云穿月"（《采茶》），"姐织白绫郎操琴"（《月琴》），无穷尽地演绎上肢，柔软反复，一无遗漏，手到眼到心到，舞它一个万端变化，千手观音，舞到花好月圆。

红色 · 2016

上肢的表情，包括戏剧都是极高的境界，水袖之长，意象万千。虽我们也有祖传"抱桩腿""谭腿""阴截腿""戳腿"（鲁迅语），武生的金鸡独立、鹞子翻身、劈跨、盘膝、跪曲、匀速、牵动双膝转移，左右挪行，端平一碗水，细思量两腿脚尖，几百年绵密的长裙遮盖，碎步、云步，软鞋——莲步轻移，我们以看不到膝关节活动为美，脚面必须稳重隐匿。仿佛夸张了下肢，便有传统禁忌，是下肢弱势的长期遵守特征，血液遗传。

西人之舞，却都是以腿脚剧烈变化见长的，足球列强英格兰、高卢民间传统舞蹈，是全套的腿脚动作，复杂的花哨外露——减少上肢的机会，或只保持张扬或静止，怀抱双臂，或拉手转圈，腿下热气腾腾，自由多变，以腿脚表达内心。

意大利是芭蕾发源地，腿脚动作有一部词典。弗拉明戈舞铿锵有力，脚法细腻多变。东欧民间舞玛祖卡，高加索舞蹈，脚下功夫足实了得，热血沸腾，轰轰烈烈。

欧洲以后衍生的宫廷舞（小步舞）、探戈、狐步，继续研究，强调腿脚的复杂情感变化。

足球之邦拉美诸地，殖民混血的结果，在下肢舞蹈变化中，更发扬光大；印欧混血、印欧非混血产生的桑巴舞、恰恰，脚法眼花缭乱，激情洋溢。

因此，他们当然是天造地设的足球人，我们一直是陪练。

以前有幸见到本国舞者仿爱尔兰的踢踏舞团，在无比较情况下，集体敲打鞋底铁片，台上哗哗作响，像得了真传，等真正洋舞团一来，高下立见，缚手缚脚。

可以想见，这些有腿脚遗传基因的民族，脚下玩一个球，一个足球，是极容易的事了，两腿踏上绿茵场，便有遗传血液启动的激情。

古今世界都懂得物种改良办法，采用杂交法提高水稻品质，改换牛马肌肉、肺活量劣势，马匹的形体经过杂交，就可以变高变矮，或力大无穷，或疾骤如飞，忍辱负重，顺应人类的意志。欧洲重役马匹能够挽引十数吨的重车；竞技马和盛装马，都有各自玲珑轻捷的特点。葡萄牙出产的斗牛马也是改良的结晶，和西班牙斗牛不同，骑手驾役于场内左右腾挪，旋转奔腾，并始终以保持与尖锐牛角几公分距离为美，强调牛马进逼的生死之搏。中国矮小乖巧云贵走马，是另一种改良范例，它们无怨无恨，参加翻山越岭马帮队伍，终生行走于海拔三千米以上的崎岖小径，以贩货活命——在这类恶劣劳动的环境里，概念马的伟岸雄浑、英俊华美，基本不派用场。

常识就是，不能因赛事进行人种的科学改良，等于克隆人有违伦常，史上只有希特勒短期内建立了专门机构，筛选纯雅利安男女为国家实行"计划交配"，繁殖想象中的强健优秀后代，最后不了了之；苏联和东欧幻想建体育帝国，辟有专门研究的秘密训练营地，至多也是在兴奋剂上动脑筋——不少游泳女人因此长出夸张喉结和胡须、雄浑宽阔的男人脊背。

人的标准身高，画论用头高为单位，标准男人7到8个头高，两肩宽处是头高两倍，会阴在身高1/2——不对了，这是白人的标准，黄人按头高计，应减少1到1.5个单位吧。白人颅骨正面窄小，明显与脸如铜盆的黄人不同——江南民间有"困扁头"一说，小孩仰天久睡的结果，其实正是黄人的天相。如按这样的头脸来精算计绘我们的身体，部分习画者就有换算的麻烦——有一些画家直接以西人身材、脸相来处理黄人，照样可以欣赏。

虽黄人削肩、短颈、扁脸、上身偏长、短腿、曲线不分明，但这是西方标准，即如传统服装一上身，显出我们本有的体貌美感，独有的广袖长裙，衣袂飘扬，正也是武术赛事最亮点——不管如何的朝代，白人黑人穿黄人的衣装，因为高鼻深目，丰胸宽肩，举手投足，处处也气韵尽失。相反来讲，再如何的名牌西装，也是他们穿了才好看。

报载某体育教练听洋人议论国人身形，立刻回应道：我们有姚明，有刘翔啊！对方沉默了。而其实呢，我们是比他们矮，不够力量，有什么问题吗？姚、刘真的很少。

关于上下肢，关于足球，另外的好办法就是——真不如我们自己玩，上海话就是自家"白相"，也可以满足。我们如果一直痴汉想婆娘那样惦记世界杯，不如捧出祖宗运动，独自开展古雅宋朝的"蹴鞠"，就如日本人自家玩"相扑"——基本是自家得冠军。为什么不呢？

我们一贯有自家长处，有合适我们身心的比赛，另外是，由猿及人——和洋人比较，我们已进化到了不善奔走的地步了，这应该是人类文明的一种可喜表现。

嚎叫

老师的老师，我称他"老老师"。我们在草地边喝茶，老老师喝热牛奶，坐在大樟树下的铁椅子里，一段时间，他眼睛半开半合，几乎是睡了。

有对新人，正在附近拍结婚照，白色反光板，白婚纱，白色百合花球。

花球先由白手套的十指端住，捧着，到结束时候，有人拆散了它，最后从新人的头顶撒下来，落到草上去。

隔着高墙，就是上海马路的喧哗。

结婚的人都离开了。

暮色升上来，日光暗下去，暗到开灯。

人死是最麻烦的。老老师忽然说，

生硬的题目，在新人离去之后。

——这时候，你就要准备去吃苦，就是这样，一切都不好了，没有胃口，没有去商店的打算，你不会去买一个台灯，换一个窗帘，买皮鞋买袜，等到你不想如何买东西了，你肯定就是要死了，病痛越来越多，不会再好了。

后来，老老师回去了。

一天就这样结束了，草地上熄灭了全部的场景。只有树、草，夜风。真正安静下来。

回家，坐在公车上看考试题目，后来睡着了。

死是一个矫情的题目，是老老师日常的议论。

人人将经历别人的去世，面对各种死亡。

避讳殡仪馆，是很多人真实的想法。

静看化妆师为一死者美容，镊子和药棉，是这行业重要的辅助品，塞入凹陷的眼皮内，铺垫在口腔两侧、门齿前，尽量调整恢复面容的状态，使尸体更为安详，防腐处理过程也比较简单，两腋静脉割开，接上福尔马林输液软管，顺着液体流向，在死者四肢部位按摩，不久尸体开始逐渐僵硬。化妆师说，很硬。我按了一下，有如岩石。

化妆师看看我说，隔壁是车祸尸体整容，半个面孔都没有了，去看看？

见我不说话，他说，我们工作难度高，假如爆炸案，飞机失事案，修复就相当难……还好，我还没碰到。他说。

一员工在焚化炉子前介绍情况：大家可看一看，我们这里都是第一流的，看看，烧的质量多好，有多白。他从一个叠垒起的四方铁皮盒里，拿出一块烧结的骨殖，如白色珊瑚，

一些粉末掉下来。

每个铁盒吊着亡人的牛皮纸标牌。一叠有十多个铁盒，从水泥地上叠起来，每个都是满满的。

比赛结束了。

馆领导请媒体朋友都不能走，定要到附近吃便饭，其实是几桌早就定下的酒席。包间很冷，看到化妆师夹起一筷子麻辣肚片，心里涌来一种复杂的崇敬之情，难以言表。

恐惧死亡，恐惧自己没有眼泪。祖母去世，非常悲痛，却没有眼泪，不知怎么哭不出来了，急迫，但没有办法。

对于死，总觉得不应该和习惯的场合连接在一起，好比，死就代表是殡仪馆，这总有什么不对的地方。

死应该有自己的样子，但想不出来。

——还记得那部电影，最后的骨灰，是被一伙人倒在摩天楼顶端的女墙上，然后大家后退，肃立默哀，此刻来了一阵狂风，摇到一个近景——女墙上，什么都消失了。

"将来我不要殡仪馆，把骨灰埋在树下就可以。"

有次看到电视中的告别仪式，这样对身边读小学的儿子吩咐。

一位长辈患了老年痴呆，已不认识所有家人了，两个月前还摔坏了胯骨，一直躺在医院，经常去看她，谁也认不出来了，没有表情。只是前几天尝到了小排黄鳝汤，据说她眉毛一扬，显然知道滋味很好。这反应。说明她的病还不重。书上说如果病人忘记如何吃鱼，如何吃螃蟹的程序，是一个阶段，最后，会忘记如何咀嚼，如何吞咽，那才是彻底的遗忘。

想到了一部日本电影，记不得片名，一位热爱俳句的老教授，喜爱一种习惯，每临湖畔夕照，就吟哦经典，对准落日高声朗诵。之后，他得了老年痴呆，最后糊涂到吃屎的地步，但电影结尾有一个细节——孙子领他走到湖畔的老地方欣赏落日，当他看到久违的平静湖水，一轮即将沦落的夕阳，他忽然如一头困兽，一只受伤老狼那样断断续续，语焉不详地大肆嚎叫起来。

附记

关于死的摘录：

——"她的死不是由于被捕，而是被她的亲伯父缚送给当地驻军的。这说明旧中国的代表者是如何残忍。同时，在赴死之前，她曾把所有的三套衬衣裤都穿在身上，用针线上下密密缝在一起。因为，当时宝庆青年女共产党员被捕枪决后，常由军队纵使流氓去奸尸！这又说明着旧中国是怎样一个血腥，丑恶，肮脏，黑暗的社会！从听到她的噩耗时起，我的血管里便一直燃烧着最猛烈的热爱与毒恨。每一想到她，

我眼前便浮出她那圣洁的女殉道者的影子，穿着三套密密缝在一起的衬衣裤，由自己的亲伯父缚送去从容就义！"（王实味）

巴别尔小说《红色骑兵军》：

——儿子写信告诉母亲，他始终在寻找当白军连长的爹——去年，他和哥哥曾被爹的军队俘虏，他眼看"爹他老人家"一刀一刀割掉他哥哥的肉，一直割到天黑，哥哥才断气。"爹"说："我操大了你娘的肚子，以后还要操大她肚子，要把我的骨肉，一个不留地干掉。"儿子在信里告诉母亲，日前，他的红军队伍，已经抓到爹了，有人用皮鞭抽打爹，问爹好受吗？爹说不好受。问爹，你割下儿子的肉，知道儿子好受吗？爹说不好受……在信里，儿子请母亲原谅，红军处决爹的时候，他被支开了，他没法给母亲形容，爹是怎么给结果掉的。

——一个士兵进入被占领的民居，满室狼藉，后来就席地睡了，士兵在梦里发现，自己打穿了长官的脑袋，惊慌失措之际，被身边一位孕妇叫醒。孕妇摸索士兵的脸说：老爷，您刚才又叫又踢，把我父亲踢着了。士兵这才发现，身边的破布堆里，有一具被砍得支离破碎的尸体——孕妇父亲的遗骸。

红色骑兵军是八十年前布琼尼元帅指挥的队伍，苏联小说家巴别尔记录的这支军队，人物都出自真人，使用原型的真名，凝练简洁，时有点睛之笔，某人评语——"他常常只需两三页篇幅，可写别人一本书的内容。"

作者表现的人生场景和内心纠葛，使当代人联想到现在，联想到死亡，乱世考验，想到波黑、阿富汗、伊拉克战争，或中东电影。面临洪荒崩坏，人仍然可以不懈努力，接近一己的愿望，这是作者可贵的文学观察和魅力。

高尔基称巴别尔是俄罗斯当代最优秀的作家。1936年海明威在信里说，非常喜爱巴别尔的《红色骑兵军》。

1938年，巴别尔被当局逮捕，历经严刑拷打，承认了莫须有的通敌罪名。1941年的某个凌晨，四十七岁的巴别尔在苏联内务部卢布扬诺夫监狱被枪决。

面对死亡，他在最后陈词中说，他是无辜的……只请求一件事，完成他的作品。

他就此在苏联消失，作品封杀，当局隐瞒他的死讯，以至后十多年里，西方一直以为巴别尔仍在默默写作。

他留下的《红色骑兵军》，受到博尔赫斯、厄普代克的盛赞，西方一些评论家认为，巴别尔是一位可与海明威相提并论的伟大作家。

1986年，意大利《欧洲人》杂志选出的世界百位最佳作家，排第一的是巴别尔。

2001年，美国亚马逊网上书店给《红色骑兵军》五颗星的最高评价，书店售出六十六万九千余册的纪录。

难忘的伊萨克·巴别尔。

史密斯 SMITHS 船钟

我师傅姓秦，钟表厂八级钳工，额角戴一种钟表放大镜，讲宁波口音上海话。1980年代初，上海尚有无数钟表工厂，我随秦师傅踏进车间，眼前一排一排上海女工，日光灯下做零件。秦师傅说："我师傅的师傅，以前叫'外国铜匠'，等于我'外国师爷'，这个赤佬爷爷讲过，中国人，最最了不起，发明一双筷子，象牙筷，毛竹筷，外国呢，有一座阿爱比思山，四百年前大雪封路，有个外国农民怕冷不出门，手工锉了一件'擒纵轮'，厉害吧，外国乡下人厉害，每家每户，备有什锦锉刀、小台钳，家家农民做金工、刻工，开春阶段，收集邻里手工零件，眼睛一霎，老母鸡变鸭，装出一只三明一暗玻璃门八钻自鸣钟，想想看，天底下有这种怪事体吧。"

这段言论让我记得，我最熟悉的地方，不是上海，是东北，我到东北农场混过七年饭，经常大雪封路，大兴安岭，雪灾一场接一场，我当时做泥水匠，落了大雪，也要走家串户，修烟囱，修火炕，但即便我当初再卖力，也不可能想到，可以手工锉一只生铜"擒纵轮",中国人不会有这种怪习惯,每家每户,炕桌上面摆一只笸箩,放一叠卷烟纸、十几张黄烟老叶,看不到一把锉刀、一只台钳……雪实在太大了,这种天气,东北人是"猫冬"了——烤火,卷根黄烟,吃开水,吃瓜子,嚼舌头。

直到我回了上海,调到厂里,踏进钟表世界,不管生张熟魏,人人懂得校快慢,擦油,理游丝,调换钟表面子,点夜光粉。工余时间,我翻开一本破书,怕别人讲钟,讲表,怕听滴滴答答声音。周围师傅师妹与我相反,印象比较深的是,秦师傅搬来一件东德 GUB 精密天文航海船钟,引得外车间不少人围观,议论纷纷,这座小钟,外套精致木盒,钟身、钟盖均是铜制,密闭防水厚玻璃,夜光读数,附带万向支架,即使船身历经超级风浪颠簸,摆轮一直保持水准运作,相当稳定,包括机芯、秒轮,结构极特殊。至于航海钟带进厂内的前因后果,包括之后车间陆续出现其他船钟,"报房钟""船舷钟"等等,具体记不得了,我只学到两个中国字,"船钟"。

1980 年代初,香港开始渗透新式电子钟,电子表,本地钟表业走低,国企大量生产电风扇,洗衣机,无限止需求机械"计时器",秦师傅因此调入"计时器研发组"。有一天,秦师傅对我讲:"大地在颤抖,仿佛空气在燃烧,是啊,暴风雨就要来了。"语气重点是"暴风雨就要来了"这句有名电影台词,外国地下党名言——南斯拉夫某某老钟表匠面对镜头，讲了这一串接头暗号，意味深长，背后满墙挂钟，发出滴滴答答声响。

造机械"计时器"，零件不算多，也千头万绪，厂内早年进口的瑞士钟表机床，匹配专业零件，难以转为它用，钟表业极其陌生的"注塑"磨具，按常规金工来做，无法达到精度，面临情势是，厂产钟表，销售下滑，自做"计时器"，达不到行业要求，不少专业大厂，开始进口"计时器"……一切变化，就是秦师傅宁波普通话预测："暴风雨就要来了"。

以后，再以后，这些厂，这些师傅们，全部消失了。我做了编辑。

2000年，我推门走进长乐路一家古董店，壁上三只船钟，让我头晕眼花，店主敬我一支烟，搭讪道："海上强国，英国牌子史密斯SMITHS；高精度有美国货，当年做二万三千只汉密尔顿HAMILTON天文船钟，全部装备海军；苏联货色CCCP，铝壳，白壳子，卖相难看一点，其实是战后吞并东德技术，抄东德GUB牌子，也不错的。"

我脑子里，忽然听得秦师傅宁波普通话，"暴风雨就要来了"……像我重回车间，秦师傅讲——宝塔轮，十二钻，不锈钢棘爪，鸡嘴弹弓，厚夹板，五十六小时……混进了店主的声音。

我念经一样答复："夜光读数，抗冲击，抗摇摆……"

店主说："前天卖脱了一只赞货，钢蓝秒针，时分针嵌金。"

外滩·2016

奇妙莫名。这一天，我最终买了SMITHS报房钟。记得秦师傅讲过，SMITHS有调整精度"快慢夹"小窗，眼前这一个，即使调到最慢，全天也快了一小时，可惜我这个曾经的徒弟，至今不懂"擦油"，店主讲，目前擦一次钟油，市价四百……唉唉，我不算秦师傅徒弟了……

　　去年路过乌鲁木齐路某旧货店，一位潦倒老先生，夹了一件哥特式老黑座钟进门，店主开价三百二，老先生还价五百，店主不允。我走来走去，期待老先生带钟出门，我想跟到店外开口说，我可以出五百……但我同时自问，买了钟，我以后呢，我不是南斯拉夫老地下党，罢了。走出店来，我想到了秦师傅。

　　旧钟有记号，有钢印，标识，油漆特征，底盘式样，钥匙，提手，样样沧桑，再不提踏进老房子，我作如何想，开了旧钟后盖，内部处处沧桑。我曾经的熟人，台词，机器，画面，回忆，全部隐退了。上海是一块海绵，吸收干净，像所有回忆，并未发生过一样。

手工随风远去

一位亲戚立于淮海路陕西南路 63 弄口说，这是全世界最热闹的地方。

那是华亭市场迁入附近淮海路的鼎盛时期，人头攒动，小贩手拿名牌山寨目录，一直蔓延到了附近新乐路口。

前辈记载的这一带，曾也极为热闹，日占时期附近的"回力球场"，同样人头攒动，对面的"巴塞龙那"咖啡馆，出来进去都是操控球局、买卖各国假护照的人……1945 年日本宣布投降，获释的英侨美侨游行到此，看到俄侨聚集在路口（旧名亚尔培路），唱歌，奏琴（手风琴），大跳哥萨克舞……一个时代结束了，他们当初是为了再次飘零异乡而欢欣吗，我不知道。

在我记事的 1950 年代，这条狭路极为寂静，一穷苦白俄总在我眼前移动，推一种装有手摇砂轮的小车，为居民磨刀剪……到了 1960 年初，他们一个也不见了……附近新乐路（旧名亨利路）蓝色洋葱头的东正教堂，那时还没卸去十字架，它面西、北有两座圣母神龛，每夜照样点亮长明灯……

如今"百盛"的位置，以前是一家冷清的"估衣店"，摆放了晦暗的朝珠、顶戴、凤冠、蟒袍、野鸡翎子等戏班行头，以及狐皮暖手筒、灰鼠袍子、长衫礼帽、旧高加索黑羔皮帽、四季旧旗袍……曾经的老式理发店"芙蓉"，米店——后者每逢定量供应山芋的秋季，人人在路边搬弄一堆一堆植物块茎……大饼摊，烟纸店，老式牛奶房，琴房……63弄口的南货店，还记得一间服装店、把我母亲的旧大衣改成上装，在橱窗里展览了几天……1961年"困难时期"出售杂菜汤的饮食店……全部被现在的鞋店、晚装店取代了，这些明亮的玻璃橱窗，叠化出往日的旧貌——花店，酱油店，摆了各款旧"机器脚踏车"、1945—1955"三枪""蓝翎"自行车的寄售商店——当年的时尚青年，都在此店流连，只看旧货，看橱窗里永远摆出的一部玩具火车（德国旧货，非卖品）……

1960年代的"蓝棠"皮鞋店作坊，也在这里，半地下临马路位置，里面黑沉沉端坐四五位老鞋匠，一辈子在洋人规矩里做鞋，使用的鞋锤，鞋钳，切皮刀，雕有字码林林总总大小鞋楦，老式钉鞋机，都是洋制。每人的膝盖上搁一块不规则的米白色石板，砧板大小，切削皮件，鞋刀将皮件周围片薄，锤子细敲，都在石板上进行，快刀在石上自由割取、刀口却不钝损，这是我当年最不明白的地方。

半地下式"蓝棠"皮鞋店作坊·1960

每位老者手里的鞋样和鞋楦尺码，都不一样，皮色和质地也不一样，应该都是顾客的订货。"蓝棠"是西区名店，专做女鞋。你可站在路边，看一双双各式女鞋完成的局部过程。最醒目看点是上鞋楦——制鞋最后的整形，等于衍造了一只女人的脚，鞋尖和鞋跟的楦头之间，揿入最后的楦塞，疲软的皮面充气一样紧绷，用高脚酒杯状的鞋槌，在四周轻轻敲打，女鞋的曲线，饱满光亮起来，如蝴蝶脱蛹，婷婷而动，流露特有的风致和气韵，女人抢眼的脚尖和圆润后跟，逐渐成形，呈现于老年男人各自的膝盖之上，凌乱的围裙之间，在粗糙硬茧的老手不断抚摸和摆弄中，它们愈加显现丝质的润滑，美丽玄妙，身价百倍。《小团圆》作者讲母亲收购了一批蛇皮的细节，让我想起幼年呆立这家作坊前，看"半地下"的师傅们，如何用南洋蟒蛇皮缝制不同的女鞋，船鞋、凉鞋、拖鞋……满地是蛇皮的黑白花纹，如何把一掌多宽的蛇皮，割裁为不同的皮件，编织细致小皮辫、花瓣、小蝴蝶结——待等这一系列的缝纫、摩挲和审视里，钉入最后的银色搭襻，孔眼，上紧鞋楦，这些黑白灰相杂、斑斓标致、典雅诱惑的影像，在当年陈旧的马路上，是唯一夺目的手工细节。

　　忽忽五十年，鞋匠和手艺安在哉，若还存有这一类老鞋，定然是独遗于世的珍贵收藏了。

属于节俭年代的手艺，也已经随风远去了。

1990年前，上海瓷器店尚有一种"琢字"项目，李家买了碗盏，请店伙计在每个碗内"叮叮叮"琢出一个"李"字，表明城市人的公用厨房，邻里相对开放的种种状态，餐具刻了字，避免相互之间混淆。如今这一类"字碗"，即使是在老辈人的饭桌上，也见不到了，只有小古董店瓷器架里，那些早期民窑器中，偶会看见匠人的手刻字，即便多笔画字"潘""臧""樊"，也铁画银钩，柳风颜骨，一锤一凿的功夫，之后改用了机器小电凿，国营碗店继续为人民服务，字样逐渐拙劣，然后，这个服务终于消灭了——看官们今日买一套醴陵"八十八头"中餐具，全骨瓷"约翰兄弟公司"西餐盘子，不会有神经病想到琢字，混淆餐具的现象，不再有可能了，这一行估计已经死亡。

补碗匠，游方匠人，北方话"没有金刚钻，不揽瓷器活"，他们在上海曾经走街串弄堂，专门修复打破的酒盅、碗盏，乡下的业务范围，可以一直延伸到"司马光大缸"，陶瓷器只要不是粉碎，经过细心钻孔、锔钉，当年都可补到它破镜重圆，滴水不漏。

首饰匠，江浙游方匠人，大多为宁波籍，携工具小箱和样本首饰盘包袱，上门改制过时的金银首饰；前辈记录，他们相貌堂堂，巧言辞令，手艺精湛，是上海主妇与四马路"长三"的常客。

割棕匠，也是江南游方匠人，身背串有粗绳的一对木踏板，一把锋利割刀，一装棕皮的麻袋，粗布包紧小腿，完全是浙西山民的打扮，一般游荡在上海西区洋房弄堂吆喝，大小花园的棕榈，长到一二层高，三楼的高度，树身围绕的陈年棕皮，狮头一样蓬乱，请他们上门割棕，付小钱就可。两副粗绳木踏板依次吊住树身，人立于板上，手持割刀，逐渐向上层层割剥，直到渐高，弃下一堆棕衣，如杂技艺人摇摇欲坠，一直登临大叶最高处，树干也渐渐焕然一新，清瘦整洁，割下的棕衣归匠人所有——它是南方生活的重要资源，用它制蓑衣，棕绷床，各类棕绳，棕刷等等。这一行现今绝迹，应该是这一类用品不再有市场的缘因。

阉鸡匠，游方匠人，上海称"㕮鸡的"，意指能让公鸡瞌睡"忘事"的一种手工。1970年代的上海，还有这一行萍踪。来人以手执一件竹制捕鸡网为标志，到处招摇，替城市弄堂花园的职员家庭、郊区工人阶级居民，阉割私养的小公鸡。血迹累累一块破布，卷有一套掏耳勺式样的细铁器。他们的行为，比现今医科大学研究生，一般手术医生熟练自如，也有巫师相，开刀时不另加红包，口内念念有词，如道场作法，对小公鸡有特别的理解和安抚办法，"要乖，要乖"这般召唤，小公鸡乖巧在他们膝头侧躺下来，闭紧双目，沉醉般昏睡下去，然后果断在鸡腹处扪摸，拔掉几根毛，割一小口，通常六分之一寸宽，以小勺刺入，准确勺出两小粒类似睾丸的物质，熟如探囊取物，然后揾紧伤口，将拔下的鸡毛贴住，吩咐关笼休整一天，手术就完成了。自后这种小公鸡渐有了太监相，沉默寡欢，外表不明不白，不雌不雄，鸡冠淡化，毛色无亮光，晨昏谢绝打鸣，但是体态日益丰隆，到了过年除夕的日子，就被称为觅宝一样的"肫鸡"，这是肥美江、浙一带的最传统最美味的佳肴。

我所接触的东北乡下铁匠，真是热闹的行业，只有玻璃吹制工可与之相当，红钢从烈火中钳到铁砧上，锤起锤落，火花四溅，叮当磅礴，有如男人们持久不衰的战争，吃这碗饭，钳子功夫必须自如稔熟，师傅小锤点击，徒弟大锤紧跟，如同西皮二黄，板板有眼，锤头要准，锤击的力度，有十多个级数，把握拿捏，珠联璧合。

把烧红的铁杆一端钳入夹具，当头一锤击扁，然后钳出，在扁圆一端当当当打六锤，就是一根六角螺丝杆。打镰刀，打马蹄铁，等于专业考试，坯中夹钢，钢与铁紧密结合，最容易"夹灰"报废。淬火是出品快刀的保证，打出一把可连续割几亩麦子的好镰刀，从古到今都是乡下铁匠成名的唯一途径，不容易做到。

打马蹄铁是另一门技术，等于给马儿定做四只鞋，一匹马的四蹄，尺寸和形状方圆，都不相同，冬用蹄铁，要打出三足的防滑铁爪，夏季蹄铁是平薄的，马就站在附近，铁匠揽住马腿，削平蹄底的老皮，其质地如人指甲，要看明每个蹄壳不方不圆的掌样，没有判断和巧力，缺少安抚马匹的办法，都难以完成。等打成的蹄铁凉透，师徒二人靠近马身，身膀不见赘肉，围裙洒满蹄甲碎片和烫焦的洞眼，口含几枚蹄钉，肩膀顶紧了马胸，抱紧弯曲朝上的马足，把铁掌盖上蹄壳，钉子穿入蹄铁孔眼，必须斜着钉入，钉进蹄壳三分之一处，就要露出钉尖，小心把这外露钉尖捶弯，包紧蹄壳——只要有钉子直直钉入马蹄深处，没露出钉头，马就忽然狂跳起来，这就像朝人指甲里钉竹签的道理是一样的。

曾经跟我相熟的张铁匠，特别崇拜超大型锻压机床，他和徒弟都知道，当时国内最大的水压机，并不在到处宣传的上海江南造船厂——而在东北重要的城市，齐齐哈尔的北满钢厂，那里有一座更伟大的水压机，压力有三万六千吨，俄国人的大手笔设计，据说用它可以锻造一颗最巨大的螺丝帽，一节平板火车皮，只能载一个，这种气概很是惊人。

内心还是更喜欢不含现代工艺的纯粹手工，至今难忘《留住手艺》，日本传统手艺人的口述实录，它的图样、照片、工艺流程和个人故事，可以随便想起有意味的工序……制造钓"加级鱼"的鱼钩，要蒸烧一夜……做马哈鱼钩，淬火用软炭……整棵枥树能砍出五个传统木盆……用蕉叶纤维织成美丽的布匹，染料用的传统植物块茎，要上山随野猪去找……

作者盐野米松，一生神往各类手艺人，走遍日本，记录祖辈传下的手艺劳动细节，在中文版序里，他称中国是"被日本称为兄长的国家"。

我国精彩古籍有《天工开物》，包括《营造法式》，但是让普通工匠和手艺说话的记录是少的，故宫大量器物，没一件留下工匠名字。王世襄先生介绍了葫芦器、蟋蟀盆、鸽哨的制作过程，但比如近代中西杂交制造"南京钟"匠人，中西式雕花家具匠，沙发匠，可有详细记录？我们的传统匠艺定然不少于日本，江南可列不少的题目——比如古琴和锣鼓响器这一行，应该有众多优秀传人；另比如制梆笛、曲笛——乾隆帝曾给江宁织造、苏州漕运下旨，要寻找到制笛的上好竹材和匠人，制作记录一定很可观。最近我朋友，评弹艺人高博文先生在网上抱怨，刚在苏州买的三弦，旋柄没绞几下已经断裂，莫非这一行手艺已经失传？

80后小朋友周琪，研究竹编匠人多年，在上海郊区的嘉定、崇明拜访高龄师傅多人，盼望她能记录到最细致的各种提篮的工序，出一本好看的记录，这方面有趣的文字包括：苏绣的一根丝线，如何辟分十八股？如何造绍兴酒和绍兴酒坛？如何制染江南土布？苏州水磨青砖工匠工序？如何制缸？据说碑刻匠已经失传，那么砖雕艺人、石匠、鸟笼匠、传统箍桶匠、纸匠、笔匠、皮匠（含集腋成裘之"雕皮师傅"）呢？广漆匠乃至冥器匠、棺材匠的工序如何？小艺小匠，也

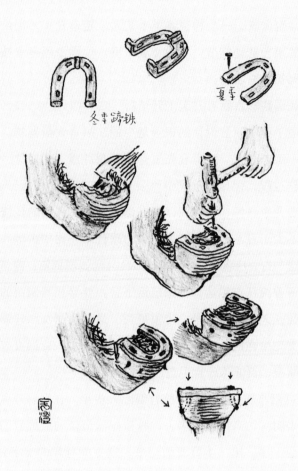

冬季蹄铁　夏季

古英格兰王与敌决战，因马夫少钉一钉子，第四马掌掉了，国王落马，江山易主。

必有个人故事——报载京城有一"箍棚匠"，从祖辈起，就给慈禧搭寿棚，今还有传人。

附录

（一）邻居给报社电话，反映隔壁某人，自称画匠，画了一房子的画，也没人知道——此人根本不卖，不知画可以卖，多年靠接济度日。

记者：整整三四十年，每天画？

邻居：是啊，他要是练三四十年小提琴，我们都要搬场——人家是一声不响地画，彩色画。

记者：画什么？

邻居：房门关紧，根本不晓得，画灶君菩萨，地藏王菩萨，耶稣？不晓得。

记者：就这样一直画？

邻居：自称画匠。

记者：？

大上海，也许藏着一个上海"梵高"，记者立刻想到梵高明黄色的葵花，奔腾蓝色的草地……

天气很冷，记者骑车在徐汇老建筑的老弄堂寻找。

爬上阴暗三楼，长时间敲门，总算见到"画匠"，七十多岁，穿四十年前样式中山装，面色枯槁苍白。

"一房子"的画——小房间，三五十件油画。

内容基本就是作者那身打扮的时代：一幅"文革"时期某国产轮船下水典礼，一幅"文革"时代工厂"斗私批修"和锣鼓静物，一幅"解放牌"大卡车，一幅洛阳拖拉机厂出厂的"东方红"拖拉机，一幅上海内燃机厂完成的"双水内冷"发电机，敲锣打鼓的人……

邻居老太插话：看看呀，像呀对吧？加许多的物事啊，还有人人头，画得交关好。

意思是：多逼真啊！画了这么多的东西，这么多人，画得真好。

此刻，记者特别想念发现了梵高的加歇医生——他是多么的难得和宝贵。

他这才真正懂了加歇医生的价值。

产生梵高，产生一个发现梵高者，都是登天一样难。

走到外面，天已经全黑，自行车的把手很冷。记者本能想到了这些他不喜欢的画，就像这灰暗的上海之夜。

（二）客户要漆一套艳绿夹玫红的家具。

老漆匠拒绝，他至今牢记师傅教导，旧社会只有外国堂子（外国妓院）才漆这种红红绿绿的"下作"颜色，普通人家用了这颜色，肯定"触霉头"，一定会倒霉。

但客户命令，必须这样漆。

（三）某日籍看房人表示，这个楼盘样板房的装潢，模仿日本情人旅馆格调，情色镜子，桃红房间，心形床榻，乳房状枕头——很不合理，正常人不能长时间在这种环境里休息。此外是，如果在日本，新楼盘做这种公开展览是不可想象的。

（四）装潢设计师：请问，先生要哪种吊顶？哪一种影视墙，哪一种门窗套？

房主：从来不喜欢吊顶、影视墙、门窗套。

装潢设计师：吊顶是最基本理念，装修必须吊顶，必须装射灯、影视墙，否则先生您装修什么，简单"大扫除"吗？

房主犹豫：好吧，再想想吧。

一个月后，房主看现场——走廊顶已凸出四件白色方块吊顶。客厅的主灯四周，也聚有四个长方块吊顶。

装修匠：设计图就这样呀，东家你喜欢麻将牌是吧？方块像麻将牌？客厅四块，如果写"中""发""白""花"，走廊四块"东""西""南""北"，嘿嘿。

房主：谁讲的？谁这样设计的？我不要这吊顶，立刻拆掉，立刻拆！

（五）国道两边的江南乡野，已看不到延续千年的中式黑瓦粉墙，有这需要的房主人和手艺工匠，应该都不在了。

风景中，时代感很是醒目——1980年代水泥建筑，1990年代的瓷砖外墙建筑，然后出现参差不齐的2000年代乡民屋顶，一如东方明珠的球状物天线物越来越多，越来越多，乘客一般也就知道，杭州马上要到了。

洗牌年代

有一位上海乱世英雄，来历不明飞贼，十五六岁年纪，神出鬼没的传奇少年人，半旧解放鞋，踏一部黄鱼车，普通少年的蓝卡其补丁上装、长裤，攀爬墙头铁丝网、水落管道，身形矫健，屡屡于"抄家"工作结尾懈怠之际，入室席卷所抄获的贵重细软，滑脚逃逸——估计是事先探明了存放财物的房间路线，然后趁夜作案，《夺宝奇兵》六十年代版。

一人作案，上海人叫"独脚强盗"，是最伤脑筋的案子，有"目击者"回忆，此贼力大无双，手拎两口西式皮箱，直接踏过插满碎玻璃墙头，顺三楼的房山悄然滑落，没一丁点声音，箱子上车就走，旋即隐入上海夜幕里。那时代没有110报警，等到整幢老洋房亮电灯苏醒过来，敲锣敲脸盆大呼"有情况！！！"已空叹奈何——世道大约就是这样，怕贼偷，怕贼惦记，辛辛苦苦查抄出来的革命伟大成果，往往也就这样不明不白付诸东流。

另有传闻，此贼是英伦小说形容的那种惯犯，六十多岁年纪，右足微瘸，苦习轻功的老手，轻易不出山，专门做高难度动作，每次箱笼都是挂到搽了油的铁葫芦上，一个个慢慢吊下去，"事体"做得不慌不忙，不留丝毫痕迹，上海话"清爽没一点老垢"。某革命小报曾愤怒表态：这个贼伯伯背后，一定还有黑手，如果确凿是革命队伍本身不纯，抄家者监守自盗，一经查实，必让他尝一尝专政的铁拳！从重从快！严办不贷！

乍浦路桥附近，就是四川路桥逆光的桥拱、河旁一系列西洋大楼，颇有密集财富之感，由此上溯到西藏路，河桥有七八座，桥桥相依，两岸风景差别不大。到了西藏路以西，也即沪西，河桥就相对稀疏了，随河蜿蜒到长寿路、北新泾一带，景观完全两样，极少再有桥，南岸纺织厂之间筑有高级职员宿舍，日、洋风格排屋，独立大宅，别墅，北岸则完全为流民棚户，贫民窟，田野，村落，设有渡口，方便工人上工——按现在说法，流民便是民工，北岸均属"违章搭建"，五十余年里只建桥数座，因此民间至今保持"浜南""浜北"说法，表明两岸价值的悬殊。

当年的上海生活相当低调，没有"豪华"消费，革命顾客可以大大方方自带一瓶油酱黄豆，一只咸鸭蛋，到"状元楼"等本帮馆子买酒吃饭，店内店外，一派"勤俭节约、人民当家作主"风气，提倡自我服务，自家拿菜取饭，店里甚至有标语——"本店为人民服务，不打骂顾客"。一般窃案的破获，是因窃犯本人异常挥霍暴露的马脚，或接到寄卖店举报，否则侦查员再四处探寻，常常就是空忙白忙，一方面秘密隐藏、一方面尽量打探嗅查，一旦接到"线人"告发——隔壁某某突一夜暴富，披金戴银，吃馆子泡夜总会……当时放眼望去，人人却都那样朴素，人人戴袖套，穿有补丁的劳动装、中山装，强盗与革命群众、资产阶级都差不多，因此这种案子一般就是死案，只能一挂了事。

那时代的世界，就这样摆动于不断地发觉、再一次隐藏的拉锯阶段，新一轮财富一旦暴露了，也容易通过各自顺畅管道，立刻以各种方式重新分配，离奇隐匿，悄无声息，所谓刚刚获得的财富，也就再一次消失难寻了。

例如抄家者查获的钢琴与家具，是天生的四脚命，以革命单位的名义运到寄卖店出售，它们各自也就立刻跑得一个四海是家，萍踪难寻。

一把法式软椅，移植苏联电影《十二把椅子》神话，传说运到工厂参加抄家物资展览会后，一小孩在椅子上跳跳蹦蹦，意外发觉坐垫夹层藏有一叠美金、一卷"香港上海汇丰银行"股票等等。

一冶炼厂工人在熔炉前发觉，送来炼铜的大铜床脚特别重，里面装有多根"大黄鱼"，老秤十两一根的金条，几个明朝铭记的金元宝。

缴获古董级的细软——比如某某府一件清早期嵌金丝苏绣团花藕荷色夹袄,一片"二品"补子,一袭嵌镶灰鼠皮官服,十多年后竟然辗转到了某某剧团或某某电影厂道具间。

我师傅是在沪西某个垃圾筒里,拾到了几卷吴湖帆字画……

财宝与艺术品,过眼云烟,只说明它们具有优良的周转力,永不谢幕,永远在世,基本是永恒的存在,不管在谁人手里,中国外国,保存完好就是阿弥陀佛,无可遗憾。所谓的革命,等于从这口袋转移到那口袋,谁也不能保证再过三百零几年,再发生大小规模的暴力或文雅革命,主人是否投河悬梁,不要紧,它们基本是在的——理论上,它们只是被某一轮主人"代为保存"多少年,重新洗一次牌。

宝成桥位于沪西苏州河,南接叶家宅,北通光复西路,是工人走熟的一座人行小桥,在六十年代末的非常岁月里,在还没有压锭的那个时代,不管发生什么事,不管世道阴晴圆缺,这一带的南岸(浜南),众多棉纺工厂仍像往年,以隆隆的纺机声,吸引北岸工人们目光,吸引人去上班。"浜南"属于原工厂主的街区,北岸贫民窟,一部分在1950年代建立工人新村及改良棚户,几代工人住在这里,去浜南国棉一厂、六厂及周边众多纺织厂,毛纺织几厂,绢纺

1990

2010

沪西桥景A/B版

几厂，纺织机械几厂，手帕几厂上班，宝成桥是近道之一。

江浙籍的上海大户，习惯在阴暗的楼梯间储藏陈年绍酒，风闻这类绍兴酒甏的黄色泥封中，都夹藏金货，因此革命工作人员入户查抄，见到酒甏，立刻破封查检。某大户酒甏达数十件之多，一时甏倒酒流，醉气如酒肆。

淮海路口的上海第二食品店，左右两个大玻璃橱窗，1966年8月开始展览"抄家成果"，一位老观众直到今天依然神往，当年满橱窗的外国酒中，有一法国古董洋酒，三棱式玻璃酒樽，内里为三等分玻璃隔断，盛红、白、蓝三色酒液，瓶口也为三等分，可分别倒出各色酒液，也可混合注于一杯——等这个食品大展览一结束，两大橱窗洋酒洋罐头洋雪茄，完全不知所终。老观众说，他盼望的改革开放，是想再见这件特别玻璃樽，但即使是酒池肉林的今朝，也无缘重逢了，今非昔比。

最难隐藏的特征是人体的本身，大革命以前1940年代，据说本埠小范围行施过隆胸术，谁也不会预料到这种以外观得分的效果，以后便是一笔醒目旧账；有一"老小姐"，民办小学音乐老师，以前私下承认有这种手术史，也做了某阶段"大世界"舞女，到了革命的非常时刻，觉悟后的革命妇女立刻站出来，检举她惯与男家长勾搭，破坏革命家庭等细节，更重要的是她胸围的"堕落腐化"，肉体明显表露的道德败坏，害人匪浅。于是让她穿旧丝睡裙拖将出去，立于弄堂里示众，满面涂画《上海的早晨》小说里的"蜜斯佛陀"唇膏，头发剃光，广大革命群众的批判眼光都盘桓于她胸部——二战后法国、荷兰等地人民也这样清算与德军有染妇女。

上海无数工厂辟有存放"抄家物资"仓库，存放资本家细软家具。某纺织厂两位看管值班男女，据说对库内一红木大床羡慕不已，某夜双双上了床，双双被捉于这张繁复刻工的大型床榻中。

——供词：……以前没见识，没困过这种三面镶镜子，房间一样的大床，现在啥形势？工人当家作主的形势，我可以享福，可以享受。两个人肯定是困到里厢，是呀，工间休息不可以呀？根本没乱搞，要我只工作，不休息？笑话。犯啥王法？现在啥世界？我劳动阶级革命男女不困，让男女资本家困？！

上海的革命小报、革命传单满天飞，人人要看今朝上海生发故事。某报称浜南某洋房，某革命组织发现了一名半疯女人——户主长期将她拘禁于潮湿的地下室里，头发全白，时称上海"新白毛女"。

某革命队伍，试图破除一长年停放某路某弄某号大宅汽车间之"寿材"，不料材身早让白蚁蛀空，即刻崩塌，露出内部一巨尸状蚁巢，蚁虫腾天，爬满人面，革命小将与看客四散奔突，避之不及。

另一日即有传单更正为：发生蚁祸地点，实为汽车间秘藏一块光绪年店铺之金字招牌内，招牌看似极为沉重，其实轻如棉絮，已密密麻麻被蚁虫蛀空，动之即塌垮，白蚂蚁已经长有翅膀，这夜飞腾起来确实是如烟如云，但当时无一人恐惧，无人奔逃——白蚂蚁最忌煤油，喷之即毙云云。

人行桥。人人推脚踏车走上宝成桥一侧的阶梯，一辆接一辆，顺阶梯边的斜坡上行，男工的前车轮，时常交错于女工的后车轮，车轮之间是弄皱的人造棉裙子、肥大的工装裤，一步一步推上去，河风吹开头发，眼前有飘动的裙裾、裤脚和蓝布鞋，随节奏向上移动，逐渐上移的车轮，车轮，苏州河就在眼前了，推车人熟悉阶梯边条条辙痕和级数，即使朦胧黑夜，也可上下自如。现看到了泊在岸边的垃圾驳子，船头冒烟的柴灶，上游的船鸣号，装棉花包子和煤屑的画面移动，桥面上无数移动的脚，轮辐闪闪发光。每户人家，父母、外婆、阿姨都是纺织厂工人，家庭情况差不多，此刻她和他双臂都感到一松，车已先后推到桥面上，一时有了登临快意。

三十多年前的一个暴雨之夜，她推着一辆自行车，是从浜南过来，去到浜北，她不习惯宝成桥的下行台阶，在雨中艰难跟跄，后座载着一件小而沉重的包裹，雨帽低遮她的面

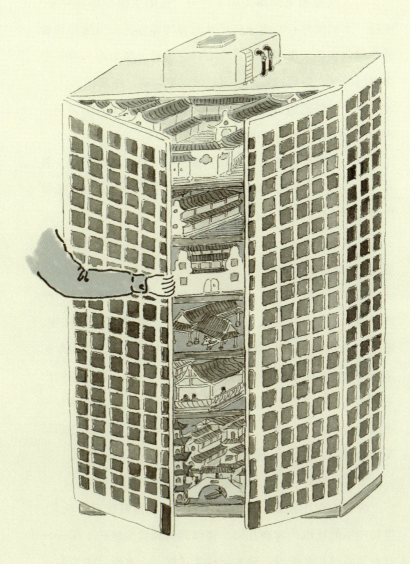

表情 · 2018

孔，雨水从帽檐流到鼻尖和下巴上，在陌生的小巷和鸡笼、木桶、水缸间穿行，雨水似乎从近旁的苏州河，直接泼到她的车和包裹上，攥紧车把，小心护住包裹，努力看一个一个昏暗门牌号，最后找到那扇门，镇定了片刻，停车。

——在灯泡的黄光下，这户人家看清楚，来客是属于浜南的一位久违了的表亲的女儿。

打开湿透的包袱布，她双手搬出一个马口铁饼干罐，装有"小黄鱼"（旧制一两一根的金条），压低声息，慎重托付户主保存。然后转身，消失在雨幕之中。

一罐黄金，由一双手秘密递到另一双手，雷声隆隆，全场灯灭，大幕落下。

在以后的漫长时期，浜南，浜北，一户曾经的富人，一户曾经的赤贫，依照着过去的方式，没有丝毫的联系来往，印象中的大雨，似也再没有停歇，一直下个不停。在某年的某个夜晚，那位曾接过沉重黄金罐，答应代为妥善保存的户主，在大雨中去世了，临终之时是否遗嘱后人，家里藏有一罐沉重的黄金——也许最后的一刻，弥留者及后人都已忘了浜南的表亲，包括这个铁皮罐子。

事实只是，这户人家没通知浜南的表亲前来吊丧。

等上海雨止放晴的一日，表亲由浜南慢慢踱到了浜北，得知户主的死讯，客套几句，谨慎询问到黄金罐的下落——对方的表情却是惊讶，确实记得有这样一个夜晚，表亲的女儿来过一趟——确实清楚记得，双方当时客套的细节，留她吃便饭细节，匆匆告辞的细节——此外不记得还有其他，不知有一个这样的罐子，是黄色还是红色的"泰康"饼干罐？里面装了黄金，还是装了玫瑰红腐乳，实在不记得，没这个印象。

表亲明白，黄金罐就存放在这间破败的棚户里——他立刻被允许进入这间破房子，如当年精明的抄家者那样，他仔细察看每一道缝隙，每一寸可以怀疑的地方。

但是没有发现黄金罐。

在以后无休无止的交涉之中，黄金罐逐渐演变成暴雨中的一个神话。

再过十年，二十年，浜北的这一大片棚户终于拆掉了，宝成桥沿岸换了风景，乃至原有生态完全彻底被抹去，苏州河的旧貌已流入了黄浦江，流向大海深处。

阳光映照于宝成桥，人人上得桥面，就有了景物，有栏杆，有小贩。但是桥本身已装饰为巴黎塞纳河洛可可的相貌，风景大异，数年前对岸那些残存的厂房，早已换为高楼，浜北棚户也变为高楼，众多直立高楼，南面国棉六厂改为四周彩绘的"家乐福"，武宁桥遥遥在望，它也恍然巴黎，是"亚历山大三世桥"的金粉金身，曾经那些摧枯拉朽的1920建筑，那些有力的肌体，挥舞竹柄大锤敲打的镜头都熄灭了，河上没有任何的船只，在各个角度，包括河水，可以说除了河床，当年运送无数粮食、棉花、粪便的这条弯曲的航道，完全消亡了，周围都是陌生的楼了。

十多年前沿河这些景物残存的时代，法国青年"让"，带着他的女友安娜，在长寿路桥的苏州河畔租了一间民房，让初次来到上海，因为他的电影编剧计划，得到一笔经费，让的电影内容是：三十年代一上海纺织女工与一法国男人之恋情。出租房的东窗，面对苏州河，楼下是昏暗小发廊，盒饭摊和公用电话亭，他们出门喜欢走西苏州路，让喜欢吃豆制品，喜欢已经走过十多遍的苏州河两岸。

这也让我想到 1988 年，一位日本研究生拿着三十年代出版的日文地图，整个暑假在沪西苏州河这一带转，踏看大量的纺织厂旧址，"浜北"的工人棚户，访问老工人，她有着年轻的面孔，一口苏北上海话——"大自鸣钟""草鞋浜""内外棉""潭子湾""洋钿厂""包身工""顾正红"……

纺织女工、细纱间、法国男人、杜拉、资本家、黄色工会、罢工、请愿、饭碗、马桶、"拿摩温"、恋爱、汽笛、抄身婆、船、雨……

苏州河流经上海，最奇特的几个河湾，都集中在这里。

但是黄金罐呢，传说它有五公斤重，有人说是五十公斤重。

传闻与谣言，永生永世地徘徊。在大动荡或大平静的时代，世象光明剔透，毫发毕现，也是浓云笼罩的黑天鹅绒帷幔，可以揭开和掩盖任何的声音和细节。

下辑

穿过西窗的南风

大海翻动灰色浊浪，严冬的阴霾天气，云头很低。我倚住甲板栏杆，不远处就是她。夜晚溅上甲板的海水被风吹干，脸开始发疼，太冷了。

1970年，在"长锦"轮由上海至大连的中途，凭借统一的绿色棉袄，我断定了她是知青，我们都是首次回沪探亲，然后返回东北。

海船由沪驶向北方。

她最多17—19岁，"童花"发式，身材娇小，虽是服装单调的年代，也能显示个人身份的一二特征，可借此知道，对方是哪里来，到哪里去。陌生青年相遇，尽可以衣帽取人，来自哪座城市，基本一眼就看得清楚。

自1968年"最高指示"规定，城市青年必须"上山下乡"之后，上海政府为大批遣去东北的年轻人，免费发放准军事化御寒棉衣，赴黑龙江为四件套：棉大衣、棉帽、棉袄、棉裤。去吉林为三件：棉短大衣、棉帽、棉裤。沪地不善制造御寒衣物，外观虽是军绿颜色，质地厚重臃肿。等到了北方，见到京、津两地青年草黄色大衣棉袄的裁剪如此合身，接近军品，着实令人羡慕。省内哈尔滨、齐齐哈尔、牡丹江的青年，本就在严寒之地生活，不予发放衣物。

看上去，她是注意修饰的，绿棉袄内另有藏青色的中式棉袄，戴鹅黄的领圈，那是上海流行的一种样式，细毛线织成四指宽的条状，两端缝有揿钮，围住脖颈（一般是中式的"立领"），既是装饰，也相当保暖。她盯着船舷外的大海，并不知道我在注意她。看来她是独自旅行，几次我与五六同伴走下甲板，或挤入大舱食堂看电影《列宁在1918》，都注意到她是独自来的，她的脸从没有笑容，也不跟任何人说话，眼神明净沉稳。

有一次，我独自与她在狭窄的舱内走廊相逢，她怔了怔，等着我侧身让她过去。她是那么娇小，我们的绿棉袄相互碰擦一下，留下一股小风。注意到她十分合身的黑卡其布长裤，裤脚露出内里一寸宽的鹅黄色运动裤边，高帮麂皮鞋，系着当时十分流行的白色"回力"篮球鞋带，如果是西方电影里的情景，这种际遇也许会使一名陌生青年产生对话欲望——而我们相遇无语，快照一样匆匆回眸，留住细部，还有那阵小风。

有个时期，听闻朋友在编一部《"文革"中的市民生活史》，不知此君除收集各地民生票证供应外，是否注意到当年各地服饰特征的相关材料。

1970 年代初，上海男女青年仍是以紧绷的卡其布长裤为流行，因为体育一枝独秀，全国青年的着装，都有体育元素的痕迹，上海流行的时髦上衣趣味，是以拥有多件拉链翻领运动衫为荣，必须一并穿着，三到五件一并穿，以领口的层层叠叠为美，裤装就如她的款式，推崇细瘦的黑或灰卡其布裤管，绽露内里三公分内的运动裤脚，配套各色尼龙袜与一种白色乒乓鞋——要点是必须抽去鞋带，鞋舌翻入鞋内，脚背显露袜子颜色，如此类推，以鞋面露出各种袜色变化，显示各自的不同。这类服饰特点被大量上海青年带到了北方，即遭受当地老老少少一致抵制，被称作"上海小阿飞""鸡腿裤""小白鞋"，是上海人最不大方的一种证明。其实当时所谓洋气的哈尔滨男女，仍盛行可怕的肥大军裤和军用麂皮鞋，北方青年的时髦细部是，这种皮鞋必须系有"回力"篮球鞋白鞋带——原因不外就是裤管肥大，冬天可罩棉裤，夏季可以单穿，白鞋带暗示了与富有的联系——要知道当年拥有一双上海"回力牌"篮球鞋是相当奢侈的挥霍，买一副鞋带则容易得多。

南北之间的服装差异形成斗法，但对峙时间不长，北方青年很快接受了"鸡腿裤"尺寸，坚固保暖的麂皮鞋也深得上海女孩青睐，使她们在冻土或泥泞上行走更为实惠暖和。在不到一年的时间里，北方青年学习上海人的做法，悄悄改小了裤管尺寸，推迟了棉裤的穿着时间，然而将两地时髦装束浑为一体，是上海女孩最热心去做的事情，按当时的审美标准，船上这位女孩的打扮，可称是完美无缺的时尚典范，她的藏青色、黑色、若即若离的鹅黄色的搭配，甚至高于流行境界，达到品位和气质，遗世独立的神秘统一。

以后，我和她可以站在甲板上，相隔二十米，在左舷或右舷，面对寒冷的海风和涛声。有时她掏出口琴试音阶，声音不连贯地上升，然后停止。她倚住栏杆，鼻尖冻红，眼睛盯着海浪，几乎从不看我，但或许明白，有这样一个不满二十岁，瘦高的，戴着棕色羊剪绒皮帽的青年在远处，是她一个陪伴，是固定了的景物。上船的那夜，我和同伴们在难闻的底舱玩"十三罗宋"，听到空气中传来口琴单调的声响，音阶一个一个往上爬，然后重复，我拿着满把的牌，试图拼凑一个"三轮车"牌式，我把牌扔在铺开的报纸上，跑了出去，在吵闹中，我慢慢爬到二层舱才平静下来，这是干什么？我问自己，缓然蹓到甲板上，四处一片漆黑，海浪发出细碎声音，尾旗单调飘扬。她站在左舷处，我们相距二十米，舷窗在她身边留下明显的灯影。她没有回头，似乎是观看漆黑的海洋，两人远远相向，不知道站了多久，直到听见同伴骂骂咧咧的声音逐渐临近，我才离开，再次返回到温暖的、难闻的底舱……

两天两夜的旅程即将结束。虽然我仍然经常站在甲板上，她也经常站在二十米开外的地方，然而此刻，凭栏远望的旅客逐渐增多了。天气好了，渤海寒冷的洋面上，阳光耀眼，海水如深蓝和深绿的玻璃那样，大块大块碎裂和喧哗，寒风吹向船的右舷时，人们就聚到阳光处的左舷，我知道严峻的时刻就要到来，那就是——再也没有和她说话的机会。也许，谁都知道在这条船上，在这次航程中，有一对男女相隔二十米，没有相互走近，谁都在关注着这件事——在你的行为规范里，也许永远不会面对一位陌生异性轻松说话。

我们终于走下舷梯上岸。同伴朗声说笑，抱怨风浪的恶劣，饭菜的恶劣。他们都有脱逃的快感。我们都将在大连站换乘长途火车，继续北上千里，重新面对需要开垦的田地，就像古诗所言"青春作伴好还乡"，它是一个家乡，归宿，烙印。但因为出现了她，使这种思归夹杂渺茫。我数次回头想再看看她，"看"是许多无奈中唯一的解脱，可是没有发现，绿棉袄，藏青色的小棉袄，鹅黄领套，没有。

大家提了行李，顺大连港漫长的码头朝出口走。这段路极长，沿码头有一个个仓库，似乎没有尽头，不久众人都出汗了，中途站定脱下帽子，此刻我发现，她在前方的极远处，提着两个沉重旅行袋，背包，绿棉衣挽在臂弯里艰难行走。太阳明晃晃压在头顶，我们都累极。

每人的行李里面塞满了各种食物，包括给当地老乡买的上海货，她的旅行袋里，也不会是别的东西，那年头整船整车的城市青年，都这样担负着自我改善伙食，活跃当地零星百货的南北流通业务，或以这样的运输储备，应付一到两年的光阴。

走走停停，我们的手掌都被行李勒得发疼。她也放慢了速度，每走十几步，站住了休息，只是她和我们这些吵吵嚷嚷的旅客相比，更为无助，没有一人帮她，谁都站着摆弄自家行李，或者急匆匆往前走，再不回头。她停顿的次数越来越频繁，离我们也越近了，我很想帮她，努力高声说话，意图引起她的注意，显然她没有听见，没有转过脸来，或再练习一下她的口琴音阶，她几乎是拖两个巨大旅行袋，走几步，停顿，拖起来，放下。我加快脚步靠近她，幻想接近她，也许有帮助的勇气，但这种追赶方式，无法不顾忌身边同伴的位置，我也知道，他们一旦发现这种企图之后，其反应的激烈程度。

我带领这些人忽快忽慢地往前走，走到和她相隔二十米的距离，发现她在发怔，然后她转身，脚下是她的旅行袋和棉衣……此刻，她打开两个旅行袋的拉链，用力将它们翻倒过来——旅行袋里装满白花花的年糕片，满满两大袋的年糕片，被她倾倒在码头上。

她没听到任何声音，船在鸣号，码头的吊车在装卸货物，旅客匆匆顺着码头疾行，只有她站着，如水流中的石头。

也许我注定只能在二十米开外看着。她做了这件异乎寻常的事，怔了怔，把棉衣和空旅行袋塞入另一个袋子里，拎着它，背上背包疾步消失在人流中。在我的眼中，她永远消失了。

经过两大堆年糕片，听见一个北方人的疑问，显然都不知道这坚硬的白色片状为何物。我再清楚不过，这是上海一户人家规定的购买量和多家亲戚支持的总和。家人将年糕切成薄片，摊在竹匾里晾干，把心思转移在白色的年糕上，最后一直送她到上海公平路码头，送她上船，叮嘱下船时一定请人帮忙，她太娇小了，家长相信，会有人在旅途上照顾她的……

但是没有。

这是我至今回想时仍觉得苦恼的。

多米诺1969

每天一早，他骑马去上班——只要不是雨雪天，这时问他必须率领几百名犯人，浩浩荡荡出门，犯人必须徒步行走，他和其他的管教，骑马挎枪，前后巡视。农场的田地十分广阔，队伍的行进路程，通常也越来越长，最后甚至需要一到一个半小时，队伍后面紧跟的一驾马车里，装满了锄头或镰刀，等全体人员到达了田头，在警卫监视之下，这些农具才可以仔细发放于每一名犯人手中。然后严密监视这些人下田，监视所有人的一举一动，等收工时分，这些农具铁器，再度被清点，集中装上了马车。在这时，他的马已经被犯人饮好了，马身也被刷了一遍，鞍子也由他们备妥，暮色四合，他挎枪跃上马背，握住缰绳，闻到远方飘来的炊烟气味，每当这时，他的身体随马背起伏，会忽然感到视野开阔了许多……

说这番话的人，是我当时在开往齐齐哈尔的列车上遇到的一位同龄青年，他也是上海人，我们一起看窗外风景，吃冰糕，在一个茶缸里喝茶，抽"握手"牌香烟。后来他对我说了上述这些内容——自从上海来到北方，他从没有参加任何农业劳动，一直在某劳改农场当一名管教。

我很清楚，他那个农场存有我似曾相识的记忆。

他表示说，虽然他拥有半自动步枪已三年有零，但枪法一直不好。

问：如果犯人逃跑呢？

——按照条例，我鸣枪示警，犯人继续逃逸，可以击毙。我有这个权力。

他的眼睛坚定地看着飞快掠过的松嫩平原。

他的这种工作，在当时可是凤毛麟角，我只是一个平常的劳动青年，因此无须向他介绍自己情况。之后，旅程也就结束了，我们没有说再见。

倾听他的话，我只想到自己最熟悉的男女青年们——按现在说，这伙曾经的上海"男孩女孩"，1969年，他们十六七年纪，眼神清澈，头发乌黑，有一天，他们吵吵闹闹，从上海来到了陌生的农场，来到了麦地附近，天交八月，周遭一场大水，附近的科勒河满溢，大片熟透的麦穗只露在水面之上，苍苍茫茫，明黄的麦映照浑黄的水，一直延伸到远方的天之尽头；这是他们第一次割麦，他们一番犹豫，再三犹豫，在队长不断的催促、点名道姓中，最后自由跳入，或被推入到水中了，麦子远在远方，也近在每人的眼下，麦秆显现于面前的水中，它们还没有归仓，还做不成馒头或面条，大家必须要割倒这些麦子了，但不知道如何去割，大部分青年的小腿苍白，镰刀都没有磨好，即使队长再三地教授，根本学不会打捆，时常吵闹。

所在地是原东北某劳改农场某分场，以前的吴管教，当下的吴队长，此刻静站在地头，冷眼看这些叽叽喳喳的上海小青年。这所国内最大型的劳改农场，由苏联专家设计，拥有十三个分场，每分场土地1500公顷以上，机械化程度80%，几乎是自给自足的农业王国，场牌上"劳改"两字，是城市青年们到达前去除的，曾隶属吴管教名下700名劳改犯人，业已奉命撤离——他的新任务是，如何使眼下这批男女青年，尽快学会手工割麦。

半个小时里，割麦的进度仍然缓慢，土地被泡得相当烂，农场的捷克、波兰、东德进口收割机都开不进去，十月革命时期的苏式马拉收割机也进不去，不谙农活的小青年进去了，但是不出活。

一小时以后，大家都听到凄厉的警报声。

远处六辆南京"嘎斯"飞驶而来，前后是两辆警卫车，支架美式机枪，对准前后中间四辆犯人车辆，车上挤满了男人，远望像40—60岁土匪或盲流集团，饱含下山虎的气势，伴随绵延拉起的几百米滚滚黄尘，越来越近，越来越近。八月阴霾天气，这批人不少已是冬天打扮，一身的破烂棉袄，肮脏凌乱的老羊皮大氅，多人戴黑白杂花的狗皮帽，反映开发东北的电影《老兵新传》主角崔巍的打扮，峥嵘额角，显露褪色的解放帽帽檐，有一名莽汉居然靠近车厢板，敞开棉裤，在高速颠簸中小解……

一切如半空出现幻景，水中的城市小青年都停下了镰刀，由衷发出一阵惊叹，这反应该来自于遗传的神经反射，如一伙纯真小兽，发觉眼前突然蹿出成年狂野的同性，立刻警惕竖起颈毛、也夹紧了尾巴，随时预备逃路——这样形容瞬间的恐惧，应毫不为过。

事实是，什么威胁和危险都没有发生，车靠地头，前后警卫车士兵，下来高度戒备，枪口对准犯人；押解队长与静候的前吴管教握手，喝令犯人下车。远方隆隆而来的气势，此刻涣散了，车上每名男子驯然下车，领头的四名犯人头目，站于破烂齐整的犯人队伍前，喝令报数，然后面朝外，跨出一步，脚跟靠紧，朗声一喝：报告！

——报告政府！！ ——报告武装！！ ——本小队原有人数 × 人！实际到达人数 × 人！绝对服从劳改！！ ——请指示！！ ——报告完毕！！！

回答是：——入列！

随后另一犯人头目报告：

——报告！ ——报告政府！！ ——报告武装！！ ——本小队……

"政府"指长官，"武装"指警备士兵——禁止犯人直呼"解放军"，这有"解放"他们之意。

报告毕。

四名报告者，鱼贯到后一辆汽车，在枪口下领取大捆镰刀，返回队伍前大声唱数，此起彼伏，将镰刀一一发到犯人手中。

警备士兵，把车上条凳，水桶，小红旗杆拿下来。

有两名犯人立刻奋勇拿过了小红旗，趟水下田，一直涉至远方一千米开外，两边间隔三百米，各插一旗，与此同时，其他旗子，由犯人熟练插于地头与汽车之间，形成一块显眼的红色区域。

域外就是枪口。

这组场景，有如流动戏班子搭台，域内即将有丰富的表演，外围留给冷眼看客。

此刻，犯人头目正忙着分配工作——与刚才小青年领受任务一样，清数麦垄，镰刀指向水面，每人同样割十条垄，地头上空，1！2！3！4！5！……苍凉错落的点数声，镰刀尖本应是拨开每一条麦垄的根部，现拨动水面麦穗，机器播种的垄趟从不会乱，每一条平行延伸1—2公里的长度，每人都要记住自己这十条垄，把这些麦子割倒，一直割到远方。

犯人都静站在水中，站在分配给自己的麦垄前，在齐膝

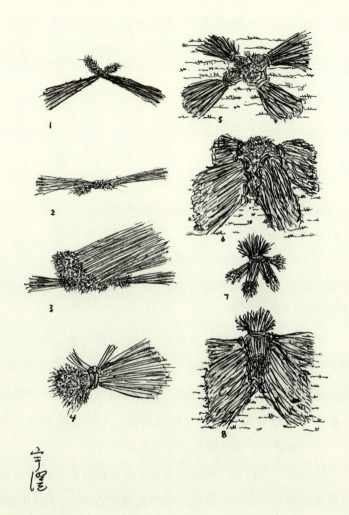

记忆 · 1969

的水中一字排开，如径赛开局的场景。

看到一犯人露出的圆领旧汗衫，当胸印"北京卫戍区"暗红字。

有多人戴深度近视眼镜。

有一人颈后有深长刀疤。

一人手背有刺青。另一人手臂刺青，胸口刺青。

多人目露凶蛮，多人是书生的神情。

或病弱，或慈眉如佛，或大车店掌柜。

或电器行小老板，曾经的"蒋匪"营、团长。

或是绍兴师爷相貌、少爷、上海小开、银行职员，或是打杂、跑堂、旧衙门司阍，或阿飞、无赖、草民小贩、引车卖浆之流。

相同的特征，这些人都亮出一双老农的粗手，晦暗的咖啡色，酱色，树根色，粗糙，筋络凸起，厚茧，指甲发黑，指头秃钝、有力，一旦攥住镰刀，是生物的条件反射，或是一种本能，迅速拉过悬于臀后的磨石，不时熟练磨一下刀刃——"斯诺克"球员磨动球棒的那种神经质。

然后是一声口令，显现出他们安然驯顺的姿态，弯身水中割麦的细节，在他们眼前，仿佛无视水的存在，他们的动作里，含有早已习惯的谨慎守旧，注重保养，没有一人卷起裤管，裸露出小腿。

大部分人打着绑腿，打法各样，古老的"鱼鳞"式为五十以上年龄者，民初兵勇、家丁那种相错花式；平缠式绑腿是"第八路军"或"国军"风致，一般都是布绑腿，其中有一人是暗棕色皮绑腿，应许旧军头，或者前任牢头继承下来的旧装扮。

不裹绑腿者，都扎紧了裤脚，与胶鞋的布帮连接处一并扎死，干练利落。有一人穿的是骑兵马裤，小腿部分本就极其紧窄，露出了特有的皮质裤裆。

大部分人，左腿前围有一种围裙——厨子、铁匠、杀猪者，都备有围裙，与西部电影绑小牛、剪羊毛者戴着大围裙相仿，本地农民和犯人的围裙，扛粮食麻袋可以当包肩布，下雨可遮头，简单多用，割麦时，捆妥了的"麦捆子"，是靠紧了左腿的围裙，向后飞快掀于水中（地上）的，一个个滚翻撂地，像"康拜因"收割机吞吐麦草个子那样，一件件遗留在身后去了，这组合动作里，围裙可以减少裤腿的磨耗。

难得一见的奇境，是他们进入水淹的田野，开始割麦，没有任何声音，没乡人在田头的吵闹。

他们没有人说话，没有人咳嗽、吐痰，没人抽烟、唱歌，没有人流汗，也几乎没有呼吸，没有喘气，没有人打喷嚏，只有水声，刀刃飞快割断麦草发出的飕飕声，打"麦腰"和迅速捆"麦捆子"的声音，安静，快速，机器一样推进，他们整体朝着遥远前方的小红旗全面推进，没人落后，没人领头，没有人累，没有人朝前看，没人伸臂捶腰、哭爹喊娘，凝结了一种无声的强悍的肉体精神，组建一副沉默的多米诺骨牌，由麦地边缘向纵深处推进，稳重，坚定，无畏，狠毒，充满饥渴，也像是麻木，梦幻，逐渐吞食、席卷、消化这一整片水中的麦田，一种超越人体动能的阵势，一种地理天文的变替，一种季候具有的风卷残云的气韵，沉稳朝前蔓延，滚动……

城市的男女小青年都站在地头。

他们从没见过这类组织和劳动氛围，不相信人身能发出如此巨大的动力效用。

呆滞在地头，他们停止了吵闹。

"武装"们稳坐各自位置、地头的条凳，膝盖上平搁着揭开保险的半自动长枪，仿 AK-47。

在愉快与期待中

　　某人打算自杀，却恐惧如何去死，最后他加入了"愉快死亡俱乐部"，被安排在一处鸟语花香、风景优美疗养院，好吃好喝供着。刚到的每一夜，他都十分紧张，担心后半夜有人进来搞死他，结果夜夜平安，什么可怕事都没发生，一位美丽护士却出现了，而且相谈甚欢，使他渐渐萌生恋爱之心，有了不死之想。到最后那个傍晚，甜蜜的女护士表白说，明天就将答应他的求婚。他也再一次告白说，他早已放弃了死的愿望，从此可以过全新的生活了……他在兴奋和等待中沉沉睡去。凌晨时分，愉快死亡俱乐部主任出现在他身边，果敢地为这位已深度麻痹的甜蜜男人，做了安乐死。在愉快与期待中，他带着幸福与希望，不知不觉死去了——俱乐部发言人说：本俱乐部遵守了最人性化的服务，密切关注来宾精神状态，目的就是，让来宾死得好，死得妙，死得毫不知晓，死时怀有最甜蜜的憧憬，协助来宾能够在幸福满意中，不清不楚死去——这是一日本小说的内容。

愉快中突然的死，其实是不堪的，记得一例：

电业人员在崇山峻岭架设电缆，当日工作内容是：布线量绵延数十里，每座山头竖起了电缆铁架，缆线已全部悬挂于每座铁架间，垂落于每个山坳里，只等给出信号，远山之外的大马力卷扬机发动，同一时间拉升电缆到一定的高度，工程就告完成。

在没有无线通信的年代，这是个难忘上午，各座山头都站有观察员，手执红旗——卷拉电缆的命令，由远方终端的总指挥发布，只需第一人举旗，附近山头便可见到，于是依次举旗，山山举旗，如此一直传递到终点。现在一切准备就绪了，总指挥一声号令，红旗一举，沿线的红旗，次第举起，大马力卷扬机发动，快速牵拉整条电缆。

没想到的，是总指挥发出"拉缆"命令之时，沿线某观察员却没察觉到，就在脚下的深邃山坳里，有一青年走动，那是个眉清目秀的城市青年，口里背诵惠特曼的诗句，山风吹拂他乌亮的头发，他的双手拉住直落山下的电缆上，独自往上攀登，他是一小学教员，刚来此地就职，喜爱山峦，赞叹自然的魅力，他想及早瞭望山顶的风景，四面都是浓密的植物，根本看不清上方情况，山顶的信号员也看不到他；时辰一到，各山头小红旗高举，如烽火台发出连锁信号，数十里之外卷扬机同时发动马达，滑轮飞快牵拉电缆；而那位青年却独自在青山绿影间愉快呼吸，逐渐向上攀援，小鸟鸣啭，引发他胸中的诗情，移步换景之中，手里的缆线忽然猛地上升，他下意识紧抓十指，整个身体就被提升到了半空——刹那间松手还来得及，但一种本能的犹豫或选择，他双手紧攥，电缆三秒上升一个高度，立刻就是十层楼的高度，四十秒，他已高吊在一百八十米上空。到了此刻，信号员才发觉缆上有人，摇旗呐喊，可惜这种特别的旗语，没经事先约定，更没有步话设备报警的敏捷——其实即便是终端发现，立刻按下闸刀，倒车放线，时间仍然是不够了——信号员眼看青年双手悬吊高空，四周的群峦依然壮观美好，而他变为喊叫，为紧吊的沉重而痛哭，终于大叫一声，他掉下了山坳。

记得是 1976 年，我的朋友，北方小车站某卸煤工写信告诉我，某夜他开启了一节车皮，在布满寒霜的煤堆上，发现了非法搭车者，男女老少六口，以及一家子的锅碗瓢盆、被褥细软。全家六人紧抱一处，冻得铁硬。

估计他们是在山东、河北某小站扒的车，东北地区一直是"闯关东"终点站——有个兴安岭老伐木工说，不论民国初年，"康德"年间，还是现下，山中如发现一小块林间空地，独户小房，紧旁有零星的开垦田，鸡狗若干，也就是传统"闯关东"的终点站了，这个谋生方式，持续两百年了吧，离群索居，无邻无朋，也许新到，也许已住好久了，不知今夕何夕，不知"文化大革命"，不知道五年前林彪飞机失事……

这个隆冬的深夜，铁路煤场的卸货稍受影响，卸煤这一行业，一人一把大板锨，每夜个人指标是 20 吨的量，在冬季车皮里发现冻死鬼，不算少见，但这次人数最多，而且一家子。工人们只能一贯确信，人冻死之前，都已昏迷，根本不会觉得冷，浑身甚至是阵阵发热——冻死在雪地的酒鬼，就有脱得光光的，但是这一次，六人都穿戴很多，抱得很紧，关内百姓恐惧东北的寒冷吧，唉，最大失误，他们一定以为慢班的货车、煤车是呼呼喘气，开开停停，一个小站一个小站临时停车，加水换司机，换"小烧"，扒车人都可以下来活动，暖一暖身子，没有料到，铁路上常有临时特快，在某时间段，货车也可两天一夜走全程，没一刻停留——在无穷无尽的寒风和雪花中，在铿锵的车轮与均匀摇晃里，人根本无法跳车，只能一直奔向遥远北方，奔向梦中的死亡，日夜蜷缩在飞驶不止的露天货车上，气温应会达到零下 50 度，甚至更低。

老幼六人冻在一起，一个巨大纠结的尸团，在零下 30 度严寒中，根本无法分开，体量极沉重，形状不规则，难以从车皮两侧的活门牵扯出来，最后是用车辆段的活动吊，小心卸下，摆放于一辆铁路平板电瓶车上运走了。按如今人道的设想，必先运送到一间有暖气的环境里慢慢融化开；当年应该是简单，一般的农民外出，身上不会有公社介绍信，全国百姓都没身份证，那时代的公安，无法联网公告以求尸源，

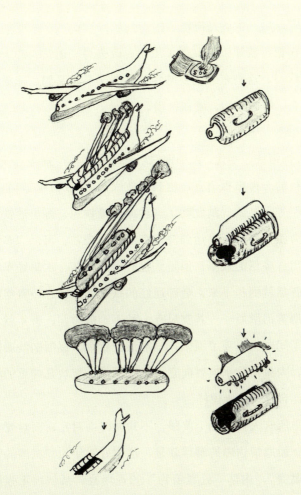

最安全航空概念 · 2014

一般鉴定以后，也就是掩埋了。

这一夜，装卸工朋友调了工作，改去另一道岔，卸下成吨的冻秋梨，这是东北主要的年货，梨子又小又黑，冻成一筐筐石头，咔咔作响，硬如铁蛋。

"大炼钢铁"年代，大小钢铁厂都愿意"高产报喜"——当时流行的一种虚报语言，也叫"放火箭""放卫星""向国庆献礼"等，某铁厂制发明了一种大容量铁包，炼出的铁水注入这大铁包，由天吊运到浇铸车间一次浇注，可以"多快好省"出许多倍的效率，但是铁包有暗病，某一次吊经车间上空，忽然就倒扣下来，全部通红的铁水，倾倒在一青年人头顶，烟雾消散后——其实只有一秒不到的时间，青年就不见了，车间中央出现了涅槃，一堆滚烫冒烟，逐渐黯淡凝固的铁水，大量消防水枪射向它，最后形成一整块几吨重的深沉黑铁，自然火成岩模样。

厂里所有人员，个个傻眼，不知如何面对它，面对死者家属，一般通情达理的解释就是，这位好青年为"祖国的钢铁事业献身"，内部"处置遗物"的现场会，某炉前工强调了铁水的高温，认为该青年死得毫不痛苦，也来不及痛苦，不用一秒，他就变成蒸汽，闪电一般死了。另一位技术员解释在物理意义上，青年人早已挥发殆尽，眼前依旧是一整块"支援国家建设"纯粹好生铁，内中已没有丝毫的人体成分了。

然而家属的态度，却出现一种意想不到强烈反弹，坚决要求保存这件巨大铁块，双方长时间协调无果，厂长只得同意留存，但它那么沉重，有那么大的体积，家中根本没地方停放，车间会议最后决定，将它运到工厂后院，算是青年工人的坟。很多年过去了，换了几任厂领导，大家已不记得后院有这么一块巨大的，不长一根草的生锈铁块，只有青年家属们有时来哭它。再是很多年过去了，这家铁工厂应该买断了工人们的工龄，厂子都已经改房地产了，不知这巨大铁块的最终命运如何。

　　（一位作家好友来信说，他忍不住把这节"钢铁坟墓"写成一小说发表了……这让我想到了体裁和篇幅的意义，表现短暂瞬间，哪一种样式才更合适？我并不明白。）

　　"红革"水泥厂，有巨大的球磨机数座，单机为一种直径四到五米、钢质横卧状的圆桶构成，桶侧有进料口，加入数十吨的石灰石料、千几百颗十公斤一颗的大钢球，盖上坦克舱样式的密封钢盖，启动机器，整个桶身缓慢滚动，依靠内部钢球的相互击打，将石灰石缓慢粉碎，研磨为半成品的粉末，然后入窑烧成水泥。

　　该日某个青年工人（又是青年）进入球磨机内检修，没有挂出告示牌，另一工人不经检查，没有喊话，关闭了钢门，开动机器。人与石头，就这样在缓慢旋转里，不露痕迹的内部击打中，全然混为了一体，人与岩石最终碾磨成了均匀的细粉，事后，只是在烧成的水泥里，发现了细微金属物质，即青年人的皮带扣或鞋钉遗留的金属元素。同上，厂方无法将体积更为巨大的几十吨水泥，做一座巨大的坟墓，而且这批次的粉末，早已按正常的工序送进电窑，焙烧成优质425号硅酸盐水泥了。鉴于这种高温的烧结，与处理尸体的方式一样，厂方与家属经过无数次事故协调，家属终于同意，取走与骨灰差不多的部分，其余都被用于某一建筑项目上了。

上两种当事人之死，已没有愉快一说，案发的情状，地狱也不过如此，芥川龙之介写到地狱，"血池"里被煎熬的"犍陀多"，之后被天国之佛偶然发觉，念他在凡界不踩踏蚂蚁、常行善事，佛就放下一根蛛丝救他，天国池水下面是十八层地狱，蜘蛛丝顺雪肤冰肌的荷花放下去，就有麻绳粗细；犍陀多抓紧了努力攀援，但此刻，同在血池里的无数鬼魅，同样顺蛛丝往上爬，犍陀多担心蛛丝要断，咒他们滚开，一语既出，蛛丝断了，他只能重落血池中——芥氏写道："在佛足周围，玉石般洁白无瑕的荷花，浮起莫可名状的清香，极乐净土，大概已近正午了。"

读一位"有鬼论者"小说稿，全文细写某人在中心医院，白日撞鬼的经过——作者与鬼怪总有牵扯，屡遭麻烦，小说结尾，讲他经过省中心医院走廊，很晦气碰到一接尸车，他立刻躲入附近电梯，多次按钮，梯门纹丝不动，他明白有鬼挡门，惶恐犹豫之间，电梯的超重铃声忽然嘟嘟嘟叫个不停，让他意识到，鬼怪已聚集电梯，他已被鬼所围，于是大骇，夺门狂奔出去……

愉快轻松的叙事，只有《何典》的江南鬼话，讲了鬼家、鬼兄弟、鬼男女、鬼情事，名称繁多，活鬼、活死人、饿杀鬼、牵钻鬼、臭鬼、扛丧鬼、雌鬼、形容鬼、六事鬼、色鬼、轻脚鬼、豆腐羹饭鬼、谗谤鬼……这精神与名称被鲁迅称道。

人生最重大的变化，应该不是鬼，古人说死比天大，当然在日常流行剧或网络语言里，也随便出现"去死吧！"对白。

上海的普通家常女人，完全不是一般附会的三十年代月份牌、四十年代摩登旗袍形象，满脸满身有人间的烟火，她们常用"死人""死腔"口头禅，凭其声气的强弱软硬，判断她们是表示愉快，还是愤怒。

沪语"屈死"一词，也是上海妇人的常用语，在开心、发嗲、扭捏、亲密时刻，更可前置一个"阿"字——称呼对方（大多为男子）"阿屈死"，更能表达一种柔情与怜爱，这与北方"打是亲骂是爱"，北方女子说的"死鬼"相似，爱恨交织，随意顺口。只是沪语版这三项的语气，忽然转换，即也就是"吵相骂"最有力武器。50后、60后上海女子，在公共场合厉声相骂对方"死人""死腔""屈死"，后一句的态度，更有某种的不屑——巴望对方的速死，必是委屈中的死，极不安的死，"死有余辜"的死——沪语"口眼不闭"，即"死不瞑目"，"死"，理该夹带更多遗憾才好。

最接地气也最丧气的，是沪剧的通俗经典，童养媳角色阿必大，一可怜的旧上海小女子，永是在公开场合，面对广大沪剧观众，被其恶婆婆无穷无尽当台辱骂，婆婆一口浦东本地话，屡斥她"死人！""死货色！""死不临盆！"

上海民间粗口，诅咒他人尽快死掉的条目，冷酷而充足："死货色""死赤佬""寻死""黄浦江没盖头""浮尸""烂浮尸""快点跳黄浦""快去铁板新村（火葬场）"……浦东方言中，爱恨交织是"棺材"两字出现率高，"小棺材""脱底棺材""死棺材""长棺材""矮棺材""戆棺材""辣棺材""寿（蠢）棺材"……东北土话，只有"棺材瓢子"一例——棺材为瓢，居中的尸首即瓢——一般是转述病人膏肓的样貌，等于上海旧版语言"死坯"，死，是一种已经定型的坏件，一种直接指向，直接的诅咒——着意丑化蒋介石的《金陵春梦》《侍卫官日记》中，老蒋常挂嘴边的"娘死匹"之"死匹"，可能是"死坯"的转音，这句有力的沪语，大约是从浙江宁波方面传入的。

值得安慰的是，任何地域的方言，都是依靠肉体存在与消亡的，一直在分化与流变，因此上述的恶语，在上海70后、80后的人群里，基本不被使用了，只在议论股票的场合，听到某小青年滑出的一句上一辈老话："自家寻棺材困"（"自找倒霉"）。

他卧在车中，看到了高速路上方出现的"上海"字样，感觉司机连续变道，最后瞬间，司机拉了方向，他所在的副驾驶位置，迎面撞上了卡车，部分车窗立刻被削平。

他当时在这位置放低座椅小睡，没戴保险带，卡车后尾直接铲掉了面前的窗、车盖，擦着他头皮过去，前额掀开一个大口，血顺着后颈涌流，流到后背、后腰，他没发现自己流血，不觉得痛，他从车里爬出，立刻听到刺耳的警报声。

几乎同时，他竟然被几个蓝衣人紧紧扶起——撞车后的60秒，眼前居然有了专业急救医务人员，三分钟内他就被抬上救护车，难以想象——这就是说，在他飞驶的车后，在流动几千几万辆的车河中，有一辆回沪的救护车，一直紧紧尾随，不依不舍，紧跟在后，有如保镖跟班——世上就有如此巧事！他立刻被包扎，救护车拉响警报，三十分钟赶到上海长征医院，一小时内，他已经躺在手术台上。

痊愈后他对我说，如果没有这辆紧跟的救护车，他必将失血而死；如果他没放下座位睡觉，按照交规戴紧保险带坐直，也必死，强大的惯性，冲他到车的右侧，卡车尾部一个方铁件，直接插入后排正中椅背，穿透一个大洞——即使奔驰600、10气囊也没用，他如果不是滚到一边，只能留下人生最后一张数码照了，十字军东征一柄巨剑插胸的死样，交警拍下来存档。

说到这里，他和我都想到一位模糊而遥远的人物，一个叫大韦的上海青年。

那是深秋季节，收获的豆秸都集中在田垄上，等待机器脱粒，每天一早，我们用小锅炉的蒸汽喷管，化解冻住的脱粒机油管，每天都这样，我们和大韦就在这架小锅炉附近工作，修理常有故障的几台脱粒机。夜晚的白霜还没被初阳融化，寒风刺骨，脱谷机排出柴油黑烟，豆秸的香味，以及大地一般褐黄色的灰雾，为此，女青年们都戴着各种头巾，红、蓝、灰色头巾。大韦是组长，记得这个清晨，大韦独自回到小锅炉前，驱赶几位烤火的上海女青年，机器已经正常，她们可以去工作了，这段对话很愉快，引起女青年们一串"银铃般"的笑声。然后大韦在锅炉前坐下，也就在这个瞬间，他独坐的一刻，锅炉爆炸了，铁制的炉体并没有裂开，像是一匹飞马，一口有魔力的铜钟那样，整体腾空而起，飞落到十米开外的地方，携带大量蒸汽和烟雾，四溅的炉火引燃附近的秸秆，等一切安定下来，我们才发现大韦躺在地上——锅炉确实飞越他的头顶，但锅炉下方的铁脚，碰到了大韦的前额。我们蹲下身来叫唤他，发现他前额有一小块不起眼的伤痕。我们抬起他放在马车上，赶往农场医院，在一路的颠簸中，我们看见大韦的双耳流出了粉色的脑浆，他哼了一声，全身动一下，或只是马车颠簸，他就在去医院的半路上死了。

他是在四十年前被埋掉的，突然到来的死亡，让我们无法接受，之后有人解释成为这是一种"好死"，大韦的死算是爽快的，应该没一点痛苦吧，他所安息的地方是"青年坟地"。我们和女青年们，在大韦的棺材里放了食堂里的馒头、"糖三角"、一盒上海产的梅林牌午餐肉、扑克牌、他的新皮鞋，还有他自己的照片。

　　如今有谁会作大韦去世四十周年的祭文呢。弹指之间，日子就有这样地久了。

我们并不知道

上海童谣：……有一把飞快的钝刀，杀脱一个年轻的老太……

东北嫩江唱词：……八月十五黑咕隆咚，树梢不动就刮了大风，(把)鸡蛋刮得滴溜溜转哪，(把)磨盘刮得上了天空，磨盘落到鸡蛋上呵，把磨盘砸出个大窟窿……

难以解释的画面。

朋友给的一把藏刀，已经变得很旧了，刀鞘和绿松石琉璃珠子已经发黯，银链也呈现黑色，时间就这样处置一种具体的物件，有次我抽出刀来——刀面和刀脊生出了点点锈斑，人称拉萨是一座永不生锈之城，那里四十年前的铁皮波纹瓦仍在房顶闪闪发亮，上海则是拉萨的反面——在这湿润环境中，手头一件不锈钢便携烟灰盒，最近也开始生锈。

虽然刀身锈蚀，但它仍保持了锋利的本质，这种特性，但愿也是老朋友的状态——友谊不因时间而改变，锈痕是时间标志，也像是暗暗对我说，赠刀人，已久违了。

市面上一直存在着"雪亮的钝刀"——比如各种宝剑，传奇的中国大刀，日本刀分有大、中、小号，摆设的刀架其实是一对塑制的仿鹿角；试想我上前拔刀出鞘，蛟龙戏水，野马分鬃，左右揽雀尾，劈将开去——都是样子货，没有刀刃，只能算一条一条电镀打磨的雪亮铁片。

真刀真枪，有真声势，时髦过好一阵的西班牙古董武器，刀枪剑戟也都是摆件，都不开快口，仿十八世纪的洋枪，不设置打火的"屁眼"，一尊一尊基本是实心铁器，包括现今的中国枪棒，假如开打起来，它也就软如弹簧，是条条抡圆了的软绳，单刀、双刀、龙泉剑、关羽关老爷的青龙偃月刀，包括宋朝朴刀，由现代的小青年对劈对砍，花拳绣腿，当场发出一片哗啦啦啦卷铁皮响动——影视中，它们多么叮当铿锵，是配声效果——遥想当初的古代武器，理应是华光万丈，鞘内自鸣，闻风而动，割掉了多少人头，打下多少江山，而现今我们只在剑柄系几尺红蓝绸子，大流苏坠子，拖泥带水，滚作了一团——看官明白，这可不能是取命之搏，是纯表演的舞蹈。

偶然在一本杂志的封底，看到一整版冷兵器广告，排列内容除上面提到这堆家伙，另外列有风火轮、丈八蛇矛、如意流星锤、峨嵋刺、袖箭、李小龙《青蜂侠》一片使用过的蜂形夺命暗器，每一件标出照片、详细价码，代办邮购——

假如不在二十一世纪的电灯光照耀下，笔者肯定认定自己身在汉朝，或宋高宗时代。

瑞士军刀久闻盛名，外国小说有"你要去中国，请带好瑞士军刀"句样，原以为它有"兰博刀"那么巨大可畏，刀背上一排钢牙，其实是一种很不起眼的红色折刀，文弱乖巧，国人眼里"上海小白脸"的样子，内腔还可以翻出不少精细的兰花指头，小勺、小叉、小剪子、螺丝刀等等的伎俩，可谓传统利器的异化代表了。

见识相当锋利的刀刃，是我在遥远年代北方一次临时聚会上，一位医生朋友的宿舍，那时候当地医院，习惯用60度土造苞米白酒代替酒精，当夜具体的消遣，就是取自医院库房的一茶缸代用酒精，两个自买的核桃仁罐头，在这一刻，医生从铺底下抽出一把刀来，一柄大号截肢手术刀，已经很旧，毫不耀目，比西餐牛排刀稍长些，据说专为切割大腿肌肉的设计——手术医生用它三两下即切至骨头，再改用骨锯，迅速截断腿骨，完成卸掉一整条人腿的目的。这夜，医生将这柄旧刀顶在罐头上，稍稍撩拨几下，铁皮就裂开了。这把刀给我深刻的印象。

就在铝饭盒盖中，倒了一些酒，点上火，温热装满冷酒的饭盒，然后就喝了，讲话，猜拳。医生并不知道自己习惯出大拇指，习惯只叫"六六顺"，因此老输，之后，他醺醺

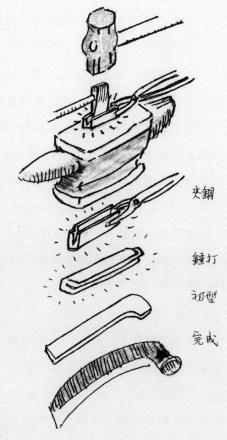

夹钢

锤打

初型

完成

记忆 · 1973

然凑近说，晓得吗？那个"大乌龟"，在半年前死掉了！

说的是一熟人，某个上海青年的绰号，凭这三字，可画他一幅速写，他懒惰成性，集体练习急行军时期，也只有他捆的背包根本不得要领，因此他随队行动，他的后背一直是龟甲模样的几何花纹，除了口琴，他对任何事不感兴趣，毫无责任，从上海来北方半年多，他带来的行李细软也就不见了，不是丢失，就是变卖和送人，最后因为睡觉成为问题，曾借走了青年食堂发面做馒头用的厚棉被，对付了两夜，也就逃离了农场，据说在以后一年多的时间里，他在各地大小城市游荡，依靠吹革命歌曲、乞讨、偷窃度日，白天捡烟头抽，晚上靠住小饭铺尚有余温的炉边取暖——这是遣送回场后他的自述，不久他就被调到其他农场，参加那边的抗洪工程，再也没了消息。

医生说，他确实是死了，死在一个湿漉漉的早晨，一条陌生的小径旁边。

麦收时期，每天的深夜，人人都是在磨刀，麦子熟透了，在月光下发黄，沉甸甸的毫无美感，广阔的麦田，是无垠宇宙下的一种黄祸，蓬勃的黄色植物与无穷尽的面积，成为盘踞人心的一种巨大压力。对于真正手握镰刀的劳动者来说，最残酷的现实是，麦田无一丁点诗意，很难引发丝毫激情与书写乐趣，劳动产生诗歌的条件早已消失，人人忧心忡忡，都自顾磨刀，为明天做准备。只有"大乌龟"在吹口琴，他根本学不会磨刀，或越磨越钝，不是他成心如此，是根本不懂得，不会上心。在那个最后的夜晚，他面对月亮，靠着土墙吹口琴，月轮与远方的麦田，现出明暗不同的黄色，四面是沙沙的磨刀声。

第二天，在大家上工的时候，这个人就这样忽然走向了死亡。

本地的小火车站是俄国式，丈量麦地的木尺是俄式，马拉收割机、爬犁（雪橇）、包括装牛奶的铁皮桶（当地称"维特罗"）都是俄式——这日早晨，大家带着锋利镰刀，腰间挂着磨石，排队出工，不少人的镰刀都有护套，大家忽然发现，他没有带口琴，跟在队伍最后面，扛着一把旧骟刀，这是一种俄式大镰——西式死神骑扫帚挥舞的那种长刀，完整刀杆长约二米，这件因为折损一截，剩一米七十，正与他的身材相当，可能是马厩临时割草的工具了，久无人使用，遍满红锈，但对一个懒汉来说，还算一件家伙，可对付着割麦——这方面他一直无所谓，可随便拿走别人的工具，过一天算一天。

他扛着这柄大刀，走在队伍的最后，清早时候，空气十分潮湿，有一段小径，不少的蟾蜍钻出草丛，在小径中或附近爬行，它们是交配，或许战争，一蟾抱紧一蟾，相互涂满黏液，仿佛粘在一起不再分离，它们静止或热烈扭打，似都出于某种情感，大家都绕着它们走路；无视这种紧拥纠缠、

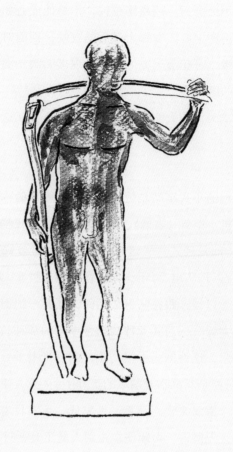

1972年，听闻黑河某农场，出了扇刀"俄式大镰"的事故。

2002年写了这个故事：《我们并不知道》。

2017年3月，临摹美国布瑞恩·布斯·克雷格的同题雕塑。布生于1968年。

蠕动黏稠，颇有些尴尬景象，男女青年们跳来跳去，停止了说话。

大家听到他尾随在队伍最后，听到他用手里的镰刀杆，舂击这些黏稠的生灵，一声，一声，他没有舂到，或是舂到了，声音不一样，之后忽然，发出了推倒屏风的一阵响动——一切的声音都没有了，仿佛蟾蜍们瞬间都突然凝止——这青年人趴在路边的杂草里，丝毫不再动了。

事后推断，当时他一上一下的举动，他垂直舂顿这杆大镰刀杆，布满红锈的锋利镰口，一次一次横陈于他的后颈，刀口正与他的脖子平齐，但他看不到脑后，不清楚，毫不在意，他扛着这件见鬼的农具出门，却并不熟悉它，感觉它的重量，但不清楚它的厉害。这具大镰刀，是一架断头台，一直在他脑后上下运动，等待他，候着他的脖颈……最后一次，是他走到一处软地，最终一次往下用力，应该力量过于猛烈，刀杆插陷到软泥深处，刀口，也终于割开了他年轻光滑的颈子，颈部的表皮、肌肉群、第某某节颈椎间隙、颈动脉、中枢神经束，一直切到喉管、喉结和表皮，他的头挂在了前胸。

他一不小心割下了自己的头？是他在瞬息之间发生的事。

他就这样死在通往明黄色麦地的荒草丛中。

——收麦季节，是蛤蟆交配的季节吗，公蟾抱紧了母蟾？

医生没有回答。

在那个寂寞的聚会上，酒汁在内心温暖移动，蜡烛即将熄灭，远处，长途马车的吆喝传来，然后又静了。

也许是他想死呢。我这么想。

医生已经醉倒在铺上了。

"可要小心生锈的快刀了，有时候，人就这样嘻嘻哈哈，其实是在刀锋上跳舞，自己却不知道。"医生迷糊地说。

二十五发连射

黑帮恺撒找到了加菲尔德，胁迫他用左轮枪"俄罗斯轮盘赌"。加菲尔德三次扣扳机安然无恙。恺撒却在最后一次将自己击毙。

这是凯文·雷诺兹导演的《187美国社会档案》细节。

枪械发达，有时已成了人身器官，影视片场一直是枪与枪手的主要聚集地，在《出租车司机》及《时间的针脚》中，枪支密密麻麻挂满前胸后背，已是演员延伸的手臂和喉咙。

"禁止枪口对人，空枪不得对人"是持枪者一直的行规。

面对枪口，也许只有演员、死囚陪绑、多次上"法场"历经"假枪毙"者、企盼安乐死者、城市泼皮、惯赌、"老年痴呆"等等，才无所谓怕与不怕。

观众熟悉了银幕枪战，习惯了银幕英雄和演绎套路，面对一般电视中的公安纪实片，显然是不能满足的，这类报道即使全程记录，冲进现场的最真实况，基本也就是颠簸不清的画面，或者平静狼藉的街景，抢劫犯不是忽然被击毙，就是模糊中逃逸，能够看明白的，只剩地上数枚弹壳，尸体抬走后的人形粉笔线。

记录警员密捕人犯的片子，也与电影细致情景不符，采用的都是中国式的一拥而上办法，都是三四人抓一个，观众还没醒过神来，公安战士七七八八出手，已把"对象"按趴在地，好比蜘蛛抓苍蝇，飞快地捆绑旋转，画面根本看不清，也就结束了。

随机真实跟拍，条件就会受限，敏感镜头也因为规定而被截断，摄像奔跑的体力不支，镜头飘忽，某一刻光源问题，忽会伸手不见五指，最紧要的部分，往往只能用最普通的办法处理，没条件做到章法。

至于明显针眼摄像头或夜视镜的现场，好比看残缺的黑白默片，不会听到一句对白，恍如一种窥私——起初，疑犯还在自如的生活状态中，在抽烟喝茶，或和女人睡觉，画面出来一个糊涂的背影，是便衣还是线人，分辨不清的敲门声，搭话，坐下来点烟，或递一块毛巾给人犯，画面到此，往往就短路了，跳突了几秒，屏幕金星闪烁，或马赛克，或地震样天旋地转，等恢复了平稳，看得清之时，"对象"胳臂已被牢牢扭住了，二三个人压着，又有一个人扑上来，抓、摸索犯人手脚，巨声呵斥，镜头大喘气那样醒过来了，切回到彩色的现场，像是由单色世界钻出了水面，喧哗鼎沸，目不眼给。那个人犯也已经是一名凯旋的进球队员，早被多人压紧，叠罗汉那样，只有喘气的份。

看过一部云南缉毒纪录片，结局极为沮丧，一毒贩深夜穿越边境，雨中泥泞小道，伸手不见五指，几个等待一夜的警员，在远红外镜里发现案犯的轮廓身影，于是一拥而上，没想到对方随手拉响了怀中的大号反坦克手雷，一道火光划破山峦，同归于尽。

如果给毒贩掏枪反抗的空间？那么双方射来射去展开枪战，子弹横飞，身处乱世，众人改穿防弹衣，多备子弹，层层搜山——这又像演戏。

在电影中，则一直可以仔细演绎，开展经验外的玩枪套路——搏斗，举手，谈笑，靠近持枪人，鼓励对方开枪，投降，崩溃自杀，从容对待，小马哥端双枪，双方直面黑洞洞枪口，距离五六码对峙，斗智亦斗勇——不会出现在公安纪实片中。

枪口顶紧双方胸膛，大力滚打之中，腹部一声闷枪，不知中枪者究竟为谁，凝滞数秒，反角瞪大眼逐渐瘫倒下去——这类情景也不出现在纪实片子里。

民国纪录片，涉及死刑犯现场，才发现枪的力量，比演戏要残暴沉默得多，每个死尸都硬邦邦突然倒地，有如触电，突然抽筋点穴的样子，功勋演员也学不来。

电影的枪伤细节，经常滥用假象，1970 年代看到猎人打着的一匹狍子，东北特有物种，小口径步枪创面进弹处极小，不见一个血滴，翻过另一面，出口则有饭碗大，血都喷溅在另一面。

在中苏关系紧张年代，东北边境的年轻人一度都发到了长枪，部分上海青年也领过苏式马枪的几种枪型，这批老枪，传说是二战末期苏联远东第一右翼兵团的入境遗物，也说是随后增援东北的蒙古骑兵武器，或朝鲜战场的退役装备；后一种说法，也有疑虑，志愿军入朝，已使用苏制连发冲锋枪，枪管有柱状散热器，圆盘弹匣，老电影表现了这类造型的武器，包括缴获的美制新式卡宾（也是一种马枪？西班牙人称骑兵为"卡宾"）已装备于步兵，参加了这场战争。

面对马枪，会想到马背，想到马上射击的姿态，比一般步枪短二三十公分，单发，没有半自动弹匣，打完一发，扳动枪栓压入一个子弹。抚摸这样的枪，难免叹服上几辈军人的本事，不清楚他们在颠簸的马背上瞄准射击，是怎么练的功夫。这批三十年代的武器，到七十年代初，烧蓝褪尽，布满伤痕，擦拭后依旧锃亮，步枪的普通枪刺，都已钝秃了，但端它朝门板上捅，一捅一个窟窿。老一辈人说，这些枪经历诸多的战事，枪枪都有人命。

大家一人一枪，保养摆弄了好多天，有时如行刑队那样，按口令丁字半步排列，集体举枪，三点一线，齐整整瞄准一个草人，扣扳机，放下，退步并腿，左手贴紧裤缝，挺胸站直。

也练习卧射，在田地上叉开两腿，躺卧着瞄射，然后抱枪横滚，鲤鱼打挺离开射击点。记得休息时，有人模仿电影派头，对准一个老乡的头，哗啦一上枪栓，老乡瘫倒在地，尿透了棉裤。

三八大盖的枪栓有一斤多重，半夜听它哗啦一声上膛，就算只闻其声不见枪口，仍然英武有威慑。以后看到"匈牙利事件"那些锯掉枪托，藏在大衣内的步枪照片，虽知道已经是英雄末路，依然神气十足。

不管世道如何，枪应该具有唬人的神韵才好，单看外表，也许国产"五四"属于最难看的手枪型号，这么多年，一点不改变外形设计，却是出镜最多的枪支，虽如今影视里的警员，学老美那样双臂举持戒备，"五四"弱化了前突枪管的特点，还是显现不了应该有的力量。另是电影里时髦精锐卫队和当代黑道用的微型冲锋枪，等于一种手提电钻，即使是三十年代的盒子炮，也比它们醒目得多。

以前常常可以见到杭甬铁路，四明山一带乡村猎人的身影，一般都是中老年男子，脚穿草鞋，身背竹篓，雨天斗笠蓑衣，如渔夫或金冬心画卷的野翁隐士，裤腿被露水打湿，神情漠然，不讲话，眼神看得很远，有点呆相，也如余华笔下的破落地主气质——乡间有这种游荡成性的人，不事桑麻，喜欢到处乱跑，这等装扮，是在打鸟，所持的土铳，都是祖宗的简单构造，没有膛线，每次手工装药装铁砂，用通条压紧于枪管底部，外装一火药纸，右手扣机，枪管搁在左臂上的射击，这种姿态，是左臂抬着枪管，往上方一送，一扣扳机，就有数只鸟掉落在草丛中，动作就是这样的一抬一送。看他们行猎，是古之有之的嫡传家法，明白了习惯上举枪三点一线瞄准，是纯西式的动作——中国的枪手，前后胸口写大"勇"字的兵，应也是在这样的抬送之中射击的。这个中国动作，涉及制造技术的落后，估计也因土铳铸制枪管，容易夹砂爆裂，头脸靠得太近，有炸膛的危险。过去的义和团，虽有长短铳，仍然不敌华尔洋枪队，应是这种麻木的开枪姿态，无准星的射击才失败的。

南面有土铳，东北方面，1970年代已常见携带"持枪证"的双筒猎枪，电影《千万不要忘记》某个不安心上班的哈尔滨工人，经常泡病假，带了双筒枪去打沼泽地的野鸭，讨好丈母娘，是全国人民当时都知道的落后分子形象。这类双筒枪多是仿苏联制品，与射飞碟的运动枪械一样，可凭"持枪证"购买子弹，也可以自己装药再造。

先是在空弹壳里灌一部分火药，压入几枚口径相同的圆纸板，然后灌一部分铁砂，如果打大野兽，只放入一个独头弹，然后，同样用圆纸板压实，最后，以烛油封口。弹壳底部，有一俗称"屁眼"的细孔与凹槽，压上一个发火小铜帽，一发猎枪子弹就做成了。冬天的时候，猎人往往这样待在家里，一天到晚做子弹。

左臂抬着枪管，往上方一送，一扣扳机，就有数鸟掉落草丛，
动作就这样一抬一送。

双筒枪是双扳机,双发子弹,双撞针,先后撞击铜火帽,通过弹壳底部细孔,点燃内部火药,铁砂或者弹头立刻射出,与其他枪弹原理是一样的。当时传闻省级人士来嫩江乡下行猎,带两狗是德国"黑盖",枪是德国三筒枪,双筒枪管之间,另有小口径步枪枪管,三个枪口,品字结构,三扳机,三撞针,闻所未闻。

道听途说,别开生面的还有,当时边境青年兵团,培养出了一位女射手,标准手枪百步穿杨,实在了得,该女在全国的射击赛事拿过几个好名次,后也是借了这个特长,调到省城哈尔滨去了,这事叫人神往,有人一句话总结,产生了非常实际的画面——算过那一笔细账吗,她几年的艰苦练习中,已射掉公家一卡车子弹。

笔者当时所在地方,是全国最大的劳改农场之一,里面曾有最多的带枪管教,大量原籍全国各地的服刑犯,直到1969年中苏交恶,犯人们奉命内迁,以各地城市青年回填。听前劳改管教的总结:大量的劳改人员,女犯一个比一个笨,男犯一个比一个聪明。

农场当时有小机械厂,收用颇多的男犯,都是大城市七级八级高级技工,车、钳、刨、磨、铣,样样精湛。有一日,管教拿来一把老式手枪,原是十发子弹连射,他问一个上海籍的八级钳工犯人,是否可改成二十发或二十五发连射?

上海犯人放下《毛主席语录》，一口答应。

两星期后，多个农场干部，都随这位管教去机械厂看热闹，手枪已改好了，枪身和弹匣都作了整型，饰有崭新的"烧蓝"，上海犯人解释说，因为物质匮乏，枪柄镶了半透明普通牛角，置于一黄菠萝木枪盒中，美观威武。犯人说，如有条件，手枪可以镶金错银，可以镶牙，嵌螺钿，珊瑚，镶翠，就是翡翠。他见识过全"景泰蓝"装饰纹样的好枪。

管教掏出二十五颗子弹，让犯人一一装入弹梭，一颗不多，一颗不少，全装入新枪匣里。

管教喜上眉梢，接过枪来掂了分量，瞄左瞄右，大家立刻散开，以为他要试射。但管教把枪递给这个上海犯人师傅，请他来射。

上海犯人一时慌乱，不知所措，小心翼翼朝天打了一发。管教说，打！

犯人再射两发。

再打，打！打！打！

犯人的神情一直在变，终于，扳机一扣到底，朝天连发二十五响。枪口冒烟，弹壳叮叮当当落了一地。

真是好枪，好枪，好枪呀。管教赞叹不已说。

马语

世上没别的动物，有马那样高大而温良。

——这话不记得是谁说的。

1950 年代遥远的上海淮海路，还有马匹的活动——有人领它们卖马奶，现买现挤，清早有轨电车开过，四周一片静寂，吊有铃铛的马儿，叮叮当当，代替走街穿弄的吆喝。

以后，笔者在遥远的黑河充当三年马夫，每夜静听它们不倦地嚼草。这种四脚动物都是夜神仙，双目同狼眼那样发绿，在槽旁闪耀，整夜需要进食，啃槽板，与邻不睦，便溺，排尿的动静，如大号龙头放水。可怜马夫每夜数遍起身添草，空气臊浊不堪，只嗅到一点豆秸、三棱草那种切碎了的，秋天野花的气味。

牛可以喝泥汤，必须吃洁净的草料。马则反之，饮水必须干净，进食马虎，因此过去对马草的检查很严，也听说有人故意把铁钉、钢针撒在草料里的事。

难以理解马的睡眠，它一生就这样日夜站立，没有完整的睡时,一闭眼算一觉。把它拴在邮局门口或者一棵白桦上,有时它低下头,闭上眼睛,下唇逐渐垂耷,这是它深度睡眠的标志。

也有时,能看出马在这样的短寐中想事,以至下身逐渐夸张,逐渐自信而坚定,显现出造化的神奇。有一位上海小女生因此问马夫,马腿之间小腿样子的东西,是什么?马夫挠挠头皮,君子般回答说:恐怕就是小腿,它有第五个腿。这个说头固然可以,但搅乱了对方本就有限的自然常识。

没有想到的是,如此纯真的学生妹,以后担任了惊讶的工作,被培养为当时重要的马医生和配种能手,检查母马内部,可以拨开马尾,整条玉臂伸到里面作深度探索,或者把死胎系到电线杆上,牵住母马无畏往外拉。

在马的发情期,对面两名娇小的江南女孩,带一匹顿河种马过来,进入特殊的环境里,此物活像一座大型妖魔,野蛮贪婪,上唇外翻,蹄大如斗,长鬃飘飘,状如喷火的巨型鼻孔,不时呷辨空中的雌性信息,立身雄浑伟岸,跨步地动山摇,使等待临幸、恭逢如次的二十来匹湿尾巴母马,立刻矮化了许多。

自然界的阴阳两相对应,常会产生惊心动魄的场面,马夫当年曾在一本破旧的《拉斐尔传》里,看到了文艺复兴时期的豪华版——位于佛罗伦萨的王公命妇,聚众狂欢,美酒当前，鬓影衣香，步步生金莲。作为美第奇家族的华堂，上流社会在大镜宫开派对的核心压场秀，是两名身着绫罗的仆人，牵出公、母数对纯阿拉伯白马，使它们于广大男女佳宾面前自然交合（通常每对占时十至十五分钟），在顶棚及四壁水晶巨镜的辉映下，主客方通过多种角度，观赏生命的热烈仪式，想一想这样的画面，多么怀旧和生动。之后也就注意到《赛魅丽》了，十八世纪亨德尔歌剧，讲希腊神明，讲了神情与人情，可作为表演，一旦脱胎了自然，往往会尴尬夸张，现代舞台之上，赫然出现了双人装扮的一匹高头白马，后腿不高，鬃毛纷乱，摇摆四顾，下腹忽然伸出巨大阳器，面对观众，高举高落，左右乱晃，比较不堪。

　　而当年这些小女生所从事的，是一种乖张的繁殖工作，以孤独巨型的公马，对应一群纤足丰臀小母马，与其说是较为困难的科技攻关题目，不如说是人类一贯作弄动物的阴毒圈套——选出某一个小母马来，置身于一结实木架之内，它嗅得近身的雄马气味，立刻就亮出了迷马（"迷人"）的姿态，实际上，它只是封闭在公马胯前的一种性引诱，俗名"马媒子"。在本土传统民间，捕捉雄鸟，有经过训练的"鸟媒子"，捕雄鱼，有"鱼媒"，都是放出一种性感美丽的雌性担当，明眸善睐，娟好绝世，"引郎上墙我抽梯"，请君入瓮；春意盎然，春风荡漾，面对闭月羞花之貌，公马不知就里，雄心大悦，即刻举身奋进，忽剌剌玉山之将倾，啸然裹胁住母马——其实它只趴在一座没有体温的木架之上；此刻，女工作人员们火速潜入到木架子下面，用专门的假性器，状似小口径野战炮管，准确套住马阳，此器连带一个橡皮压力球，血压计的原理，频率增加皮球的握力，裹之颤之，协助马身的运作，五分钟左右，公马渐渐耐持不住，终于溃决了，一腔精华，悉数收于假性器终端的小保温瓶里，生命的仪式，就这样草草落下了帷幔，公马离开了这个变态机关，牵领回厩中，享用一桶混合二十枚鸡蛋，一瓶椴树蜂蜜，三斤黑豆粉加干草的美食，而那匹被引诱、被侮辱损害、毫无快意的失意母马，排回母马群里，等待它们的，是宁静冰凉的集体人工授精，以及漫长的坐胎产子岁月，它们本年度极为短暂的发情期，就这样没有温度地结束了。

草原上的乌云，永远追逐白云，马驹永远紧跟母马，关于后者，你时常感喟人类的无情，如果母亲被役使九十里，马驹便跟随九十里，一路它不时撒欢，追逐小鸟和蝴蝶，离开母亲玩出很远很远，然后箭一样回来跟随着车队。雪暴寒天，马驹已能从僵硬复杂的挽索中，熟练寻觅到母亲的乳头，母子披挂白霜，如冻凝成一块。在无月之夜，马驹之眼和母亲的双目一样放射出绿光，特别明亮温和，它同样能跟住车队跑得飞快。

正因有这样的优秀视力，马眼容易损伤变瞎，这是它和其他动物不同的地方，如果鞭伤，情绪波动、内分泌失调，或者急火攻心，马眼就瞎了，这是马的刚烈所在。曾见三名车夫将一马打到皮开肉绽，打断了皮鞭和镐柄，它做错了事，股腿流血，当夜它就失明了。医生说是它内心不平，心火上攻的缘故。在马群聚居的地方，你经常可以看到瞎马的存在，它们终年在暗无天日的矿洞里，或是在酷暑严寒的原野上拉车和拖碾，仍然被人深度重复利用，一直到死。

马的敏捷高贵，羞怯多动的品行，使主人爱恨交织，在它们身上的期望值也就更多，更为复杂。可以说，它是人世间最昂贵最卑贱的活财产。无论良驹还是杂毛，通常是在两岁上下区分所有者范围，在左股烙火印，比如"寅531""B0029"，浑如登记车牌，然后阉割，钉掌，戴口嚼，直至接受鞍辔。处于三岁的发情期公马，有"害群之马"之说，相互踢打，啃掉人的手指，如果嗅着十里外有发情母马，即使它拖拉几公吨石块砖瓦的车辆，也将四蹄生风去相亲，力拔山兮气盖世，连身带车，乌云压顶一样上去造爱，酿成多少惨剧。

惯常的计算，我们以固定"马力"为单位，发动机因为汽缸活塞的机械运作，产生核定力量，一分不多，一分不少。马的血肉之躯，含有精神层面的激励元素，有巨大的不可估量的张力，忘我的癫狂，及丰沛的戏剧意味，我们远望一匹

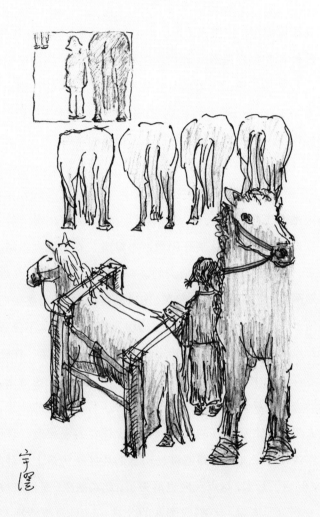

记忆 · 1972

狂马拉着重车，飞跑出大路，剧烈颠簸之中，车中沉重货物，一件件树叶那样凋零，随后，车厢板忽然变为飘动崩裂的碎片，一个马车轮子弹射出来，然后，夹着渐高的黄尘，什么都看不见了——等人们找到它时，"车"已经消失了，马浑身都挂着白色汗沫，拖着两根光秃粗重的车辕。

"骐骥之跼躅，不如驽马之安步"，为了人类的安全（人为天地之主），公马一般必须阉割。马厩通常在春天雇三四名蛮夫，缚倒马匹，割开阴囊，不麻醉，切出睾丸，结扎了精束，囊内各洒一小袋消炎粉。马的第一反应是疼痛难当，伏地颤抖，但必须强制它起来，伤口触到泥地，就会感染而死，必须迫使它立刻行走。这一走，就是走一个整月，不分昼夜，不避风雨，除了吃草，必须让它日夜跋涉，不得停留。在晚春，你可以看到十匹或十数匹经过这样手术的太监马在行走，两名马夫日夜换班督驾，每一匹马，身压百余斤重的沙袋，据说去势手术之后，马的脊背极容易上拱，容易报废，也因是体内残留了睾丸素，路遇母马，它们还能有情绪上种种的冲动，但到了月末，这点反应也消失了，此类景象，是比较惨的。

个别不挨刀，不割取睾丸的公马，一是血统特别有种，有型，可用于繁衍；二是好脾气，听话，比较羸弱，能予赦免。这种方式和人类的自我管理样态近似。

春天于城市人，是更衣赏花之时，也是勤于备考、发帖子及多诗季节，真正所谓万物自然之萌动，只是乡间消息——大小动物纷纷行动起来：猪狗的交配都比较猥琐，牛羊的举动，是转瞬即逝，含蓄而突兀，小鸟则日夜啼血，相当恼人。要说壮观无畏，浪漫激情，也许是马。作为一名马夫，当年有幸看到四五百匹发情母马，冲破畜栏，长驱一百二十华里，来到笔者所在的地盘。乡人一见惊跌道：天呢，可了不得！是某军马场良种，一律都三岁口，如何是好！每一匹母马，毛色绸缎般华美炫目，眼神温情清澈，飒爽活泼，臀尾的黏液湿及后蹄，并无羞愧之色，耳似削竹，腰若枕玉，四肢修长，步态婀娜。良驹的大批抵临，等同于上天掉馅饼，小农思想立刻泛滥，民众纷纷抢上去夺马，立刻马乱人哗。显然，此地是弥漫了浓烈的公马气味，才招致磁场的局面，于是人追马，马避人——它们直奔公马处去，只要有公马在，不管对方丑陋高矮，独眼龙还是皮癣肺结核，立刻近拢过去（通常是十母一公比例），静如处子，作驯然雌伏状，只等造爱。饱受压抑凌辱的本地劣等杂牌公马，哪见得这等目不暇接、绯靡豪华世面！所谓"桃花江上美人多"，心乱如麻，蜻蜓点水、花心大少者有之，惊艳嘶鸣踌躇不定者有之，鲁莽随意、有首无尾、始乱终弃者有之，当下方寸大乱。

　　如此激越混乱的场面，马夫目睹一头几近老死的公马，渐渐还阳起立。它已经瘫卧栌草经年，双目失明，重症关节炎，蹄甲久不修铲，翘曲如弯钩，即将衰亡离世，大量异性气味是一种强心剂，它因此咸鱼翻身，用尽毕身的精气，颤巍巍挪到母马的位置，完成它这辈子最后一桩极要紧的性事。

三天后，马场来人，把母马们赶了回去，这些被外界严重污染的美丽动物，据说会立刻处理掉，马场的检疫非常严格。

日本高级料理，有马肉刺身。马夫所处的黑河地界，没有杀马取肉的习俗，作为马的表兄弟驴子，华北视为美食，也引不起本地民众胃口，一旦它们死掉（难产衰竭、"过劳死"等等），只是解下笼头、缰绳（可备新马使用），发动一部推土机，把尸身四脚朝天推到马厩附近一个大坑里了事。马皮很坚韧，传说苏军骑兵的皮靴是马皮缝制，但也许只等数天，骄阳的热量，坑内的污水，野兽啃咬，可将日趋腐败膨胀的马腹引爆，当地大批怀孕的母猪，早就在此守候徘徊多时，正处于最需要营养荤腥时期，相当饥饿贪婪，懂得探于马腹中补充动物蛋白。乌鸦飞来，野狗也来，马眼和马耳朵、舌头，第一时间就没有了，众禽兽围紧尸体身边，等待圆球一样发酵薄透的肚皮，破鼓一声闷响，稍加躲闪，即上去撕拖。这情景，使马夫产生过敏和恍惚，忆起儿时人人躲避上海弄堂里一部手摇爆米花机，待它"哐"的一响，大家急忙围近去的样子。

《马》系列七 · 2018

马奔跑时如果踩进草原的鼠洞，胫骨立刻折断，非常悲惨。有如足球前锋被铲断了脚踝，基本是完了。在西部电影里，主人通常是对准马脑，当头一枪解决，速减其苦。马夫记得本地发生过断腿马的事故，恰逢来了一位新疆客，他认为马肉和内脏是好东西，集体财产不能浪费——在我们乌鲁木齐，谁都知道"马肠"——肠内灌入肥瘦调味的马肉，据说一马的大小肠，能装进四条马腿肉，鲜美无比。就这样，断腿马被绑到电线杆上，屠夫举起开山斧砍掉马头。乡下人做事，都有一套辞令，杀每一头牛或者羊，先会单独说一番请求理解的话语，比如"雷声响呀么雨点到，日头西就刺骨寒，人不吃呀么我就不宰……"每聆此咒，羊就顺命而沉默，牛也不再是每一头滴泪了，紧咬住舌条，逐一受死。屠夫拖着围裙，气沉丹田，青锋直攮命脉。但这次是结果一匹痛抖的大型单蹄动物，超出了屠夫的所有经验，砍树工具也不称手，整个过程慌乱鲁莽，惨不忍睹——并且，竟然遗忘了最最重要的"临终告白"。

很多年过去了，那具被砍下的马头，有时还出现在前任马夫的记忆中；以后，这个逐渐遥远的马头，与《教父》几个镜头清晰重合起来——

关键词一：教父唐·科里奥尼拜访电影老板府上，请求帮助。

关键词二：教父由电影老板陪着游园，参观其私人马厩

214

与名马，最后却拒绝了教父的请求。教父告辞。

关键词三：清晨，电影老板在朦胧中，摸到一具沉重黏稠的物体，借着微光，发现这座容留多名雏妓的椭圆巨床上，放有一具马头，肯定是才被砍下的，在朝曦中散发温热的血气——这竟然是电影老板最引以为骄傲的无价名马的马头。电影老板一把搂住血淋淋马头，失声痛哭起来。

时隔二十载，笔者在上海虹桥机场行李房里，收取一份友人送来的礼物，它们装在一个大纸板箱子里，打开箱盖，等于看到当年打开断腿马腹腔的生理情景一样，箱子里盘踞了九曲十八弯、绵延不绝、细至鸡卵、粗若碗口的"马肠"。友人在电话里说，你可别大惊小怪，这是新疆特产"美味马肠"呀。自然肠道形状，灌装的肉制品呈灰白色，间有一块块黄斑（黄色是马的脂肪，灰色是瘦肉）。作为一名曾经的马夫，目睹这种久闻其名的原生态食品，有点回不过神来。友人说：肯定是美味，你一定要尝！外形嘛不是问题，本人掌握了大量马肉资源，本人准备与东部火腿肠企业合营，隆重推出"马肉火腿肠"，嘿嘿，如今年轻人，喜欢喂蜥蜴、蛇蝎、毒蜘蛛，喜欢奇异美食，你算一算，他们每人买上一根，是多少？

马的回忆，到此告一个段落。

动物的定义，诸位可以翻看国人纂写的动物辞条，结尾均有"皮可制革，肉可食用，骨可制胶"句型，提到名声，就数狗与脏话最密不可分。马虽混了个绝妙好辞许多，基本也形同虚设，它永远隶属劳苦阶级。现在的城市人只想有狗和汽车，西方人一直梦想私家马匹，但愿有这一天，你会把别墅的汽车间改造成马厩，每月预订干草和燕麦。喜狗的城里人士会霍然明白：原来马或骡子，也是另一类可供我们自由支配的动物。

现实猫

网上寓言摘要：一只可以死活百万次的长命猫，一直孤傲无趣，之后碰见了魅力猫，方才成婚产子，等魅力猫最后老死，长命猫也真的死了。

现实猫的一生，基本毫无定规，庸碌无为，没有寓言味道。野猫在城里总有明显的隐士气，在花园和垃圾箱旁出没，尤其夜晚，如果不用红外夜视镜，基本不会知道它们更具体的内容。

有这样一夜，我被爆发的嚎叫声惊醒，窗外园子里，有一对大猫面对面等距离躺着，一只在月下呈蓝灰色，一只黑色。看几分钟，它们躺几分钟，尾梢微动。等我睡下去，外面立刻撒泼滚咬成一锅粥，开窗再看，依然静卧两只猫……一夜里它们这样谈谈打打，打打谈谈，算是造爱，后就一同走掉了。记录狮虎欢情的片子里，也是公母相向，倒卧荒莽，引而不发，咆哮撕咬……

家养的猴子分分钟想逃，人就一辈子紧拴不赦。越有奴才相的狗，主人越挑剔，只有猫的无政府主义自尊心，使人进退两难，欲擒故纵。个别怪癖母猫，一辈子只认主人，不与他者啰唆，笼络收买也不理睬，这种事在母狗身上很难发生。

人那么多变，随随便便把一只小猫抱回家，等它挠破沙发，钻到席梦思下面呕吐，打碎花瓶饭碗，患染猫虱或长期叫春，或是一点不在它错，只要人一发怒，拎它走了三站半路，扔到八仙桥一条弄堂里走掉了，它就此成了一只出没房顶的夜行小兽。

在另一种时代心情的驱使下，人曾经把它塞进罪犯裤管里，一起鞭挞过堂。装进米袋，扔到铁轨上碾死。吊在法国梧桐上。沉到苏州河里，所谓"种荷花"之一。它们吃了死耗子，氰化钾中毒。嚼了诱饵，炸走脑袋。困难年代，也时兴用它缝一件暖胃小背心，精心镶配棉鞋棉袄的滚边。煲"龙虎斗"。副产品有"冰糖桂圆炖猫胞"。猫眼再如何的一汪秋水，如做标本，则要用两颗绿玻璃珠子来代替。

如果人忽然受不住它们撕心裂胆叫床嚎啕，即可以棒打鸳鸯了事，搞笑一些是点个"高升"炮仗扔过去。阴险办法是注射抑情针，用代替公猫形状的眼药水瓶嘴，私下给以羞辱……只有图坦卡蒙君主，尊了它为金字塔的护墓神灵，使它闷在黑穴里面一万年不死……

很多的理由，都可以使家猫成为自由野猫战士。作为城市游荡者，它们的运势同凡人一样千万变化，中、下签水平居多，弹簧样的柔韧，落叶般轻贱。概括它们一生，不外是"……命犯天狗星，诸凡小顺，东奔西跑。时有脓血之灾，卒有暴败"。

如果家猫有九命，或许野猫是十八条半的命都不止，这是它们顽强求生的特点。另一种是警示：如果打死了一只猫，你欠了它九命。

以前有一些上海平民淳厚人士给小孩取名"猫狗"，一如北方人称小孩"石柱""铁蛋""小狗子"。当年笔者有一位昵称"猫狗"的小学同窗，拎了一只野猫，从泰兴大楼的七层楼直接掼下去，看它如超人克里斯多夫·里夫一样，张开四肢，飘摇落地，停在民房瓦面上，然后一个抖擞，一溜烟朝石门路张家宅方向跑掉了。

在一部游记内看到，东京人抛弃家猫，有剪除猫尾的规矩。那边只是把无尾猫视为野猫，光秃屁股是落草的标志，从此不再纳入家猫和音乐《猫》派对，由社区的志愿人员负责喂食。东京人的离婚和炒鱿鱼都不会去剪东剪西，只对野猫毫不暧昧的态度，是福是祸，也是一绝。这对于立志容留上海闲散猫的社团组合而言，不知发何感想。

动剪刀一贯是件比较难为的事情——剪脐带，剪清朝辫子，剪"阴阳头"，死囚临上断头台时剪除掉衬衫领子。西南地区传统殡仪也要拿剪刀讲话，未亡人见过了枢内亡夫，生死两方手牵一条红绳子，由主持人上来，剪彩样子隆重一刀切断，半截红绳留给死人，然后盖棺入土——男女两部电话剪掉了直接的联通线，无言独上西楼，怎再有丝毫的音信，幽明永隔。

想一想，不管是不是东京的户口，主人拉直了猫尾巴，理当百感交集，它联系中枢神经，灵活自如，保持平衡体态，伤口如何包扎，断尾会否黄鳝一样扭动不安，绕指溜滑而去，剪后的猫会否屎尿连天，突然疯掉……这一刻作为爱主，再如何地妩媚关怀，也是断然撕尽面皮，成为它不共戴天的仇家……难免双手痉挛，把猫咪仔细端详，拍拍抱抱，当啷扔掉了剪子，转念继续养它？如果王八吃秤砣，铁下心肠要起事见血，表明缘分到了头，像传统殡仪一样，预备止血带创可贴，磨快了剪下去，一切关系彻底玩完，真结束了。

需要说明的是：笔者在另一游记内发觉，东京有"无尾猫"猫种，并无"遗弃必须切尾"一说，东京人整鸡都不敢吃，剪从何谈起。笔者哑然。层层推测算白费了。

对于当代野猫，上海夜晚的弄堂和篱笆花园，可称是诱拐它们祖宗八代的座座危险丛林——很多年里，这地方常出没鬼鬼祟祟抓野猫者，摆设铁丝笼子，午夜后逐个回收。所

获野猫集中于郊外收购点，由一部神秘卡车一次运几百只猫到遥远乡下。通常那边都是山区沙漠，穷困崎岖的农家如果有一只猫，像渔民孤独船舷上有一匹吃鱼的大狗，是脸面有光的事。满是眼屎的上海猫，水土不服，先被拴狗拴毛驴一样拴一段时间，熟络了荒山风景。就这样，它们再不能听评弹开篇，盯住霓虹灯发呆，去不得小菜场和上海垃圾箱，没有小黄鱼、烤子鱼，只吃老鼠、蚂蚱，吃玉米面馍馍。

那年代空气在颤抖，除集团规模城市围猎，个别食猫游击队员也零星行动，暗处投放自造大号鼠夹，或带有活门的水果竹筐，执行密杀令。

记得一位曾与笔者合用厨房的邻居——一位粤籍的上海中年妇女，大黑裤管，足跂广东彩漆厚底木拖板，靠在厨房的煤气灶旁边煲一只猫。她经常无所事事，边煲边吃，老火靓汤。热衷于揭锅观察窥视，到了时辰就在汤水里夹出一块猫肉，站倚着，肚皮挨住自家的厨桌，蘸一点老抽、蚝油就吃，眼神心思，完全专注于口唇两腮的欲念，吮干净每块细骨头。然后，往返无事走动了一阵，再次绕回到汤煲面前，揭开盖子，夹出一块……在现场，她能这样来回花费一两个钟头，慢吞吞吃掉小半具猫。

也看过她在仔细清洗一头死猫，没头没尾的兔子大小的身体。不知是深夜亲自出面辛苦跋涉自由搏击得来，还是相好者献奉的生日礼物。

在过去时代的农村，因无聊及饥馋，城市小青年假装欢快聚伙在北方老乡的火炕上，接受农户的阶级教诲，其中一穿军大衣的思想开小差者，暗地频频抚摸炕角一只酣睡大猫，然后，将其悄然抱起，裹入温柔黑甜之乡——大衣深处，然后，集体鱼贯告退。

非常时期，丰子恺先生因"猫伯伯"一句获罪，这是读音上"猫""毛"同音的方言敏感，民间为避上讳，人人不敢妄言"猫"字，这个短暂时间，也是野猫们的上海花样年华。记得一小学同窗德强，外号"德国人"报告说：——现在野猫胆敢大白天公开在大楼里走动了，有只老野猫，竟然钻过老式电梯拉门铁栅，慢吞吞进入电梯里，不再怕人。居民乘客木然看看它，不说一字，人与野猫一刻无话，共同平静乘梯上楼。德强说：老猫是不是挑衅？还是有要紧事体，乘了几层楼，就从来路——电梯拉门铁档钻出去，匆匆走掉了。发生这桩事时，德强已接替同学"猫狗"，常在南京西路卡德大楼、泰兴大楼游荡，下午两三点钟，有时他顺大楼背面裸露的铸铁管道，向楼上攀爬，可以一直爬到七八层高，毫不害怕，他的敏捷身手很像野猫的一种，对大楼每一层住户窗台都相当熟悉，如果窗子开着，就翻到厨房偷各种玻璃瓶，倒掉瓶里的酱油、菜油，空瓶塞入书包，卖给废品站。德强与"猫狗"最不一样脾气是：对野猫相当敬畏，如果爬到四楼，适逢野猫趴在五楼横陈的下水管上休息，便在四楼范围活动，再不上去惊扰。猫看他，他也看猫，一上一下，一仰一俯，都是江湖里混饭，井水不犯河水。

传统认为，公猫的独腹心思更甚，因此有"雌狗雄猫，送人不要"一说。某些皮色的猫在血液里潜伏强盗脾气，最难招安，也有"白脚花狸猫——养不家（熟）"句。有趣的是，男人眼见种种野猫都有潇洒顽劣的英雄流氓相，跳得大楼爬得高墙；女人所见野猫，柔弱警惕，是冷艳的阴性角色。有位女士告诉笔者，某晚她曾被一只花猫跟了好久，等她稍有犹豫，猫就爬过来让她抱，哀怨悲愁，于是决定抱它回家，可是她每次打开出租车门，猫就花容失色跳窜出去。车一辆一辆开走，夜已深了，猫仍然坐在路边观看她，要她抱，表明它有车厢的噩梦。如此再三，人猫长时间拉锯，最后她只能离开，自己走了。她家太远。

有一阿姨的故事是母性主题：遇见一老妇在街头卖猫，篮子里拢着一只母猫，四只闭眼的猫婴在母猫身下吃奶，大小五口猫，一家子，很普通的草猫土猫，单买一只，老妇开价十元，全家一道去，四十元。很少见的出售方式。有多人在探头问价，实际是在观看少见的猫家庭状态。此情此景，有丰先生画意。

当然不是所有猫都如此轻贱。优秀血统两岁大的玳瑁色土耳其安哥拉猫（Toni）值 25 万英镑，第二代孟加拉猫600—25000 英镑，曼岛猫、新加坡猫、英国银纹猫，每头实际售价 200—300 英镑，配一款 18600 港元的卡地亚钻石猫项圈，或玫瑰金镶黄钻面，外加欧洲琥珀作底，铭有家族徽记94500 港元黄猫生日项圈，www.andrespamperedpets.com 售出欧亚顶级水晶镶嵌，仿英女皇伊丽莎白后冠的猫皇冠，对小猫本身来说，都有纪念意义。

洪秀全曾叹息过："世道乖离，人心浇薄。"对猫而言，它们同样可跳龙门，也钻狗洞，一生始终被命相天宫左右，不测如此。

附文

儿子将出国念书，上周却带回一只细瘦小猫，前腿是虎猫花纹，半张脸黑色，下巴也是黑的，他说别人送的，等走时还掉也不迟。

这个别人就是他女同学，一位小猫至上主义者，经常收容流浪小猫，调养后再设法寻找养猫的人家——有爱心的女孩，她教会这只猫大小便，送了猫粮和猫砂。

小猫在儿子房间躲了三天，才上下走动，家庭出现陌生的格局，有时看它跳到电脑和鱼缸旁边，它在熟悉房间和家具，它自己也是一个特别的视觉。每人一到家，先去看小猫。

以后小猫整晚叫个不停，频繁呕吐，儿子隔半小时起来照看它，小猫吐出一条虫，24小时不吃不喝，十分虚弱。女同学急忙来电，嘱咐要保存虫子，带给猫医生看。儿子把虫装入玻璃瓶。妻说，儿子快撑不住了，就如整夜在服侍一个小孩——言下之意是，他体会到了母亲当年的辛苦，母亲曾彻夜不眠，照看着儿子。

儿子和女同学带小猫去看病，红血球600，正常值1000，体质极弱，需要吊针，第二天继续吊，费用若干——说到猫狗医院的黑，这次是领教了。儿子继续起夜，小猫两天不吃东西，仍然呕吐。按医生的要求，他在饮料瓶里灌温水，给它取暖，一小时换一次。

第二天继续带小猫去打吊针，妻子出钱，让他转交给女同学，希望小猫痊愈，请女同学留个电话——小猫以后再病，便于咨询。

当天小猫住院，暖箱观察。儿子说，女同学走进医院，立刻打开笼门，将小猫紧抱在怀里，真是一个心疼小猫的人——但关于电话号码，她说不喜欢和上一辈人啰唆，决定以后还是她自己养小猫。

女同学的父母已离异，一直借房住，只和猫儿为伴。

她说第一次给这猫洗澡时，水里都是颜色，看来小猫吃过不少苦。

儿子说，他每次和女同学出门，都能见到被抛弃的猫狗，甚至看见有人把一条肠子拖在外面的小狗装入垃圾袋里，小狗在叫，被垃圾车运走了。

她曾经整夜抱着一个病猫，最后掐死了它，也许是想免除它的病痛才下的狠心。

小猫不再回来了，我找出两件猫玩具，给猫磨爪子的挂板，上有一个小红老鼠装饰；结有彩色鸡毛、小铃铛的一条细棍，是逗小猫打滚的玩具，这都是女同学送的——也许是儿子自己买的？现在没用了。

小猫还是死了——有天它吃了调稀的猫粮，突然叫了一阵，就不再动了。

医生说它得了瘟病。

很后悔当初没给小猫拍一个照片。

狗权零碎

午夜春寒，那条弃狗还在嗥叫，冷雨下了一天一夜，还是下着，好像永无尽头。傍晚，我看见那黑色杂种京巴狗，已是一个大号的深色拖把，在街区花坛的冰冷泥浆里移动，估计它身上蓄满了好几斤泥水，它仍然大放哀声，讨好每个打伞经过的行人，但没人理它。此刻，我在温暖的被子里，希望它会有好运。但我知道，它的这辈子基本算是完了，城市不是乡野，没有干草堆，也没有食物，哪怕一块可充饥的干牛粪。但愿这是西南某地，可以退一万步祈祷，求哪位好心的宵小之徒，行行好，就是现在，拿绳子套紧那狗脖子，往树上一吊一勒，结果了它，踝骨位置深深拉上一刀，三分钟放净了血，烫了毛，镗个干净，卖给所谓的狗肉火锅店，算是积八辈子的德。我替这条丧门犬，生不如死的狗，深谢这位屠杀者。可惜它毛太厚，身条太小了，杀不出几斤肉来。

黑狗、宵小和狗肉店老板，也许都是无辜的，有罪的是抛弃那黑狗的人，那户家庭。

过去常到东北嫩江一户农人家里玩，聊天，但这户老乡忽然在一个月里，全家相继死去，死得有点杳无音信和突然，他们的亲戚也死了不少……三个月前，他们家唯一养的猪被一头疯狗咬伤，猪染上了狂犬症，他们把猪杀了吃肉，记得那天，他们还到处找我，但我不在。他们用疯猪肉炒了很多菜，比如酸菜白肉、锅爆肉、葱爆肉，还有皮冻、血肠、猪肉粉条、樱桃四喜丸子、猪肉白菜馅水饺等等，剩下一部分，储存起来准备过年，亲戚也请了不少。三个月里，吃过这顿饭的男人女人，一个一个都萎靡不振，不能喝水，极其怕听到流水声，干渴，甚至害怕小便，最后相继癫狂死去。狂犬病称为"恐水病"，他们都死了。

狗是乱事之物，以上就是一例。

莫泊桑的《宝贝儿》，写一个法国傍晚，四五十条大大小小公狗，被母狗"宝贝儿"散发的强烈气味所吸引，簇拥在宝贝儿家后门的景象，何其壮观，也真叫人害怕。它的一生，一辈子紧盯了主人，被主人几次抛弃都死追不放，及至最后一次，记得是坐火车送到几百公里之外的某地，第二年春天，河流开冻了，平静下来的主人与朋友观看河中春色，主人忽而发现，上游冲决下来一具肿胀如小牛的尸体，越来越近，越来越清晰，那就是永远跟定他的宝贝儿。

记得在遥远的年代，嫩江地区有局部的狗患，五六十条高大野狗，每夜云集养猪场，与猪共食，大肆啃咬小猪，公家损失惨重，日日徘徊不去的狗群，吸引本地家狗卷入其中，引起很多麻烦，一经领导的号召，众青年事不容辞，加入了打狗者队伍。公家派发募集的种种棍棒，鼓动他们进入紧围的猪圈。俗话说狗是铜头铁背，豆腐腰，麻杆腿，于是见狗腿便打，大打出手，每棒见血，比较病态，人狗混作一团，双方龇牙咧嘴，血脉偾张。棒击之中，狗头立刻倒地，也有数十棒不倒反叼住大棒的，被人套住后腿倒吊起来，割喉了事。一时之间，五六十条大狗胴体高挂，血流遍地。东北乡俗认为，死狗有土性，触土即活，必须高吊起放血，等它严重缺氧，排泄失禁，瞳孔放大，才可剥皮。每剥一条，据说有淋漓尽致之感。

处理毛皮兽，都由嘴部开始剥皮，等于脱卸一件高领毛衣，于齿龈部位往里小心割剥，渐由口部翻出头皮，一直褪到脖颈，再用力往下割脱，顺四条腿直褪到尾，不坏一点相。所谓"皮筒"是这样套出的，苏格兰风笛的气囊，整羊"皮筒"所制，黄河上的羊皮筏，同样是整身羊皮筒制造，不易漏气的传统妙法；狗也是如此来办，最后按照朝鲜人的方式，将赤裸狗身，一条条泡入凉水大缸半日，拔去污血，呈现粉雕玉琢的皎洁，厨案横陈之美，加盐，加白酒花椒大料葱蒜，烹一下午，香气袭人。

自从许多熟人因狂犬症死掉，大家开始懂得，狗是不洁动物。现今很多美眉时髦动作，频频与狗啄吻，在农村，是万万使不得的事，会被人称作傻×的，再笨的柴火妞也不会这样干，等于舔食狗的排泄物。再特异的狗种，周身都无汗腺，舌尖滴下的汗与便溺成分等同，它散发体热是靠舌尖一滴滴的唾液完成的。

狗永是一种食腐动物，性格忠实，也和狼、秃鹫一样喜食腐败蛋白质。所以也有等到主人死亡，狗会慢慢吃掉主人尸体的说法。

有人表白，他家小狗狗乖极了，只吃上海的菜泡饭。这也说明了，狗可以什么都吃的特点，并不是它专意修行。在农村的狗，条条都吃人屎，小孩蹲着大便时，一旁蹲住了探班死等的家伙，就是狗。人屎是狗的调味品或沙司酱，这习惯有六千年历史了。

在遥远的年代，东北接近草原的丘陵地区，我朋友黄毛养有一条俄国"围狗"，蜂腰细腿，站立极为高大，卧躺下来如半条车胎那么精简短小，它有一万分的威武，戴一件铸满钢刺的项圈，在1972年某个秋日，我曾经目睹它与另一条围狗，共同猎到了少见的猞猁和红狐。眼看它们一前一后，在草原上飞跑，是极为炫目的画面，轰出草中之兽以后，一狗死命猛追，另一狗迂回，或左或右小遛跟随，持续五分钟，后者如离弦之箭超过了前者，穷追不舍，前者也回复到迂回包抄的半休息状态，如此两狗交替追击的行为，俗称"打围"，没有一只四腿狐狸或西伯利亚猞猁，敌得过八条狗腿的轮番追击，钢刺项圈在扑咬兽颈之时，防止了对方的绝望反攻。

平时黄毛夸耀说，这条帅狗狗，爱狗狗，非小羊里脊和小羊排不食——但我们知道并不是住在威尼斯或里昂，我们常看到它只是在闷头吃屎，偷偷叼了一块冻硬的牛粪或人屎，爬到干草堆上细心啃嚼，就如人们嗜食红豆冰棍的专心相。每到这时，我们就四处找它的主人。黄毛黄毛，狗吃屎啦！……加里吃屎啦！……啊啊啊，在哪在哪？这狗畜生，狗东西在哪呢？每到这时，黄毛气急败坏去追打加里，但直到它死掉，也没改掉吃屎的毛病。

狗也许是动物中最为阴险的品种，公认的势利眼，其嗅觉灵敏到令人讨厌的地步。养狗的女人都知道，在第一时间，狗也许更清楚她已经来了例信，如果它今天早上跟定她身后，紧嗅不停，那么再迟钝的女人一定立即知晓，她讨厌的日子，差不多又到了。

单身女人拥抱一条大公狗，时会遭来意味深长的目光，这种风尚，也只在城市内欢快地发生着，乡间看不到这种怪事，家家敞开大门，没有秘密。历史偶见的记录可首推蒲松龄笔下的《犬奸》，人狗之事虽数语寥寥，闲话也已说到了尽头。

一般常识，人都知道豢养公狗，然而公狗急色，醋心重，也是尽人皆知的事，绝对的例子是，男人出远门回来，发现狗登堂入室，已到了拒绝他与女主人上床的地步。但人们，不管男人女人，还是偏爱公狗，因为母狗更为急色，分泌的特殊气味，顺风可使公狗追它十里地，到了发情期，沙发和地毯上就有刺鼻的污迹，生崽以后，两排大黑乳头更是触目难耐，不再变小了。现在，大家超出千年前汉砖上刻《家居图》那样，养着当代的狗，可以不论雄与雌。可惜我们建立城市以后，城市对狗的问题，包括它的性满足问题，越来越限制的今天，狗变得比较难耐，等它们发情期来临，我们常可以看到两个本不相识的遛狗人，看不出孤男还是寡女，彼此根本不说话，生分冷漠，但他们膝下各自的狗，正雌雄纠缠在一起，热烈性交，或模仿着准性交，搞得一塌糊涂，狗欲横流。我永远看不懂狗主人们面对眼前急迫的喘息和动作，此刻有什么感觉，表面无语，心如古井，还是对这过程的默许，等待结果，撩拨着各自的内心，还是其他，据说这是西方男女相好的最正常方式，因此他们有了对话，有只言片语，说什么才合适？是在忍受，还是享受这样的过程？

我跑到一位作家朋友家，客厅里的那条公狗照例走过来，立即伸出阳具欢迎，它不屈不挠，长时间地顶着我的脚踝。我问朋友，每天面对这频繁不雅的动作，不觉得烦心么？狗也应有它的狗权，他考虑应该如何来解决？是否为它的性焦虑做些什么？没想到他竟然说：……随它去——要你是个女的呀，它更厉害，哈哈哈。这是三年前的事，前几天我在电话提到他那条狗，他还是说，随它去，他是根本不管的。这使我很不理解，养一宠物，不管自身如何完满或缺憾，理应包容它的一切，它的食和它的色，这才像回事，心里才安宁。等于你和一头永远饥饿着的狗在一起生活，你知道它分分钟的渴望，它外露无遗的痛苦与困惑，而你却在看肥皂剧，剔牙，吃猕猴桃，抽烟。这是很没意思，很没趣的事，居然能这样同居一室，等闲视之，熟视无睹，我做不到。

《卡列宁的微笑》有一节，米兰·昆德拉说："人跟狗是一种完全无我的爱：特丽莎不想从卡列宁（特丽莎与托马斯养的狗）那里获取什么。""没有幻想去试图改变它，一开始就赞同它的生活，不希望它从狗的生活中跳脱出来，也不嫉妒它有什么秘密私通。她训练它的动机，不是要改变它，如一个丈夫试图改造妻子或一个妻子试图改造丈夫，只是提供它一些基本语言……人跟狗的关系方式，真要比情侣间的关系方式好一些吗？"

某报载的议论是：

"现在不一样啰！现在人养狗，不只挑剔狗的个性，更挑剔品种，似乎不养名犬，就失面子。现在的狗也不一样了！以前的狗主人给什么就吃什么，不嫌弃主人的身世、收入与品性；现在狗似乎被宠坏了，有的非西沙不吃，有的不陪它就要脾气乱尿尿。人跟狗的关系方式，正在朝向人跟人的关系方式迈进中。"

我还留有在乡野夜半行路的印象，月明星稀，行人一度会被狗的做爱所干扰，在公路上，在田埂间，公母狗按传统方法一前一后交欢，随后各自背对着对方，仍然相连着，像是背对背的拔河，一会双双被拖到东，一会双双移到西面，样子十分异常。这是狗最缺乏安全的时刻，不怀好意或者变态的乡亲，伸出一条扁担穿过两狗，抬起它们行半里地，公母也无法分离，它们分离不开。乡人说，公的被母的锁住了，无法自拔。当地俗话就是"狗锁牛火"，意思是在这一刻，狗与狗已被一把铁锁牢固地锁住，而牛羊的爱情是快捷如箭的，在一瞬之间结束，仿佛怕被火烫着一样，刚刚一个跃起，便飞速完成了。

使我无奈不解的回忆，都是人性的残酷，眼见一个笑嘻嘻的乡人，镰刀探到两狗之间，青锋一挥，替它们割掉了烦恼尘根，公母双方如遇电击，旋即呜咽闪开，不知所终。在花村万月的短篇里，少年"胧"杀人之后，躲进修道院农场，"胧"首次是看见公猪强行与已阉割的肉猪"交配"，文中出现一个闲人，找到这两头狂情动物的"结合部分"，无法拔除，另一个男人宇川君，此刻出现了，拿了一把花木剪子，咔嚓一下剪断"它"。

写到这里，我深深感到乡村"吃屎狗"的野性与幸福，假如城里人讲点"狗道"的话——我最不忍心看的是关于导盲犬的培养与训练，也自知这结论是遭人们反感的，人类难道不是始终在利用狗的感情与一切？即使再爱狗的人，他都是这条狗的主人不是吗？狗的自由目标，应该是"吃屎狗"无疑，最理想的终极目标是澳洲野狗，它们已回归到祖辈的自由中去，它们不再有牛奶、狗用香水和狗粮享受，不再能与主人肌肤相亲，同洗澡，同睡鸭绒被，坐汽车，坐船，但它们的自主，千金难买，它们可以自由跑上二十里，找一个自我的相好，就地野合，它们的一生，始终自得，自立自强，完全可以自我决定去欣赏月光，还是等太阳照常升起——也许它们夜夜笙歌，可以朝三暮四，攻城略地，打个头破血流，依旧痴心不改，实现自己的最朴素最散漫的所谓理想。这对狗来说，应该是最浪漫最"狗道"或"狗生"了。它们的脖子不被狗绳拉来拉去，不表演节目，不在飞机场嗅辨毒品，不被迫去咬人，不一辈子给盲人指路，牵拉主人的轮椅；它们不喜欢剪毛吹风，修剪指甲，吃药打虫，除虱治癣。虽有时它们会饿肚子，但也有大快朵颐，啃野鸡死猪，或者狂吃大粪的时候，这对它们来说，也许是一种最好的、小康的生活。

厦门朋友一瓜写来的感想，看到狗生活的另外一面：

"湖南邵阳公路有很多很多狗，和别地狗不一样，喜欢聚在公路上散步，歇息，甚至开会和游戏。我们的车不得不为几十公里这样的狗路而减速。要是在厦门，交警一定会把它们统统组织起来，送进后溪交规学习班，一期四个月，自带伙食。看到一条精帅的小狗狗，突然闯出来，以极快速度准备冲上马路，湖南卫视的司机紧急刹车，小狗狗也紧急刹车，以至它的两只后腿，还有小屁股都翘到天上，它的刹车技术是可敬和稳定的，永远在我的记忆里，像小时看到别人用糖纸折的小鹿。你写的狗，都没有我看到的可爱。"

另一则是新闻：

"民间团体表示，花莲吉安乡流浪动物之家虐狗传闻已久，动保人士意欲前往认养流浪动物，屡遭回绝，即使幸运，得入收容所认养，仍被工作人员以拒绝提供认养书刁难。更有甚者，关心流浪动物的人士，连续几天前往设于吉安乡垃圾场旁的收容所探视，却惊见狗吃狗的骇人画面。于二月十四日拍摄的影片中，现场一只正被同伴啃食的狗，虽奄奄一息却还抬头挣扎……连续几天发现饲料槽里没有饲料，水槽无水，部分犬舍没有犬只，却满布狗大便，有些犬舍则是四五十只狗挤成一堆，几无法动弹……种种惨状，令人不忍卒睹。也证实长久以来，花莲流浪动物之家虐待收容动物，不给饮食，疾病丛生，遭捕捉收容的流浪动物，不是饿死、病死就是相互打斗而死的传闻。"

杂记

1

一羽澳洲皇冠鹦鹉，十年前开价已在五到七千人民币，全身白毛，葵黄色冠顶如小折扇，鸟眼有神。

如果看到来客有些腔调，徘徊良久，摊主便在躺椅内闭口不降价，也可能双方谈价到最后，摊主戳一下鸟头——它的冠羽直立，白毛收紧，嘴喙放出人话：老价钿！老板！

鸟学人话有专门盒带，内收英、法、日等问候语，德文有"古腾它克"（早安）。由于无关普通话统一强势教育的管理范围，鸟语上海磁带，上海话占了大多数——阿三。摇账好哦（有钱赚吗）？每开心（很高兴）。婶娘。爷叔。黄包车。囡囡。我想侬。横翻辣子（麻将术语，下同）。杠开。册气白相相（出去玩玩）。痴哦（女人发嗲之口头禅，下同）。十三点。肮三(讨厌)。侬瓜哦(你真怪)。嗲哦。欢喜侬。——真可以充当成人沪语入门教材；时下多少外来民恶补"阿富根""周立波"等沪方言，夹杂沪剧口音，啰唆麻烦，不如这一盒原汁原味，中规中矩，精短好诵。

学鸟每天两堂课，同现今教育式样相当，上午和下午，死记硬背，直到滚瓜烂熟为止。面对面摆一镜子，机器放在镜子后面，仿佛另有一只鸟做教授。课间吃点麻籽玉米，休息。

也有抵抗学习，铁心当"文盲"的鸟，据说某一皇冠鹦鹉，主人吃了官司，朋友去收养它，发觉它一句话不会讲，于是放录音机让它背书——等到晚上回来，录音机已经被这只恶鸟拆得粉碎，满地是零件。

鹦鹉基本能模仿柔和的人声，只有红、蓝金刚鹦鹉是例外，体长一米，毛色绚烂，但是一开口，天生是破锣嗓门，就像是小修理店里锯铁条、磨玻璃发出的尖噪音，听得人牙酸耳痛。

大鸟发出的鸣声，只能远闻，泰国鹩哥在狭室内忽然高鸣，振聋发聩，如敲人的脑壳，只等它隐入了浓暗雨林深处，那种远近跌宕，时现时逝的清脆音响，几分杜拉《情人》的缠绵没落，几分湿漉漉的殖民地情怀。

"啥等样的人，'白相'啥等样的'吊'（沪语：鸟）。"电影里海南岛的土匪头子，肩胛上蹲猕猴。过去老上海"老白相"、老流氓吃讲茶，手端绣眼笼，这种小鸟气质式样，包括笼身种种配件食缸，无一不精无一不贵。传统意义的大家闺秀，要的就是鹦鹉解语。上等外国人养德国芙蓉。"洋装瘪三"一般也就是喂个把珍珠鸟。印度土皇养一大群孔雀、老虎。上海城里过去的广大革命群众,响应政府号召,合伙敲锣敲脸盆、扑灭千万只麻雀,现一般也就是买一对蓝、黄色山东娇凤,关入自家塑料笼子里,每晨聒噪不宁。

大鹦鹉的市面,如今已经少见。有位闺秀赶上了末班车,十二年前在上海买得一头澳洲鲑色鹦鹉,比皇冠稍小一号,时价 8000,据说现可以翻四倍(当时外面售价,凤头鹦鹉 5000 英镑,金刚鹦鹉 72800 港元);来路都是半地下,夹带澳洲受精鸟卵入境后孵化。鲑色鹦鹉娇媚乖巧,实可爱怜,养熟以后喜欢与主人贴面缠绵,碰到生人进门,立刻背转身子不予理睬。

上海茂名路曾经的恐龙酒吧,酒台上方养有三头大鹦鹉,每到半夜的两点钟,三鸟即随爵士鼓集体摇摆,初以为如此饱食思淫,夜夜笙歌下去,它们的身心定受损伤,但是鸟老板说,鹦鹉交关(非常)喜欢热闹,如果一直是独自关于空屋,就会精神失常。原来它们完全欢迎分贝污染,这是我没想到的。养这鸟最大麻烦是,要有继承人,它体健命长,七八十岁的寿数,肯定晚于主人过世。

它们喜欢喧哗热烈,大群活动,几千只飞落在考恩湖边饮水,吵闹不止,它们是粉红的浮云。

2

让鸟鸣吵醒，窗下是一个大草坪，有树，画眉的叫声远近呼应，华丽热烈，如处深山。下小雨时，清晨静下来，可能主人不再提笼外出了，四周宁谧异常，一两声斑鸠的凄清，伴随淅沥雨声，分辨出有一只"白头翁"，从春天到现下，一直在周围不倦啼叫，它是在寻找雌鸟，真是辛苦，每天都听它东一声，西一声，有别于同类的声音，划分它的存在范围。野兽用腿蹄、爪牙、角、气味求爱，圈定领地。鸣禽施展音律的休止符，如歌慢板的、快板、行板、花腔来制造它的声势，人总拿这雄性声音比作女人。另外是当然，鸟鸣似容易让人理解，音乐比打斗更有想象，我们可理解它们的一种迫切，多数是停留在音符表层的欢快愉悦里，尤其养鸟人，一杯茶，一支烟，聚在鸟市叠放如墙的鸟笼前，同时聆听近百只"黄山新画眉"初试啼啭，从中挑选价廉物美者。这些刚捕到的生鸟，装在山民粗做的竹箱运进大城市里，待到买主正式安置，各自就有极精致的牢笼。

每一只百灵、画眉、相思、绣眼，叫声都有不同的腔调，粗听都是类似的，实则各有固定口音，用中文形容，永是在"强调"各自的不同，不可能雷同。鸣叫，是它们的身份照片，最重要的特征。

1986年在浙东的深山里写作三周，四月的那些个深夜和凌晨，总听到布谷鸟的鸣声，一只附近，一只在远山，遥相呼应，幽邃忧患，好听得叫人齿冷。一只啼罢，须臾便闻远山回声，等于是即时传过来的呼应，依稀的致敬，整片群山，就剩这两只小鸟在这样广大环境里醒着，初以为是单独的一只，是它回荡延伸的一种独白，细听回应的花样、声调、频率，是属于另一只陌生的雄鸟。夜黑如漆，两鸟执着灵动敏捷，始终一问一答，环环相扣，给人以愁苦，患难与共的印象，或是一种情分与关照，夫妻兄弟一样相望于大山，询问、相伴永夜的手足情谊，声音传递给人如此的效果。然而按研究者说，它们既然是雄鸟，便是长时间以音律较量，明争暗斗，整夜为获取异性而毫不相让、毫无诗意的一种几乎肉搏的血战，一直坚持到东方既白。这就是布谷鸟的一种，也称"四声杜鹃"。

白头翁是上海常见的鸟种，声音含有水波的润滑，上海以前延安路的印度领事馆，有巨大香樟树数棵，此鸟最多。西郊的息焉堂，邬达克设计，1970年代已为一片砸烂废弃的西式公墓残骸，剩有拜占庭式破落教堂和巨大银杏，上有白头翁巢十数个。树下便是倒伏的西文墓碑和石雕像，众少年进入这荒草丛生地界，只为了上树取鸟，艾蒿的辣气熏蒸上来，破碎的石像和碑文花饰，在深绿的草根部露出，被雨水刷得干净，白骨般耀眼。只要爬上这棵树，站在一个巨大的树杈上，可眺望北新泾地区的所有烟囱，大片日光下发亮的田野。每一次上树，都可得到白头翁雏鸟，小心放在包饭盒的布袋里，带下树来，每人分到几只，自己去养。据说它喜荤，喂肉末、猪肝、皮虫，一般等到了硬翎期，它的脚杆忽然也就软化了，不知缺乏什么营养素，亲鸟究竟在这阶段给它们喂吃了什么，脚杆才硬朗。人力豢养它，喂什么吃食，它都是软脚，站不起来，无法栖枝，即如它抓紧人的手指，身体就往下坠倒，不久便死去，因此这种鸟很少见到笼养的。

凌晨梦见鸽子，三只站在窗台上，两只是灰色，一只绛色，非常安静。抓起两只，生怕另一只飞走，可是它一动不动，犹豫中就醒了。《梦典》的解释：鸽群预示突然旅行，或朋友远方归来，鸽子咕咕叫，表示思念。

梦里没有鸽子的叫声，鸽子是沉默的。

3

1970 是一个勤俭的年代，上海里弄居民妇女都组织起来，先是做防空洞的泥砖，做各种零碎活计，糊各式纸盒子，之后加工蔬菜，山芋去皮、剁块，投入盛水容器，出口日本。好看的是加工彩绘的木鸭，这已是接近改革开放的业务了，大中小多种，鸭身用桦木刻成形，砂光，镶玻璃眼珠，用丙烯颜料画各种羽色，晾干装盒。趣味是西方典型的家居特点，取它们浮于水面的样子，不需要表现鸭脚，生产方便得多。

在当代人眼里，古画的人物都不合比例，君王高大，随从弱小，牛和马屁股太大，腿脚过分细瘦，只有工笔翎毛的丝缕毕现，比例周正。宋人描摹水禽飞鸟，特别合乎毛笔的表现力，在千年后的今日，也完全可当《动物志》的标准插图，其中最温文恬静的是鸭类，绿头鸭、麻鸭、寒鸭，浮行于水，很有雅意。鸭属于水，水则通情。画大公鸡难免莽撞气，因此少见。鸭的上海口语昵称"鸭哩哩"，单纯慈厚，乐观无忧，即使临到宰杀也处乱不惊。

母鸭嗓音那么响亮，公鸭则暗哑无声，这是一奇。公禽一般都有好嗓子，毛色黯淡的夜莺、百灵等，或者说外观越简陋的公鸟，叫声越美妙嘹亮，只有公鸭打为另册，闷声不响是因为，它有亮绿的脖颈和花翅膀吗，因此母鸭往往在水面上拍翅高声，或说明母鸭的地位相对更高？很想听专家的解释。

人类喜欢改造自然，把红苹果的封纸揭掉，上面出现果青色的"喜"字；把裹于西瓜、葫芦的范式拆去，西瓜会是四方形，葫芦的表面有浮雕般花纹。现代人习惯以幼鸭来作童话的可爱主角，老鸭继续投进"百年老汁"汤锅，或压扁成"板鸭"。祖宗曾发明一套养鸭办法，将雏鸭装入一细口陶罐内，鸭嘴暴露在外，罐下开辟排泄口，每罐排置于木架上，就像新式的大棚养殖那种，可养千百只鸭子，人工喂食。因为鸭不活动，罐里的鸭毛不见天日，长势稀疏，体态却恣肆肥硕，待它养足，瓦罐击破，便是一球形肥鸭瘫软滚将出来，几乎不得行走，却成了一道佳肴。古书里讲，若主人填饲以松子，鸭肉就有特殊的松林香味。

邻家一个十岁小女孩，养了四只小鸭，每天带它们到附近小湖里戏水。之后，女孩每早背书包上学，它们就自己排队走到小湖里洗澡，晚上也是自动回到女孩家的鸭巢里休息。鸭子渐渐长大了，满地鸭屎，居民和物业都有意见，某个白天女孩上学时，父母委托物业把鸭子杀掉。这个上午，物业抓了一只鸭就剁掉了鸭头，这只没头的鸭子，仍然拍打翅膀，冲冲跌跌摇摇晃晃在走，其他三只立刻半飞半跳，朝湖边飞跑，然后入水浮于湖心，即使到了傍晚也不回鸭巢。小女孩放学回来，发现它们浮在湖心，数来数去三只，哭了起来。鸭子不理她，她父母都不说话。等月亮升上来，照在垂柳和水中，照着湖中的三鸭。物业的人也在看，盘算借一杆气枪，明天把它们打掉。小女孩蹲在湖边，透过摇曳的柳梢，一直蹲着召唤它们回来，以后发现，湖心的鸭子们已经弯转头颈塞入翅膀里，安睡了，她只能跟父母回去。她很难过，睡得不好，到半夜悄悄走出去，湖中依然是月亮的倒影，还有那三只鸭，头继续钻在翅膀里，她只能坐在湖边，呆呆看它们。

4

沈杰（下简称沈）来信：

顺便问你家阳台上的乌龟们好。

我的芙蓉鸟叫囡囡。死去的龟，我叫它宝宝，俗气吧。今年春节，我家那只一斤二两重的鹰龟不明原因地死了，让我沮丧，大概是暗示我是一连串倒霉事件的开始，现它正躺在黄浦江往东海口的某处水域，今晚在沐恩堂看挪威一圣歌乐团表演时，我数次想到它。

我：在江阴路看见有"黄金龟"卖——像田黄石——如果相信龟象征了运势，不妨找这样一个，只吃苹果香蕉，素龟一般都不腥。鹰嘴龟是现在时髦的？最可怕是蛇头龟。我朋友的孩子养了两只四川蜥蜴，也喜欢蜘蛛，缸里放半个椰子壳，蜘蛛就在里面蹲着，螃蟹大小，吃面包虫和蟋蟀。

沈：八九年前我小阿姨从武夷山买了几只很小的鹰龟，其中有两只在外婆家养了六七年才长到六两，外婆家是卫生合用的石库门房子，环境不太好，我曾想等已九十岁的外公百年后，我来接着养。三年前，母龟喝了有洗洁精的水死了，公的又爬到了邻居那里，因此它提早被我带回来

246

了，三年里分量长到一斤二两，夏天时，它的肉多得没地方长了。

我们一家历来喜欢龟，倒不是为了讨吉利，以前养过巴西龟金钱龟都死了，这只鹰龟，我们都以为将比我们所有人的寿命更长。我记得你家阳台上有两只龟，但巴西龟大了我觉得不太好看，市面上大的鹰龟根本见不到。

我：那是二年前事情，现在扩容到六只，五母一雄，母龟现在有三斤，唯一是公龟不长肉仍然一斤。公龟尾巴长，前足的指甲有一公分左右，常在母龟面前抖动炫耀长指甲。看它们每天在水里自由游泳，每只脾气都不一样，有一只咬我的手指，用镊子给它们喂食，有时也咬住不放，为一条小鱼水花翻腾，镊子上都是咬痕——有时翻身，露出巨大腹甲，古代卜卦的甲骨那样大小。

沈：我妈一直暗地里疑心那只鹰龟是干死的，因为我想让它安静冬眠，自以为是放在床底下，通常它渴了，自然会爬出来，去年都是这样，今年离开水四天就不行了，我心里有负罪感，为此去上海龟友网咨询也没问出什么。它是年初七我去宁波的那晚被我从床底下拿出来的，就像脱了水一样，我妈一看就觉得不对头，放到水里一动也不动，我妈千呼万唤，把它的嘴掰开喂水，等我晚十一点离开家去坐火车时，感觉到整个旅行都毫无意思了。它一动不动在我家阳台上一直放了两星期，走近也没任何异味，但怎样摆弄也不再动了，以前它最反感动它的尾巴了。我想把它埋在楼下的一棵树下，那样我每天可以看见这棵树就好像它还有生命，而且我确信这棵树会长得不同一般。这种想法被我父亲否决了，他说我最害怕的老鼠会去吃它的肉，不如放到黄浦江去，那里空气好，说不定还能活过来呢。活过来我当然是不信的，我妈关照父亲把它放入江水前一定要和它说几句告别的话。一个周末，我父亲坐车到十六铺码头，离开家一个多小时后他打电话回来，说他坐船去浦东时观察好了地形，等原船返回时正好是11点35分，阳光正好，龟放入水时有五只海鸥飞过来，父亲对它说，宝宝，如果你能活过来，就一路游到东海去。父亲还说旁边有人问，为什么把这么大的龟放了，他回答说是放生。父亲告诉我这些情况时，我的眼泪上来了。我妈一定还要继续养这种龟，尽管我们以前对品种并没偏好，但这只龟让我们印象太深了。我并不考虑龟带来的运势。江阴路就在我们单位旁边，就是原来的花鸟市场遗留下的那段吗？上段时间我去问了还没货，去南丹路一个市场问了暂时也没有，有的话很小的也要80元左右。你如果见到了请告诉我一声。这种龟大了挺好看的，一点不可怕。

我：喜欢这品种你就继续养。我那些巴西龟是欲罢不能了，其中五只都是别人遗弃的——现它们在一平方玻璃水池里，水池一角新装了单独的换水系统，我发明的，装一套抽水马桶的水箱零件，水脏了就抽一下，有玻璃隔断遮挡，因此它们一直可以游水了，巴西龟有后蹼，池里始终是深水。网上所谓的养文都不确切，比如要注意水质等等基本是乱说的，以前经常忘换水，我相信即使黑如墨汁都没关系啊，就等于旱季两栖动物都可以活在泥浆里，应该有这样的生命力——最近听说南方一个大庙的男厕所里，养有一巨龟，它一直就趴在尿水中，和尚和香客进去，都站在它背上小便，几十年如此，活得好好的。

不喜欢爬行龟，我家那些几乎是鱼了，虽然大，一点没有老态，灵活敏锐，可以追到最快的泥鳅，一口吞掉——和你见到待在玻璃盆里那种不一样，亚马逊品种大概是龟类最灵活的了，因为雨水充沛。

唯一看到的是某庭院地上一个陆龟，有小板凳大小，一直慢慢地爬来爬去，很可爱，当时价1000元——如我家里没那六只，一定买它回来放在客厅里爬。

沈：现我家还有一只小巴西龟，养了两年了，它和人一点不沟通，一看见东西过来就赶紧缩头，给它吃东西竟还故意闭着眼，进食极少，只对虾的红膏有兴趣，所以几乎没长过个头。但这样的龟你不太在意反而生命力强，以前喜欢的巴西龟都死了。我看着龟时，也会想起你家水池里的那些，觉得它们比我的龟幸福很多。我八年前养过一只很喜欢的巴西龟，死后我写了篇小文章纪念它。

我：虾脑？我那几个什么都吃，虾壳，鱼肠，青蛙头，食量惊人，如果吃泥鳅，每只起码要一大条。六个嘴巴朝天大张，像一窝雏鸟。

一朋友的公用水斗里，一直养有两个普通的黑龟，邻居们一直在水斗里洗衣服，公用水斗！洗碗筷，这两只龟就吃水里的米和剩菜，一直非常健康，已经养了十五年了。你这种的养法是有问题的。

注：文中所记六只巴西大龟，在我家平台大玻璃缸中游了数年，后因新居再无这样的饲养条件，四处寻找新主人，最后给虹桥某大百货公司经理写信——我发现整个上海，只有这地方的中庭有室内恒温大水池。经理秘书来电话说，他们已养过无数次的鱼，最后都死了，但没有养过龟。一周后，我把六只大龟送到池边，放它们下水，两栖动物基本不认人，掉头不顾而去。接下来的几年，经常去看望它们，是完全陌生的感觉了，水池周围都是咖啡座，有员工负责用一双竹筷喂它们，一般在晚上七点，食物是超市

过期的牛肉、鸡肉，六只龟在流水声与背景音乐里大张嘴巴，如一窝雏鸟。

绿细节

　　练瑜伽入迷的人，最后都想吃素，只是印度规矩不大一样，认为鸡蛋含有刺激物质，最好不去碰；吃斋最要紧的材料菌菇木耳，瑜伽也认定不洁，这些生物都生长于腐木，对练习者的健康心境将产生毒害——原以为我们只要全吃了蔬菜瓜果，便是洗心革面——他们细致的原则是：但凡经过发酵、腌制、罐装的蔬菜瓜果，都是不新鲜、不清洁的材料，都不能吃。

　　关于新鲜蔬菜有一个过目不忘的例子——河北有一所冬季菜园，从清朝延续到 1970 年代，一直为宫中（政府）提供暖棚小黄瓜，园子继承古代的包装和物流方法，采下新鲜黄瓜，夹藏在对半剖开的大白菜心内保鲜，每一颗大白菜保存一条黄瓜，有多少颗大白菜，就有多少条黄瓜，装车直运中南海，这是新凤霞的回忆，当时普通人都过着四季分明的生活，鲜黄瓜在夏天才见得到，有一名在暖棚劳动的右派，实在难以抵挡巨大诱惑，偷吃了一条，几乎惹出大祸。

都说有了孙悟空孙大圣，才有了韭菜大蒜；当时在西天，猴子生怕丢失这两件宝贝，猴屁股夹紧了，一个斤斗偷带入境，从此成了庙堂禁物，然而在红尘中，韭菜始终是本国有名的助阳菜，它的割不绝，割一茬便长一茬，没有尽境的脾气，象征了生之强盛。

法国菜认定直挺挺的芦笋壮阳——其实竹笋顶撞出世的姿态，比芦笋要强有力多了，但从来不受异邦重视；到处乱窜的竹类在澳洲甚至被视为家园祸害，只有国人一直赋予它美名，竹笋确实是顽强坚定，时常由野外延伸到屋内，落一场雨，农民的床铺、桌子下面哐当一声，顶出几支新笋来，毛笋的力气，掀得翻石板，任何砖瓦地面，板凳、箱笼、脚盆都压不住它的生长，缺点是，它们虽那么年轻孔武，也极易变"老"，往往隔了一两天，园子里那些新笋的质地，已硬如劈柴，不能做菜了，上海话"老得烧不酥"。

"笋烧肉"最有滋味；绍兴衙门里一把令签掼到堂上，"来人呀！笋烤肉！"这叫杖刑，"杖八十"，"五十大板"，竹板打屁股——可以炖肉的，一掐一个坑的嫩笋，最后出落成一条杀肉出血的硬竹板——传说以人尿浸泡，威力更大；一位上海籍的香港前美女谈论如何美容，有个诀窍是，美女从来都不吃笋，"我姆妈讲过，女人吃了笋，就容易变老"。

有人分析，上海过去的美女，是长久吃泡饭、腐乳、咸菜炒毛豆养成的，如果她们喜欢贴玉米饼子，大葱蘸大酱，就是别地胭脂了，样子不一。

　　植物相同于人的地方，比如长在上海小弄堂里的棕榈树，身材就越发苗条，似乎不需要一个平方，就够它长高，它们的模样依旧是原属特征，同样满身棕毛，蓬头垢面，除非有割棕者上门为它做清理。蹲在城市各种角落里的大叶冬青们，也无所谓环境，如平常的妇人家，天生是占一点地盘就得到安慰，身形并无他求，可以胖，也可以矮，可以瘦，公用部位，最好能延伸自家的痕迹与影子，有窗明几净的满足感，看上去可以是那种刻意的山青水绿，也有自然朴素的整洁，因此它们立在哪里都显得清爽。合欢（马缨花）则是闺秀级，婆婆柔弱气质，最易生病，即使家道中落，外形仍然疏朗，得患天牛病，它就不开花，半株半株坏死，显出用人搀扶出来的斜势，这种树木生性疑惑，主要在精神层面，有触景生情的表情，每逢日落、阴霾、雷雨、天黑如磐，就闭紧了枝叶，心情不佳。而忍冬（也称左旋，金银花）呢，牢牢攀附于墙头屋角摇曳，从五月的花势上看，还得了一点细气的遗韵，但它们其实是真正的"劳动大姐"，生活不易，能做就尽量去做，抢走别家的饭碗也无所谓（凌霄花也是），身旁不管是什么同伴，都逐渐认输，被它缠绕，占据，压垮，仍然是一辈子的不够，努力出落到一个水银泻地，密不透风；题外话是，这种植物固定旋转的能力，可能是提示人类发明左右螺纹的重要启示之一。

写到这里，想起部分爱植物的居民们，习惯老农民那种自家沤制肥料，阳台花团锦簇，也恶形恶状之臭。造肥使用极端内容比如猫狗粪、死蟹、鸡鸭鱼肚肠、虾头等，密闭在容器内三周时间，开坛时刻，奇臭无比，就像古代死守城楼半年的士兵不得已的绝招，立于城头向下抛砸装满粪尿的"金瓶"，以气味击退攻城者；爱植物者造出的气体，或比金瓶乍破还可怖——邻居即使关紧门窗，拉起双层窗帘都挡不住；一个受害者表示，实在没法和这股臭气为伍，请人搞来洗厕所的硫酸（读者不必模仿），半夜悄悄探身过去，给每株植物略施若干，每盆只倒上一点，泥就冒烟。就这样，邻家无论多少的好花好树，香臭间杂，一夜死于非命。

广玉兰散发出甜瓜的浓香，也意味梅雨当季了，这种高树的气息和花瓣的洁白度，与栀子、白兰、茉莉相仿，也许把它们混合鲜奶、香草粉、薄荷，能做甜点心。它们相当率真，是毫不掩饰缺点的植物，集花蕾、盛花、败蕊于一体，花谢不落，新花纯洁粉嫩如婴儿，死花破败、枯瘪、腐烂，一起长久停留在树上展览，在梅雨中，它的白、褐黄、斑驳咖啡色，湿淋淋滴水。山茶花的面貌也差不多少——白、红、粉，"双富贵""童子面"，生死要在一处，次第新花、败花挂满枝头，这样的笨事情，只有植物才做得出，人有这样举动的，肯定是疯了。

本埠最传统的小细节，一是沪剧（也叫"本滩"），二是街头小贩点缀的小枝白兰、茉莉，这类香花的大宗用途实是用来熏制花茶——有时街头会出现苏州来的卡车，装满了大盆大盆的白兰、茉莉——看花人不知道，它们是茶厂的处理品，白兰在暖棚中度冬，长得太高便失去实用性，茉莉则取每年分蘖的新枝，花才大而香浓，它们怕冷喜光，越是荤腥之肥，越是毒日头暴晒，越是健壮——居民带它们回家，都养不长。

电影对白或书面语表达："想我吗？想过吗？喜欢我吗？要我吗？还要我吗？忘记我了是吗？吗？吗？吗？"

即使不说这些，如此默契、剧烈的一对，重逢的双方，相看几眼，黏胶一样的慢镜头，N次的潮汐，仿佛在背景之前，合力迸发出一朵大花来，显露了意料不及的颜色，无论是雌蕊、雄蕊，曾经飘落四处，最后在画面上散布大量的花粉……

关系一直平淡，几乎失掉联系，旧人的淡漠，也是消失的一个结论，但现在是蛰伏后的苏醒，从不会是什么平淡，不是疯狂，不是有意掩饰，是暗地的力气，是需要。

曾经的记忆活过来，信里的语句，曾经的念头、眼神、气味都忽然再回来，都是原先浇灌的养分，一直累积，埋伏，心知肚明，三朝元老的充实，昙花、水仙花根茎那般准备储存了几年，继续储存，条件不符就休眠，等到一定时候，温度、水分合适，就是情感的再见，于是惊鸿一瞥，开出一朵，

芍药

百合

萱草.又名漯草.金针菜

嫩江流域最醒目的野花 · 1971

或在第二天再开出一朵、两朵。

是不开则已，一开动容的那种大盏的花，大百合，大芍药，质地，味道和一般意义不同，香也不一样，看到这样的花，它们自己喜悦，也害怕。

同一个门派的男女，或者地下党碰面，一遇之间，不形容于色，不需多话便知道底细。也像是1980年代电影《午夜守门人》或稍后《烈火情人》的情景。

每天一早就去看葫芦花。

白花迎风抖动，今天开五六朵，明天开八九朵。

半夜三更看韩剧，看朝鲜人汉官威仪，言必称孔孟；女人的洁白衣裙在深宫里摇曳，比清朝花盆底鞋、锦缎大红旗袍、粉色牡丹头饰更为醒目。清晨是看葫芦花，预见哪几朵是明天开，哪几朵后天要开。

葫芦藤，等于连续剧的一个梗概，上一集皇后因大臣的干预，泪流满面的画面，在藤上还看得见，那应该是昨天播的，花瓣残黄，茎还是发绿；再上一集，皇后被太后所妒，是隔天内容了，逐渐模糊，败花也逐渐枯萎缩小；今天的这集，就是现在开放的那几朵花，生逢盛世；下一集预告，皇后能不能立子为储，被几个花苞裹紧，还没有开，但不远了。

葫芦花的特点是，雄花的初萼下方，也隆起一颗圆囊，容易误判为凸出子房的一朵雌花，等到它开放了，才见花蕊直挺，附有厚厚的花粉，那不对了，也仍然迷惑着——它或许是一种变异，阴阳同体？每朵花的性状隆起都不一样，更圆润些的是雌花？流线状的全是雄花吗？

不再猜了，剥掉一朵花瓣，给自认为的"雌花"授粉，以后就觉得好笑，这可是让雄花与另一朵雄花"寻开心"——所谓的"果囊"并没因此而膨大，不久就纷纷枯萎，脱落，死去。

每天清早，满眼都是雄花，它们在深夜已经开了，在无望中，朝向夏晚的朗月，也许会吸引夜行的飞蛾，它们的使命，就是在竞争、无果、无悔中等待——等于每晚的韩国男子，吃古代的辣椒、泡菜，写中国毛笔字，拖几笔墨兰，说不几句，涕泗横流。

网上的心理医生，正宽慰一位失意者：……我们生命的本质，就是一种上亿量的争夺战，接近目标很难，你有什么冤屈可言……

青藤爬到了一米五十，白白开了几十朵雄花，昨天竟发现了两朵真正的雌花！一对姐妹，藏在叶之深处，小手指肚大小，叠球状的果囊，顶着"大白云"羊毫笔样的花苞，丰隆浑圆，母仪天下，实在不一样。

造化睿智，令大量雄激素无度送死，等正式的雌花登基，是被另一批更健康向上、新鲜阳光的好男簇拥——其实绝大部分也是样子货，也是开展览会。

一只蜜蜂停到花瓣上。以前雄花开得一片雪白闹忙，根本没蜜蜂飞来，皇天圣明，一旦雌至，雌雄相谐，它便飞来做媒。

下午五时去看，雌花的子房已经圆润发亮，膨胀了一些，葫芦藤抓紧了短暂的好时光——按农业语言，它们这一回，肯定是"坐果"了。

"年轮"是树木活动停滞的记录。

黄博罗树在北纬41度，素以美丽纹理闻名，独立旷野，裹紧内心，如果过得还好，愉快顺利，心境便宽慰；如果难熬，拴驴拴马，偶因风荡，雨雪偏少，或被云催，内里全是细密年轮的回忆……它记录的夏冬、年月、风雨、等待、休眠，清晰可观。

热带树无年轮，四季如一季，日日生长，光合作用使芽／花重复不止……也许有一天，人也如热带树木那样过渡到一个没有秋冬的极乐世界，可以单纯，无虑无忧，无心无脑……这是理想的大同，很少再有记录，相互难以再提到什么，为什么忧愁恐惧，就如热带树木，没有记忆的必要——人类的自由王国中，一切被无言淹没——太阳在千百年来，永远巡行于赤道，照耀恒定的树冠，不再有丝毫偏离。

植物没有灵魂，在很多人眼里是无声息的安静，菠菜、丝瓜、毛豆，翻炒之中快速萎缩，油是滚烫，时刻注重色面；"地三鲜"，茄子辣椒炒土豆，缺乏饭店的高温猛火，做不出它的特别滋味。人不杀生，不杀鸡，不杀鱼，但人可以把菜突然投入开水滚油，看它们挺拔滴翠的枝叶瘫软，释放出汁液，也可以伐木丁丁，可以砍柴，可以烧炭取暖；人吃动物是荤，吃植物是素，前者有命有血，切笋切菜切萝卜，它们毫无痛感，砍一棵龙胆木淌红水，西瓜流出红色汁液是甜的，橡胶树、无花果、生菜流白浆，它们根本没有神经反应，这些绝不是植物们的血。

看报知道，如果在大棚里播放音乐，卷心菜就长得特别肥大水灵，也只有在高速摄影中，雨林里无数植物的触须开始苏醒，无数花朵跳舞。素食者坚相它们无觉无命；一般人只当它们是大地毛发；只有先人，认为它们是妖，是神，是灵。唯有植物学家，知道它们在日夜不停呼吸。

——要是再如此多想下去，素也不能吃，人只能饿死。

春

1

今明后天都是小雨。贴梗海棠探出酱色的芽，柳树也有了绿意，看到它们，想那天早上在水乡西塘，三个男人在小面馆里用面。吴先生严先生点的是鳝背面，我点了雪菜冬笋肉丝面。旧长条凳，白木桌，旁边是河岸、桥塅，还有船。小雨初歇，行人很少。我朋友畀愚作陪，他是本镇人，就要离开故乡，高兴也有点愁苦。这次他也说了这种心情。我们走出面馆，闻到河水的湿气和柴薪味，岸边的垂柳绽出细芽，配了灰色的砖墙黑瓦，最是悦目。

四季里，春是最好的，它的变化是点滴之中的羞涩，如纸面上慢慢清楚的画意，由简至繁，一笔添上浅浅的半笔，很节制，很懂简单和缓慢的道理，只要阳光与风还是阴冷，它就逐渐延缓脚步，我们能感到它的笔锋，而它躲在四周，藏于青黄色的河水里流着，就会在不远的前方停留并且化开一般，但不知春来是几时，如何去等，也即所谓"好饭不怕晚"，大家静看春至，等它，如坐等高厨制菜，等是最有滋味的体验，盛宴就将开始，春气依稀，算来已经近了。

我们走过几种桥，河畔有廊棚和灯笼，糕饼铺，到处摆放荷叶粉蒸肉，这是本镇特产，碰见一人推着装满干荷叶的小车，经过煤球店，杂货铺，一些糕饼模子挂在棕色杉木板壁上，刻工很细很古，应该是曾祖母辈的用具。附近河湾旁的一栋旧楼正在修复。水上人家，紧闭的格子窗，无人看守的煤球炉哔哔地冒着烟，河中没有行船，桥洞是湿漉的。一镇上女子骑车穿过金山石板的河岸，听到小铺里放出的流行歌，林忆莲的声音。后来我们在岸边的空场停下，这里置了数张铁木小桌，塑料凳和长凳。一老妇招呼我们吃面，我们说吃过了，看到另一摊位上有茶壶，有熏青豆，就想去那里吃茶。老妇见状就说，这里也有茶，一元一杯，来来。于是就坐下来，四个人如打牌一样各占一方，茶用的是一次性软塑料杯，有一盘熏青豆。给她四个一元硬币，老妇是接过银洋的满意。近旁有斜到河里的大桑树，一些石料和碎砖。看着浮有稻草的河面，对面有人下石阶洗衣。很静的上午九时半，满天流动灰云，滞落在深色瓦脊上——想到不远的上海，吞吐上班人流的车与轮渡的喧哗，完全是另一番风景了，一样的天色和潮湿，却只把静遗落于此。大家讲了本镇许多佳话，以后再来，会记得河岸的这个位置，但不知那时，还有没有这样

梧桐和无花果·1976

安静的一张茶桌。畀愚一直不声不响，此时开腔说，如果长时间看这风景，一直坐在岸边，也会厌倦，尤其是下雨时候，几天里下个不停，青瓦变得越发黑亮，空气里都是梁木的霉味，他只能看电视，如果是拳王超霸赛，才会完全忘记雨。

小镇的生活，在平静的河的两岸发生焦虑，我记得他写的一个下岗离婚女人的小说，并没提到拳赛和雨，如同儿歌所唱，这个中年女子"找呀找呀找男朋友"，找饭碗，找舞伴，找到了一个木材经理，差点让矮小结实的这位男子拖上床。一直迷惘，结尾时她走过一个卖文胸的地摊，想到女儿大了，该为她买一个文胸，她站在摊前，犹豫多少号的尺码，摊主忽然抬头说：还用想？你戴八十号尽够了……她定神发觉——摆文胸摊的男人，原来是早已下岗的前夫。

四个人撤茶离开岸边时候，淅沥下起了小雨。

2

隔着院门槛，早上八点钟的镇河，波光粼粼，桥石一个摇晃，再次晃荡，有一艘船开过来，欸乃抑扬，船舷紧随水波，平滑交错，粗中带细，划开一道瘦长花纹，逐渐弥合，这条船终于没有停住。

本来以为船篙插到门前石埠旁边，有一名船夫伸出头来对准大院的门喊：舒老太！舒老太太！或更大声音：阿太！

阿太！开船叻！

　　船夫如果是上下一身民初短打，或拖了前朝油亮长辫子，也就是说，地点设在本宅的又一部言情戏已开拍，长度30集、50集电视剧或电影，港台武侠、古装剧。每个剧组来到著名的舒家大院拍戏，站在舒老太的水磨青砖地盘上仔细商谈。察看厢房，考虑机位各个角度，早上八点，傍晚五点的光线如何，盘算哪天启动，开镜酒，买炮仗，挑个吉利的日子赶工。其中必定有十几场船戏，央请两名本镇船夫，考究一点是更仔细等待一个时间，等天气——等大院落雪的日子，等院子里蜡梅花开，石榴花开；下淅沥小雨，高檐滴雨，为情调最浓之时，枇杷已经发黄，雨打芭蕉，最是凭栏时，芭蕉一人高，二三张叶子最佳，再高或叶子再广，必为急风摧损，不够雅意；道具师傅准备两把旧时桐油布伞，三把西湖手绘伞——太阳出来以后，扮演大小姐、三姨太太的角色就当院里换上西式镂花阳伞，听留声机，散步，吃瓜子；由于水乡戏，1933年云飞汽车，北方马车，骡车，苏北独轮车都不必出现，可省一笔钱，本镇过去凡事坐船，最方便最无奈的就是船，河对岸那位年轻男子正在船上坐，仆人在船窗前摆了笔墨砚台，水红菱，一碟素鸭，小鳉鲏鱼，装黄酒的锡壶，嘉庆年青花小盅，天竺筷；小姐于此地的院门目送，红蜻蜓飞舞，独立桥上眺望，袅袅婷婷。

　　——昨晚她走到陈家弄深邃的石板路，弄墙上数个壁龛

266

的油烛火在深夜诡秘闪耀，要等的人儿没见，只碰见一皂色长衫的账房，一个步步金莲、大襟缎褂装扮的内眷丫鬟。

现在的早上八点钟，大院的门口始终开着，但里面没有声音，没有老太的身影，没有满地的电线，没有剧组，没有电视剧的角色。于是小心跨脚踏上青砖地，看一排黛黑年迈的老厢房，四周条石镶边，高低错落，扫得一个干净，有大花坛，一大株蜡梅，一株石榴，中间挂红灯笼。再走进去。也为青砖地，条石镶边，发散上几辈气味，左右厢房，黛色老迈门楣，早年遗存砖刻雕花，柱石细节，窗玻璃包容过去的年代，照映现在安静的八点钟的光景，摇晃几个参观者模糊的面孔。

早上八点钟，大院之主，这位舒家老太并没有出现，她住哪里？有人问。供她起坐和接待访问的大厢房门扉紧闭，大概住在这个厢房后面，估计是吧，还没起身？几个人凑近玻璃张看，早上八点的光线，模糊看见这一块区域的官帽椅，大桌小几，墙上的画，对子，挂历，在此拍戏的一些剧照文字简介，一盆花，热水瓶，茶杯……

去买菜了，有人说。

——她一早过了桥，上船去办事，船已经走了。

院门一直开着，早上八点也会有人进来；橹声逐渐远了；几个人想到这院子曾经的热闹——现在是安静的。没有人，门就这样开着。

我要从西走到东

"我要从西走到东，我要从南走到北。"我们是从西安去太原，那旧吉普车挂着当地牌照，司机是个警察，A解释说，这只是雇来的普通司机，穿这一身，只为路上顺利，嘿嘿，唬人。这是在十年前，接近警察的那制服、大檐帽也都为橄榄色，车是灰绿色，帆布棚为陈旧的浅灰色，有不少补丁了；我们向东开，经过了临潼，一直开往华阴；四月底，柔和的河风已经从潼关那边吹来；A是西部人，F是可爱的广州小伙，长发，他醉了就唱："我要从西走到东，我要从南走到北"；车里已有了一个铜川制造的粗瓷蓝花大碗，早晨离开西安时，我们赶去莲湖路，与M道别，但办公室没人，我发现数年里给M的信文，已经被理成一册挂在墙上，附"私人所有，不得翻阅"纸条，墙角那巨大的蓝花粗瓷碗，口径三十五公分，碗内有"私人用品！"纸条，屋子里很多东西都留有纸条；F说：处处留条！于是我留下了一个告别的纸条，抱了这口大碗，关上门走了；我们曾在铜川的窑厂看老乡们制造这种笨重的瓷器，厚胎、蓝釉、大花，几笔就画妥一个，当地乡人就端着它吃面，自重二斤有余，从此每逢颠簸，我都抱着担心它碎裂；之后，我们到达了风陵渡，黄河是在此拐弯，两岸平展的黄色河滩，远到目力不及，呈现着平整温和，酱黄细腻的河泥毫无杂质，无穷无尽，如窑厂备存的坯料；河水为青黄色，乡人掮起湿漉的羊皮筏，如一面厚墙耸立，高大，慢慢移过；大河没有波纹，仿佛永不流动，在阳光笼罩下还没有醒来，广大、昏沉、安静；古渡附近，一孤单小贩叫卖着小茴香饼，夹杂青色细点的生面饼子，埋入火烫的白石子堆里焐熟，等拿到手里，仍是生面的颜色，热，香软，每个一角；之后，我们尾随孤单的吉普登上锈迹斑斑的轮渡甲板，船不必鸣号，四周再没有船了，我们就这样离开陕西，到岸便是山西境地，因为天气晴朗，一切都不再荒凉，枯燥，或者严峻。

总是遥远的前方，山峦间隐约的灰白色杏花，悄悄开放着，"我要从西走到东，我要从南走到北"，F不时重复，我们停车吃饭，永无尽头的指示牌，蓝花碗一路摇晃；我们途经静无一人的尧庙，A在乱石中翻到的那一大块手印砖，曾一度陪伴我的大碗走了好多公里，千年前手造厚砖的背面，有窑工清晰的深刻掌纹，可磨成一件别致的砚台……但因为太重，A最后放弃了。我们一直顺着吕梁山往北疾行，第二天傍晚到达某镇，我们吃了刀削面，A和F拜托一位后生，要找地方唱歌，那后生答，本地从来没有歌厅，并立刻骑车去找，然后看他满头大汗回来——事后才知，这位后生把我们领入的地方是一所当地小文化馆，那时，天已经黑尽了，我们见远处那房屋的灯光，门口烟袋锅的亮点，人很多，屋里确实有一架电视，有话筒，满满坐了人，自带小板凳，大姑娘小媳妇，孩子在哭，裹白羊肚手巾的大叔大爷吆喝给我们让道，我们正惊异，听得一老汉说：是接到广播了嘛，有广州、上海、西安的歌星来唱歌，就来了嘛。

就是那年，我终于把那个蓝花碗抱回了上海，第二年，我让工人师傅在它底部开了一个圆孔，接上排水管道，装上铜制水龙，它变为了一个小水池，可以用来洗鸡毛菜，洗茶壶……去年搬家后，蓝花水池就在老房子的角落里待着，上个月去看，发现它已落满了灰尘……

回忆的滋味，目的地，车，歌，风和风景，纪念物，气息，氛围……遥远的十年前的这次旅行……

我知道 F 现在仍然在广州，成家了，女儿五岁。2006 年春节，我的朋友 A 基本是独自度过的，他早已不再写诗了，一直感到累；他是在大年初一那天，独自离开了乌鲁木齐的家赶去哈密，是为生意上的事情拜码头。他开着崭新的福特车过去，预备初三返回；但在初三的这天早晨，当他开出哈密的岔路口，却没有走西向乌市的道路，而只坚定开往了东方，他一路不断放着音乐，其中有那首陈旧的"我要从西走到东，我要从南走到北"，他抽着烟，半途下车解手、加油，直行一百七十公里，到达了星星峡，然后继续前行，开往敦煌——这个阶段，他确实不知自己究竟在想什么，能这样固执前行，为什么去到前面那遥远的所在……哈密距离敦煌四百公里，离开他要返回的乌市，远距九百五十公里。路上几乎见不到人，雪、沙漠，夜里的敦煌小城挂着奇异密集的红灯笼，当地人习惯在这夜烧冥纸，到处有火光，但是没有人，极其冷清；他不知自己来这里做什么，想到十几年前当地有个画家也许还记得他，打听到最后，没有此人，于是他找旅店住下了，店里专为他把楼下歌厅门锁打开，让他自己一人在里边唱歌喝酒……最后他睡着了；第二天，他调头西去，开往乌鲁木齐，在一百二十公里处，被一位同样孤单的警察拦下了，见车里就他一人，一个光头的中年男子，警察极其警惕，立刻仔细检查他的车，包括轮胎和后备厢，他没带驾照，于是被押到所里去查，等电脑上出现 A 的驾驶执照档案，警察才舒一口气，关心地问他：大过年的，就一个人，无人陪伴，走这样远的路，不寂寞吗？家出什么事了？他说没出什么事，一切都很好，没有事情。

他的回答是真的。

"我要从西走到东，我要从南走到北。" A 想把这内容写成电影，记录这无目的旅行；不回家，大家都要回家，是他没想到的问题……影片内，那个人物一直开着车，抽烟，加油。在这个漫长的过程中，也许他忆起了一位中学女同学……

他还记得她的笑容……最后他在一小县城里，或一个小铺子里买烟，碰到一位胖大嫂，她带着几个小孩，她的憨厚丈夫冒雪赶回，一家人陪他一起喝了酒，吃了过年饺子……他逐渐知道了，这就是他过去的女同学，他不惊讶，觉得这样的图画的温暖，于是他道别，上路走了……

无目的，无理由，车，孤单，荒凉，这本不是中国题材。

在某种时候，所谓苦闷，已脱离现实的原来节奏，张开翅膀飞出来……

那是个好地方

　　我的少年到青年，是过渡的十年，没所谓的个人藏书，只记得一座少年儿童图书馆，上海复兴中路独立洋房，长甬道，两边金色梧桐，对面是常常传来琴音的法式公寓"陕南邨"（旧名凡尔登花园）。没读完初一，风景被"文革"画面切换，暑假后，全市学校继续停课"闹革命"，我父亲是打倒对象，九月，全家被迫搬到沪郊，因此很少回校，只一次听同学议论，复兴路少儿图书馆的大门，早被钉死了。这话意思是，此图书馆向来是少年人注意的目标。我大哥学校的多个学生组织，也紧盯校图书馆。革命前同学们进馆，有规有矩，文雅借书，清楚书目详情；等逢乱世，面临一种人人可以"抢"的市面，部分少年人的盘算惦记，就在如何伺机采取"革命行动"。果然有一天，某少年急急来报——就在前夜，校外某一学生组织突然"砸烂"了本校图书馆——其实是悄无声息的"转移"更准确，深夜隐秘大动作，在驻校多个革命学生组织的眼皮子底下，搬走了所有"有批判价值""反动"图书，不声不响，顷刻间不明去向。忽遇变局，所谓"措置太骤"，肯定有了内鬼！引发了学生领袖们相互攻讦，私下都极其懊恼，有人形容说，这就是"噬脐之悔"。

记忆里最早接触的书，永远是俄苏作品，《塞瓦斯托波尔故事》是少见刊本，托尔斯泰早期特写集，沙皇时代某军官眼里的克里米亚战事，年轻贵族的文雅笔触，《顿河故事》（草婴译，1950年代上海文艺版），大名鼎鼎肖氏的早期习作，乡野草根观念，丰富的现场画面，整部短篇集，强调人性张力，父子、兄弟相残，赤裸而惨烈，之后再没发现新版。

那是鄙视图书的时代，也是极为珍视书籍的岁月，所有公私图书之劫难，学生肯定是主要执行者，但因避讳与遗忘，鲜见这方面详细回忆；1966年的书基本有两种命运，一是"封存之书"，运至仓库或地下防空洞，沉入无尽的黑暗，蒙尘或腐烂；另一批是活泼的"流通之书"，经由革命学生的抢夺，传递，水银泻地，静静回流于社会各暗处，记录后者这一类的温和文句，可以有（包括本文）……例如：他或者她，如何因一个偶然，受了某一本或半本零缣断素之影响，改变了什么观念，打开了人生另一个什么名目的窗……这类谰语浮言慢慢汇合，形成这一辈青年的"地下"阅读史。

1969年，我已随大批同龄青年，去到黑龙江黑河地区农场务农。全场聚集各城市青年五千余，附近另有同等规模"格球山""七星泡"等大型农场，招募各城市青年无数——其时中苏关系异常紧张，农场原大批劳改人员全部迁走了，也就以大量的城市青年回填，接受原劳改干部的领导，某个分场的青年们，甚至直接入住到四面高墙、岗楼电网的原劳改犯营舍。短期内，有些农场给青年们发长枪（子弹只一枚），朝鲜战争的老枪，包括二战期间伤痕累累的马枪。十月初开始上冻，不久就下雪了，传闻某一青年在雪后的深夜，跨过了冰封的黑龙江，投奔去到对岸，原因不明，雪地留下他一串孤独的脚印，对于这类"叛逃"，苏方往往不予接纳，最后通知了中方边境，送回一具蜷缩冻硬的尸体，死者书包内，发现了一中文版《驿站长》，一本《外国民歌两百首》（当时被禁最著名"黄色歌本"），解剖发现，他的胃是干瘪的，只剩一些土豆残留物。之后无数个寒冷的夜晚，农场田野上空出现幽灵一般的信号弹，大批青年被哨子惊醒，摸黑慌忙穿衣集合，在雪地里急行军，四处探查。当时我知道连队某青年，同样秘藏了一册《外国民歌两百首》，每次半夜起身，他都把这个本子塞在胸口，这位歌唱爱好者向我解释，这是他最珍视的东西，就是今夜他忽然死了，暴露了怀中之物，也在所不惜，"我至少出名了"。黑暗中，他的牙齿发出亮光。

黑龙江两岸，当年处于极端的抗衡之下，所谓苏俄小说，仍旧是此岸青年的"地下阅读"主干，放眼是广阔的雪原，白桦树，马拉雪橇，春风里手风琴的邕音，山楂树满树繁花，

都让青年们联想译文中的风景。在黑暗中夜行军之时，眼前总在闪耀《塞瓦斯托波尔故事》的火光，听闻肖洛霍夫《顿河故事》铿锵的中译语言，这奇怪的通感，应为中苏蜜月期间那挥之不去的，天量印刷数字所形成的印象碎片，与那种反复诵读，强化于大脑的烙印有根深蒂固的必然关联。

这代青年直到如今的老境，被硬性定义为所谓"青春无悔"，其实却百孔千疮，爬满了虱子，如何存有整齐划一的境界内涵？即使是来自各家庭、各人、各地区差异，就是盘根错节，无休止的恩怨情仇，永在生存争斗的浑浊状焦虑中，当年他们统一的习性是——除却了只念"红宝书"之积极小干部，都是一致积极传阅"旧书禁书"，读本五花八门，大量出自上海，这应是凭借了当年他们更年轻双手的剥夺与传达，使这一类阅读活动多么活跃而隐秘，以至后期呈现了半公开的种种生物链，几乎每时每刻，连队都有陌生"新品"露面，口碑最佳，最合适男女心理，最注目也最文艺普及的，始终是普希金《叶甫盖尼·奥涅金》，或冻毙者书包里的忧伤《驿站长》，沙俄军官，龙骑兵，客厅沙龙，缱绻男女之恋，"达吉娅娜"爱之忧伤，"冰花在爆裂，田野闪耀着银白色的光"，甚至普希金陌生的经验与格言，"我们爱女人的心越淡漠，就越能博得女人的爱……"是坚冰背景之下的青年们，更需要心灵的柔化吗？待等我们走到黄昏的田野，听到白杨高处的风声，心头也自会流淌屠格涅夫《待焚的诗篇》：

> 到那地方，到那地方，到那辽阔的原野上
>
> 那里的土地黑沉沉的像天鹅绒一样
>
> 那里的黑麦到处在望
>
> 静静地泛着柔软的波浪
>
> 那是个好地方……

　　这大概就是当年该国文本能给予我们的，唯一的肯定与安详。

　　至于被老一辈读者目为好书，更苏联式的叙事，盖有私人或者上海某某图书馆圆章的《三个穿灰大衣的人》《拖拉机站站长和总农艺师》《克里姆·萨姆金的一生》《士敏土》等等，以后的几年里少人光顾，可公然摊在床铺上，是吾辈觉得枯燥，还是艰深呢？在这缓慢时光中，在这奇异的读书之境里，我眼前会出现一个传送带景象，大量的苏俄译本在眼前缓慢蠕动，清晰和模糊：《白夜》《州委书记》《叶尔绍夫兄弟》《多雪的冬天》，包括少见的瞿秋白《赤都心史》《饿乡纪程》，高级水彩纸印造的苏联大部头美术画册，苏方专家的《建筑钢笔画教程》……记得有一天，云雀在高空鸣啭，我在回场的马车上颠簸，发现车夫身边装草料的麻袋里，缓慢滑出了一本《铁木尔和他的伙伴们》，翻开扉页，一个熟

悉的蓝色图章憬然在目："上海少年儿童图书馆"。

苏俄小说的阅读节点，始于1980年代出版《日瓦戈医生》、三卷本《古拉格群岛》引起的颠覆，逐渐逐渐，也都被缓慢化解了，人们开始关注和收藏"垮掉的一代"、法国新小说、莫拉维亚、南美作家系列等等等等。稍后，我朋友供职北京的"苏联文学研究所"永远关了门，再以后的以后，却在王朔电影里，见一群"文革"青年穿父辈的苏联式"将校呢"制服，大唱苏联歌曲的镜头，与我的经验搅拌一处，涌起恍如隔世的恶心感。再过若干年，"垮掉的一代"、法国新小说、莫拉维亚、南美作家系列等等等等著作，已在很多书架上泛黄，面对译本，我不再喜悦雀跃的情景之下，是2000年后出版界发掘的巴别尔《红色骑兵军》《哥萨克的末日》，翻开那些文字，苏俄式样的末日气息，仍然毫无阻拦，登堂入室，使人心率加快，让我想到了我的青年，想到遥远的《塞瓦斯托波尔故事》，《顿河故事》的审美与口吻……

这个邻近国家对我的阅读影响，实在难以言说。

作者附识

写完此文，即发给遥在他国的胡承伟先生看，他是当年老大学生，回复如下：

老兄的文章，不论长短，都是对书的崇敬。

甜点 · 2014

提到书，我的年代与你不同，也有不少入骨的记忆。

北大在当时没有烧书行动，再说普通学生也没有多少好书。记得1968年3月，武斗中聂元梓派攻占了我住的学生楼，当时我不在宿舍。占楼者高唱《三大纪律八项注意》，进到每一间搜索，声言"不拿群众一针一线"。我事后检查，箱子里全国粮票和几十元人民币不见了，更令我痛心的是，俄语系一个朋友借我的《金批三国》不翼而飞。去年见到这个朋友，还是说不尽的对他不起。

几年后，我被分到河北的一个县城，在城关镇教书。很快就和县图书馆搞好了关系，每天值班的只是一个军官太太，此女似乎对我有好感。一天突然打开里面的仓库，让我进里面。好多年都没有这样的兴奋，连王力的《古代汉语》和陈望道的《修辞学发凡》都叫我眼前一热。当然，上面有规矩，不能往外借出这些书，我不想破了规矩。以后的几年，只要没人，她就愿意站在仓库门口和我聊天，而我则在里面找书。再后来，她的夫君部队调动，她也离开。至今我还自疚当时利用人家的感情，只是图得一些阅读。

细捋回眸，诸多图书记忆，历历在目。

附

录

我的书房 · 2019

插图与回忆

答《城市中国》袁菁问

您画的 1970 年代的开瓶器扳手，集中了当年沪上男工最幽默的力比多，这种手工当时真这样普遍？

很普遍，是个钳工就可以做，因为无聊，或是本性，当时上海到处是厂，到处工人，工人做"私活"，靠山吃山，非常自然，我画的不算特别，有更夸张的，各式各样，奇形怪状都可以做，可以有，亮晶晶挂在钥匙圈里，实用民间手工。现在到网上搜，一个都找不到了，我以为有人收藏。

最精致手制小玩意还有什么？

女人的各种漂亮发夹，1978 年我的工人同事会做这类小东西取悦女工。最简单最容易的是用不锈钢电焊条，做一套或几套粗细不一的毛线棒针。物质匮乏年代，等于古代原始社会，男人静心细气磨一枚骨针送给他喜欢的女人。

那年代常见的手工制作还有什么？

最大宗的应该是各式各样的"火油炉子"，每家几乎都有"上山下乡"的，农村生火做饭不容易，有它就方便多了。这炉子其实就是油灯概念，有一个调节灯芯长短的旋钮装置，其他部分就是用大大小小铁皮改造，能装煤油和灯芯就行，方的圆的饼干桶糖果盒都可以改。上海居民用这种炉子有一百年历史，占地小，分量轻，随用随点，古董级的旧样品，就是进口搪瓷质地，荷兰货，粉红、蓝色、灰色搪瓷外表，结构复杂得多，分量也重。到我们那年代，就是自做了，或去"中央商场"淘各类古怪铁皮罐子也行。以前我见过几个都是用饼干桶改的，三十年代西洋图案，或国货"泰康""沙利文"饼干字样。如果有人收藏，洋洋大观。

当时的手工制品，一定是和工厂、工人有关系？

应该完全有关系，比如做"放大机"，这词现在已彻底死亡了，当年是热门名词，放大照片的一种设备，暗房技术，显影定影，照片着色，现还有多少人懂？当时很普及，各式各样，标准的、恶型恶状的"放大机"都有，技术含量参差不一，核心是找到一对合适的凸透镜，豪华级是动用车床甚至刨床、电镀、烤漆，看个人各厂的设备条件如何。所谓商品最丰富的上海，当年其实很匮乏，形成人人动手的时代。延安时期领袖口号"自己动手，丰衣足食"，到1960—1980年份的上海同样生机盎然，洋房花园里种菜，养鸡养鸭子，装矿石机，"收听敌台"各种收音机，而后就是"放大机"，自装脚踏车，再是自做"喇叭箱"，也就是音响，很常见。再后来阶段做电视机，这比较小众了，样子也妖，最初的显像管是圆的，人怎么看？总的来说，不管缺货的、禁止的、凭票的，还是可以买到的，世风是处在人人自做时代，所以这一辈子的上海男女，是聪明能干的一代，可怜的一代，等于原始社会心灵手巧，消耗体力精力，自满自虐的一代人。

那年头上海男人还会做什么？

也有像"大力水手"夸张型的，比如上海棚户区青年，盛行运来一堆煤屑，自家造"煤饼"，北方人叫"蜂窝煤"，完整的上海词就是"敲煤饼"。走近1970年代上海"下只角"，是叮叮当当画面，当街光膀子敲打一套铁制模具，私人劳动，排场声响印象深刻，产品是捧出一个个黑亮新鲜的煤饼，马路边，家门口，立了一位流汗上海青年，哪里有认定了的上海小白脸文弱相貌？到1980年代中期，"敲煤饼"手工活动已经式微，不知为什么，这词演变成了"嫖妓"的代名词，"敲"即嫖，"煤饼"指妓，属于上海底层最俗恶的流行语，表明单调体力劳动的某种转移。去年王家卫导演建议台北的张大春，香港是哪位先生忘记了，还有我，三人写三城市十个已经不用的俗语，我举了这词。短暂流行数年，忽然间这词就死了，没人再称妓女"煤饼"或更早上海流行的"赖三"，也许是因为广式词汇来了,坐台或小姐、妈咪、洗头、敲背……我还记得这叮叮当当"生活"同期,也流行造一种单柄铁锅——北方管它叫"大勺",当年的上海工人,业余做它出售,地址也是在上海"下只脚"当街,家门口,摆一个铁锅状的凹圆铁砧,一铁锤,一副厚手套,单人单干,反复敲打一片圆铁,白天晚上,反反复复敲打不休,一直敲到它四面有弧度,越来越薄,越来越均匀,敲成一口熟铁锅为止。

据说当时人结婚都自己做家具?

1974—1985年部分上海男人,确实自做整套结婚家具,做沙发,会点手艺就自己做。当年《上海文学》美编韩先生办婚事,全套家具"三十六只脚"自己也这么来,况且木料限量供应,很难搞到——现想想可真是天方夜谭,做人做到了无法想象的大难题,现可以做电视真人秀,让大家来看,看这批男人怎么才能完成这桩大事情,怎么经受这种捉襟见肘的人生大尴尬、大考验、大折磨,邀几位90后、00后"小鲜肉""小白领"试试看,哭或者不哭我不知道,而在当年,真的算自然的劳动,很幸福很忙碌的过程,普通平常,燕子衔泥那么来来去去,也就慢慢慢慢做成了,结婚了,入了洞房。这样的过程,等于我讲的"蜂窝煤"——更大规模的手工我漏了当时另一种大工程,也是沪东沪西的棚户区青年,借几件长方形铁器模子,运几堆煤渣和"电石糊"到家门口,

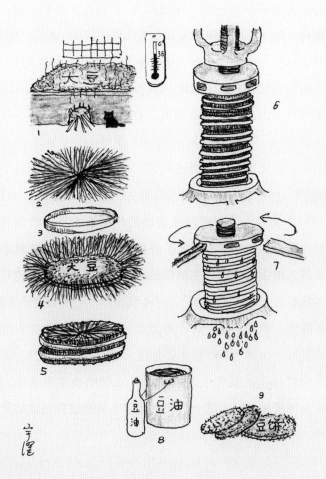

1
2
3
4
5
6
7
8
9

记忆·1972

当场制造建筑材料——"煤渣砖",一种灰色手制大砖,搅拌原料,放入砖模,像过去我在东北做的红砖:脱坯、晾干、装窑、烧成、出窑。上海"煤渣砖"省略了后几道工序,脱坯之后让它们自然晾干就成,然后就是纠集一伙青年人,在自家旧房子上搭造"违章建筑",附带引起邻里纠纷打架斗殴头破血流……这种热闹场面,上溯到1910、1920年代也差不多,其时苏北流民抵达沪西沪东野地,就建立贫民窟、"滚地龙",曾也是在这样的自发自主状态下自然形成,只是,当时的苏北先人采用更环保简陋的芦席竹木等自然材质而已……我现在讲了这些已想不清楚,这一类活动,究竟是属于正常人的手工爱好、生活情趣、DIY,还是生活所迫?西方人是好这一口,自家动手,周末修理乡下别墅老房子屋顶,种菜剪树,也许一样,也许完全不一样,或应该说,人处在艰难时世,再如何聪明能干,你这劳动就是一种退步,退回了貌似的平常,就像进入我们可以点赞的朴素风景里,其实是一种很原始的不堪——我不怀念不赞扬这种遥远的劳动精神。

　　这种平常,对现在年轻人来讲,真难以想象。

　　当时是常态,普通的工人、平常的年轻人里面,还有不少业余大厨,"业余"在那个时代很重要,是一种实惠的业余,比如朋友办喜事,请同事帮忙炒十几桌菜,稀松平常,也没什么厨师证件，自带家什——菜刀、砧板、铁锅，干干净净，认认真真,北方人讲的"红案""白案"那种井井有条的负责，或是"挣外快"。到第二天，安然回厂上中班上夜班——《舌尖上的中国》拍了上海菜，重点介绍了某个上海妇女做本帮菜怎么有特色，其实这样认真烧菜的普通男女，在上海毫不稀奇，能干的居民女子很常见，更多是织毛衣，"阿尔巴尼亚花样""铰链棒花样"，拆下劳动白纱手套，钩制种种花样桌布床罩，利用一切时间，埋头去做。异端女人是自做牛仔裤、喇叭裤等等"奇装异服"……那个时代，上海基层女子哪里懂得穿旗袍摆 PS，没这经历或根本就不懂还有什么所谓的传统。我跟一伙男女迁到黑龙江某前劳改农场，那边刑满留场人员不少，其中有个"老流氓",旧中国时期在上海老北站"撑市面"，绰号"红绿灯"，另一个"北京流氓"混名"一跤震朝阳"，先后都在我面前议论，上海的女青年怎么这样难看，统一绿色大棉裤大棉袄，大笑大哭，还挑水还打毛衣，身材水桶一样还大饼脸，那是因为时代，因为吃土豆吃棒子面吃的，因此那时期女子心灵手巧其实是一种窘迫。我一直记得有个夸张例子，是 1980 年了，市面已好很多，是上海还没出现洗衣机的时期，见识了一个奇女子，后来去了北欧，不知是在哪本外国画报里头一回看到了洗衣机，就请人在自家水池旁砌一小圆池子，内贴瓷砖，水龙头接过来，留进出水口，她是学机械的，池子底部装一小马达，上置一塑料滚盘，她就用这个手造的机器洗衣服，连续用了两三年，真不敢想象。

说到农场，您画了钉马掌、补碗补缸、打油、做粉条、做豆腐的图画，这究竟是喜欢，还是说明了种种当年的工作？

是我的工作，画图是爱好。我们那边经常盖房子、制砖、装窑、出窑、掏井、砌火炕、砌墙盖瓦等等，是我做过的事，已说不清是喜欢还是不喜欢，只能说我熟悉。另外比如怎么做白酒，怎么鞣制牛皮，造镰刀怎么打铁、怎么夹钢，怎么肢解一头牛，怎么做一把吉他，是我的旁观。这些过程很入画，细节特别，但我也担心，一旦画多了读者会烦——有时想想，读者完全可以厌倦，但这一堆乱事，除了旁观的，很多工作先后都是安在我一人头上，一件件一年年这么轮着做过来，居然可以接受和忍受，这么一件一件做，我是一种可怜——感觉当年的我很陌生，属于早期文明里的人了，孤岛鲁滨逊那种。

您对当年的印象太深，说上海是"上海"，东北农场就是"我们那边"。

那边是上海的反面，城市反面，沿用一套苏联模式的农场，不是真正的中国农村，有苏联方式的卫生所、大礼堂、小卖部、磨坊、酒坊、油坊、奶牛房、鸡舍、蜂房、果园、菜园、机配厂、发电厂，自给自足"土豆加牛肉"的设计，

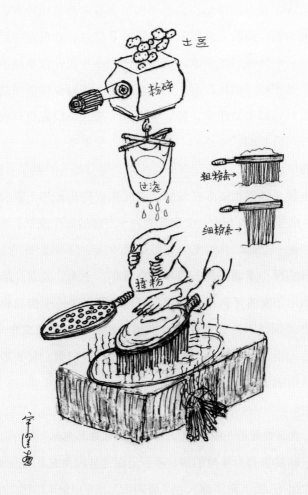

土豆

粉碎

过滤

粗粉条→

细粉条→

搓粉

记忆 · 1975

据说现已经夷为平地了。当年很多事我做过或还没有做，是看别人做，阉割公马惨烈，打鱼则非常自在，沉在科勒河里的柳条鱼篓直径达两米，可以爬进去三个人，像水里一辆坦克。另比如"硝皮"房，上海没见过，这行业据说摩洛哥最有名，我那边是粗制，整张牛皮扒下来，一般先扔到房顶上去，黑白花的，棕色的，黑的黄的，屋里臭气熏天，基本是做简单皮制品，一挂马车所有配件，牛马笼头、鞍子、挽绳、大小鞭子，都用生牛皮做的，同时粗做狗皮褥子、狐狸皮大衣、皮领子、皮帽、老羊皮大衣，干部穿的好羊皮袄，叫"麦穗子毛"。皮帽子和皮大衣脏了怎么弄？不是放在水里洗，喷白酒用小米面去揉。当年的女青年，上海、北京、哈尔滨十六七岁女青年，说不准就是"劁猪"好手——肉猪在幼年都要阉割，不论公母，姑娘家抓起猪崽子，夹肢窝里一夹，手起刀落，一个接一个这样做，而现在我们给小猫去势，是送宠物店里花几百块做手术。

怎么想起画 1960 年代上海人的"领带扎拖把"？

偶然想到少年时的事，随手记在《外国文艺》目录页上，这次出书，撕下来凑趣。在"破四旧"前的 1960 年代上半期，其实上海人已在自觉自愿"破"了，"资产阶级"、洋派旧职员，清理出自家领带都用来扎拖把，又勤劳又节约。当时的新中国，领带确实是没什么用，统一中山装、人民装，城市男人，尤其上海男人就要"变废为宝"，风景就是这样。我家曾住的租界路段，也有新一番的滋味，旧名是"亚尔培路"，过去都由白俄开店，牛奶店、美发店、花店——尤其花店是西式的概念，在1960年代中国城市基本没有，而短短这一路段却开有两家，大玻璃橱窗摆满盆花，郁金香、月季、荷包花。1960年到1962年供应困难，影院放映《罗马假日》，这个街区仍然游荡西洋气味，其实也加入符合新时代的"卢湾区第某某粮店""徐汇区第某某粮店"——这里两区交界，秋天梧桐树影下，居民们按各家人口的供应量，买回一堆堆植物块茎，就是山芋，北方人叫红薯。这样的马路风景，完全是杂糅的。

1978年"知青大返城"前您病退回沪，就开始当工人？

在上海里弄加工组做工，隔壁是钻石手表厂（第四手表厂），发觉学手艺很难，其实在东北盖房子就发现了，小说里也这样写——徒弟问师傅，等到了四十岁，他能不能做出师傅那种好"生活"？就是好手艺。师傅不响，意思就是不表态，让徒弟自己悟。学手艺需要悟性，一开始你什么样，一上手，基本就定型了，"干净"的一辈子"干净"，出手邋遢、毛躁，一辈子这习惯改不掉，比如泥瓦工砌一堵墙，砖缝整齐划一，漂亮，没龌龊相，这是天生的禀赋。钳工也是，手势，精度，步骤你都得干净利落，工具再多是没用的，钳工

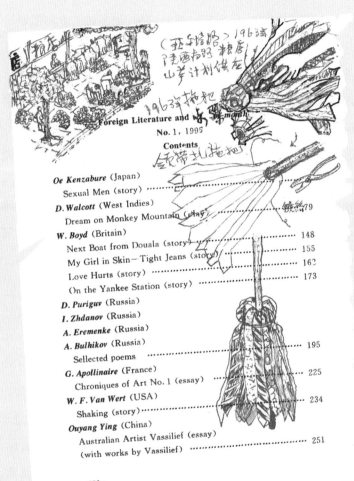

Foreign Literature and month
No. 1, 1995

Contents

· 256 ·

偶然记下的图画·1999

的工具非常之多，开初我总想什么工具都有，各种锉刀、锤子，林林总总一大堆，其实只是工具，做的东西不干不净，很难改掉，我不属于那种一上来悟性就特好的。

但读您的文字，对金属加工非常在行，细节步骤怎么记得这样细？

文字和动手效果，其实是两回事。我很早就发现，任何领域任何环境，都有高手。我又得说"我那个地方"，那地方的刑满遗留人员，都是男的，男犯通常都聪明能干，比如中秋前召开劳改大会，领导问大家，谁会做月饼？底下就有三两个男人起立说，报告政府，过去我在广州，或在上海专做月饼，开饼店。谁会做香肠？报告，我会做。过年做腊肉，做豆腐，做任何什么行当，底下犯人都有答应，都有行家里手潜伏，五花八门，什么都会做。我喜欢看，喜欢去"红炉"玩，看留场师傅和城市小青年怎么打铁，大锤怎么紧跟小锤子，农场小机修厂有两位上海八级钳工师傅，在没有数码技术加工的年代，都靠心想手做，靠普通机器和锉刀慢慢弄，当年八级钳工，等于二级教授的高位，车钳刨磨铣样样精通，其中一位原是上海闸北铁工厂厂主，据说是瞒税判了重刑，这一行过去都拜过"外国铜匠"，无锡人居多，他也是无锡人，什么都会，服刑期间，据说是把劳改大队长的一支十发手枪改成了二十五响，得到"犯人试枪"的最高待遇。

那时候您自己喜欢做什么？

说不上喜欢还是不喜欢，去年写过一篇文章，写在大冬天捡到一只死啄木鸟，把它在马厩里做成了标本，选一段白桦树枝，把标本固定起来，嘴一直啄住了树皮，很生动。但是到了夏天，它全身的羽毛都脱落下来了，因为根本不懂防腐措施……去年上海自然博物馆新开馆，让我写文字，就想起了这只鸟的过程，博物馆才叫标本，我当时的喜欢，是不懂技术。现在想想，我对怎么做沙发应该有兴趣，1983年设计一种沙发，外国画报刚刚有"组合沙发"照片，上海没有，按房间尺寸，双人加拐角加一个单人这种组合，没扶手，当时上海人没见过。还有是拆解西式软椅翻新，1980年这种旧东西不值钱，面子破旧，骨架精良，这事在十年前也做过一次，过程有趣。最近为《洗牌年代》画图，画了程序图，如此这般的细节步骤，又像做了一回。

对生活的热爱，念兹在兹，无论创造还是仿效，这习惯几乎繁衍了几代人？

说仿效，有好多好多代了吧，我们"山寨"了多少代？真不知道了。就说家具，清末已经仿效西洋家具样子，骨子里是中国的，现还在仿比如安妮风格靠椅，这椅子的样子总有点僵，哪一根线条或说气质，总是中西混血，比如说有了进口西洋钟，就有"南京钟"，直到数年前的上海地摊，突然也摆出不少西洋怀表，都可以这样来仿的，黄铜表壳，白瓷表盘，罗马字都是新仿做旧，包括我熟悉的前钟表厂八级师傅，现想想靠的就是"念兹在兹"地仿。发达社会"以机械产生机械的方式"的仿效就难了，过去"上海牌""红旗牌"轿车，师傅可以一锤一锤依样画葫芦敲出来，批量生产就困难，尤其在材料，设计，加工机床，就是工作母机，先得发明。当年国营手表厂进口瑞士专用机床，国营厂也不懂得什么开发投入，设计、材料、观念落后，等到改革开放自由市场，瑞士表可以随便买，计划经济年代凭票的国产表，谁还会要？我眼看国产手表一点点滞销，最后工厂拆光。记得厂里还想转型，开发新产品——研制很热门的国产洗衣机定时器，齿轮结构，最后做不过日本货。八级钳工，单靠双手去做定时器塑料外壳的注塑模具，它那种缝隙间距，外观配合度，没先进的加工手段，怎么比得过日本货？注塑形成的外观，就是看配合缝隙严丝合缝，日本这类模具都不是手做的，不靠抽屉里几百把锉刀弄的，人家洗衣机厂怎么会要这样的货？不会要。因此手工精神，只在瑞士高级手表，或者西装、皮鞋等等高级定制业可继续，其他就难了。

　　您曾经说过，那时代养成的动手习惯是自娱自乐，是"好的"？

　　是好的，动脑有时太累，希望动手，这和我的农民、工人经历有关，有时特别希望有一幢房子给我修一修。你们杂志是"同济"办的，我对建筑，对盖房子有兴趣，"文革"时弄到一本1930年代中央大学建筑系的破书，很入迷，包括"造洋房"教程，后来我每天砌东北的清水砖墙，每天完成两千块砖的量，手指磨得不能捏热馒头，但有成就感，如今工人师傅做，我都要看，去外国也注意人家各种老墙，这里很有讲究，砖块排列各种长短交错，长长短短，北方墙有"大五花""小五花"等等复杂定规，上海的西洋花样更多，邬达克设计"慕尔堂"墙壁，凹凹凸凸，应该是中国师傅按洋图纸来砌的，很神往这过程。前几年北方有朋友买了别墅，我在电话里说，想为他盘一个火炕或砌一道火墙。北方特色取暖方式，我都会做，毛石垒墙也是做熟了的，不同形状石块拼成墙面，过程就是玩"七巧板"大石头游戏，现只能想想了。去年瑟伊出版社安娜联系译书的事，她周末离开巴黎，平时下班不接电话，不看电子邮件，郊区没电话、没电视，说是修自家房子，或是坐着发呆，这是人家国度的自娱自乐方式。

劳动是放空的状态？

首先是"会"，得先有"会劳动"的经验，一般我们当代人，还是把劳动看成"劳改"。

是否可以说，是物质资料匮乏形成了DIY精神？

精神就不好说了，是因为匮乏，"DIY"可以加引号，跟所谓的DIY肯定不一样。当时不少人自己动手，更多人其实是在寻寻觅觅，到处兜，热衷逛旧货店，出口转内销店，当时上海的特色瓷器店有两家，南京东路国华商店，淮海路长春食品店旁的一家，难得会碰见出口转内销的咖啡杯和餐盘，都是因为匮乏。静安寺红都电影院（百乐门）旁旧货店，外国旧表或旧地毯，处理沙发、靠枕……在其他国营店是看不到的。革命年代国际饭店隔壁的上海工艺美术品服务部，也常有特别的物品出现，西式台布、地毯，出口转内销花纹不对的处理品，三平方米的厚地毯二百元，当时工资四十块钱，也算贵了。匮乏的时代"DIY"与否，人心都充满了物欲，是上海人的常情。上海人的习惯就是这样，从来不喜欢两袖清风、家徒四壁的生活，可能也与城市本身强烈的生活倾向有关，一直没被毁灭，任何年代的人，都带有本土的继承特征。

您写一个沪西师傅，当年真在垃圾箱里捡到吴湖帆的字画，是真事儿吗？

真事，师傅立刻拿走了，他怎么会交公？

《锁琳琅》里的阿强，是《繁花》的小毛吗？

他是前期的小毛吧，这一代的他们都做工，按笔画说，"工人"两字最简明，其实有他们的复杂性，他们都是因为自己的纱厂"压锭"，倒闭，转换好多岗位，然后做保安、做门房，泥沙俱下的时代，但不妨碍他们被同等层面的女人们重视。

将小毛或阿强从工人阶级的抽象概念里剥出来，傻大黑粗"工人"形象改为更具体的"人"的表达，是怎样生活在大自鸣钟这地方的？

有次王家卫导演问起"上海消失的街区"，也是想了解"大自鸣钟"这类地块吧，我画了一个图加以说明。

所谓"具体的人的表达"，应该是出自这种有个性的上海区域吧，自然形成的居民聚集地，以前上海有不少这种陈旧区，包括董家渡、曹家渡、杨家渡、老北站山西路、老西门等等，是各种工人、低级职员、"社会闲散人员"杂处之地，即使"文革"最轰轰烈烈时候，这些环境仍然保存了旧时代某些气场，更少程度触及所谓的灵魂，冲击或批判度要轻浅许多。比如小说里写"大妹妹"的娘，旧中国时代一度做过纱厂"拿摩温"，后改做其他，没人知道她的"反动经历"，"文革"开始，只要听到锣鼓响，革命年月到处敲锣打鼓，她就躲到床底下，经常吓得屎尿一身，但直到运动结束，这案底都没暴露。小毛和父母都是工人，或许知道她的问题，但处在这样的居住环境，不是楼上楼下都是工人家庭的工人新村，属于含有了特殊地域市民气的工人，因此就不发一言。楼上楼下的这种大城市的、三教九流的居住环境积淀，如不拆的话，按古董来讲，是有"包浆"的，所谓"三观"的五花八门，生存气质可一直联系到民初，除非它拆光，现果然全部拆光了，这些特征也就散去了。

与之相比，就是齐美尔说的话——在小城市里，人人都几乎认识所遇到的每一个人，而且跟每一个人都有积极关系。整齐划一的工人新村就是这种"小城市"，楼上楼下是互相知根知底的各厂工人，这类居住环境，其实是预设的不自然的建筑群，整体安排，就等于森林保护者发现树木生虫，制了一批木盒子鸟窝挂到林子里，引入的鸟种也都经过选择，你希望某一种除虫鸟迁入，就做怎样的鸟窝，是不自然的生态。因此，工人新村一度就是各工厂"积极工人"入住的所在。大妹妹的娘如果住在此地，早就"暴露于光天化日之下"了。

可否调用您的经验，谈谈你熟悉的工人类型吗？

只能凭印象讲了，我熟悉的里弄工厂，有几个大厂来的工人师傅。一个是热血的，回忆1949年，他说"解放了我们就去游行庆祝啊"的那种，为人温和，从不谈所谓"阶级矛盾"等等名堂。另两个也完全是个人主义的师傅，没强烈的政治观念，属于"逍遥派"那种老工人。我小说里有这些师傅的影子。八十年代初一个师傅告诉我，解放前他很有钱，时髦，可以去大世界玩舞女。比如小毛的爸爸，曾是英商电

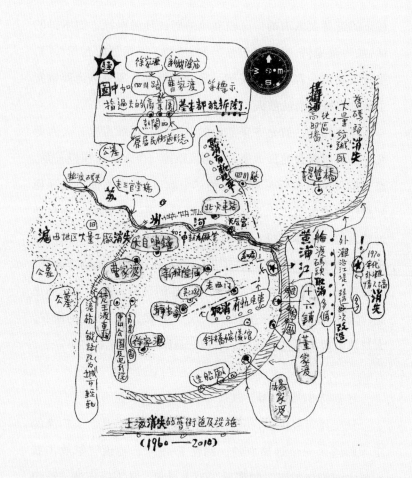

为王家卫导演画示意图 · 2014

车公司工人，过去到处玩，结婚了才改好了。小毛妈妈信教，对他讲：你刚生出来就是有罪的，你要好好赎罪。那时英商电车公司只招男工，售票员"揩油"票款，不给乘客票根。这就看怎么理解了，可以说他们"揩油"，是揩外国资本家的油，是革命的。他们同时又认为，这样的外国公司有保障，等于今天外资企业，家里老婆生小孩、补牙齿、生病所花的费用全报销，待遇很高，据说，老外资本家回国前还故意给他们加一回工资。解放后工资调级，学徒一月十八元，八级老工人的工资高，二百元、三百元都有。

比如小毛妈妈，原型里有我北方务农朋友母亲的影子，原是沪西日本纱厂女工。八十年代我到她家玩，她说旧社会她的收入很高，细纱车间"接纱头"必须年纪轻，眼明手快。她每个月发了工资，就到"大自鸣钟"金店买一个金戒指。她说："小金猜猜看，我当时买了多少金戒指？"我说："猜不出来。""有一绢头包啊。"绢头就是手帕。

在您的小说里，写解放后上海总工会向中央汇报，宏大叙事夹带很多"八卦"。正巧在看一篇《新国家与旧工人：1952年上海私营工厂的民主改革运动》，里面提到聂云台的上海恒丰纱厂有不少湖南人，1929年同是湖南籍的刘少奇，通过这种帮口观念去接触工人。

一般都说上海是年轻小渔村，我眼里它是历史堆叠的老城，任何话题都很老旧很复杂，比如说工人，从来就不是铁板一块那么简单。我写了工人拳师，他懂政治，"文革"开始吩咐徒弟不乱说乱动。拳师看得多了，回忆他师傅的工人传统，上世纪二十、三十年代，上海有多少工人参加青帮，帮会最早操作各种工潮，发动罢工，那时代的工人都有帮，五花八门，各种类型同乡会。记得列宁说"工人阶级无祖国"，我的理解是，工人只凭收入、待遇、技术吃饭，尤其欧洲工人，到哪也是干，没有祖国观念。列宁是欧洲背景，中世纪欧洲民间有名的话是——"'祖国'来了，快跑吧。"因为欧洲历史频繁地分分合合，老百姓恐惧。工人的类别，一直非常复杂，以往我们写作不提这一块，即使到了"文革"，工人之间常也互相揭发，比如某工人和过去资本家厂主"相互勾结"现象——其实不少产业工人和资方就是亲戚，不是勾结是同乡的关系，私交当然不错。意思是光依靠我们以为的阶级分析，仍然是分不明白想不清楚，高级技术工人与外国老板之间不完全是简单的剥削被剥削关系。旧时代工人工会，跟杜月笙来往、跟国民党黄色工会来往，跟资本家老板的关系，跟共产党的关系，错综复杂。上世纪国共合作，共产党被允许入国民党，然后到工人群落搞"工运"，借助帮会和同乡会头子运作呼吁，旧上海总工会主席朱学范拜帮会的"老头子"，在老西门关帝庙内烧香磕头，变成"杜门十二将"……

最近法国哲学家斯蒂格勒谈道：工人和无产阶级其实差别是比较大，包括不少工人的技术、想法、人脉网络都不一样。

"工人阶级"只是大归类，实际还可以分三六九等，一直到十八等，有底层的、苦的——曾经的沪剧《星星之火》对上一代人影响非常大，日本资方杀包身工的事，现在深圳富士康的跳楼自杀又怎样？群体复杂，自主能力强，有革命自觉，有惰性、盲从性，犬牙交错，非技术工人的地位一直最低，里面有多少层的分别？也更容易误导。过去码头工人没技术，因此希望由帮会控制和保护，里外有流氓。在上海，地缘派别里的广东人、宁波人技术工人多，苏北籍工人一般凭劳力吃饭，很多是农民，比如黄包车工人，1930年代的共产党都没办法发动和教育他们，他们只想来上海拉两年车，就回家种地去了，他们最苦受压迫最深，层层盘剥，挣点钱就走。但他们的成分是农民还是工人？马克思说农民阶级是不革命的，而且是保守的，甚至是反动的，这究竟怎么弄。

我过去住的曹杨新村，邻居有不少是非技术工人，文化程度低，所谓立场就是看报看的，每天早上可以捧一本《毛选》坐在大门口看。技术工人聪明，有文化，有个人立场，少部分愿意搞运动，罢工。大部分像小毛的师傅，凭技术吃饭。另外就刚才讲的，当时上海不少的工人和农民阶级更接近，和欧洲不一样。几年前外滩美术馆"农民达·芬奇"那样的，农民也像工人。

今天来看，当年最后的工人都到退休年纪，换句话说，上海承载的工人空间和特点都已经渐渐消失了？

是第三产业发达的原因？我不知道。工人在上海的位置讲，究竟处于怎样的状态才正常？我记得1980年代，在沪西文化宫碰到一个日本研究生，她来上海写论文，题目是《三十年代日资纱厂在沪西的分析》，沪西苏州河非常有工厂历史韵味，南岸是工厂、高级职员宿舍，北岸是以前的贫民窟、工人居住地盘。那时她常去老工人家采访，对沪西工人工厂如数家珍，她有一幅三十年代日文版的《沪西苏州河流域中资日资纱厂分布图》，我很吃惊，觉得日本人的研究精神那么认真。

工人地位曾经一度提到非常高的程度，包括工会作用，因为上海是工人最多的几个历史时代吧，民国时代、计划经济时代，中国大部分商品都由上海工人生产，凭票购买，多么高大上。其实1949年后，工厂包括工人，失去的是自由竞争背景，工厂、工人和产品进入了计划，三者在客观上都是封闭状态，等我1970年代进厂，三者的地位已走下坡路，他们的竞争者，包括农民阶级，就是新兴的农村企业、社办厂跟你竞争，等于现在的老外滩旧金融一条街，真正的核心却移到对面陆家嘴了，两岸怎么较劲？老外滩更多是有象征性意味罢了。"工人地位"是具体说法，肯定是默默无闻了，只能代表了一种旧风景，代表旧时代的那些手表厂、纺织厂、香料厂……上海拆掉那么多的旧厂，这种旧象征就落幕了。

十多年前我参观鼎鼎大名的"海鸥"照相机厂，进去一看，大厂房是空的，只存了一角，二十平方米小工作室。朋友说这是一个老职工承包的，专做老牌"海鸥"镀金方镜照相机，几万平方米的厂，都做房地产了，只剩一小间。

你根本不可能了解整个人生

答《十三邀》许知远问

市民阶层特别敏感，像海底生物一样

您以前考证过这个房子（金宇澄家族在江苏黎里的老宅）是在什么时候修建的吗？

没有，只是在《回望》里边提到过几次。我爸爸说是我的祖父的母亲在这里买的房子，原先是谁住的不知道。祖母告诉我，我祖父的母亲买下这个房子以后，引起了太湖强盗的注意，这个地方离太湖非常近。买了房子后，有一天晚上来了一些人，把家里洗劫一空，因为他们就知道你很有钱。老太太说她住进来以后，天井那边有一个缸，缸里面放着元宝，她说这是我唯一的财产。既然家里没东西，她说就把这个缸给挖出来，一挖出来就发现，这里面根本不是元宝，而是一缸赤链蛇，江南特有的蛇。她当场就哭了，说金家要败了。这个事情我爸爸都不知道。我小时候跟我祖母待的时间比较长，50 年代的时候，我父母都去湖州水泥厂工作。我祖母是在 60 年代过世的，她会告诉我一些过去的事情，时间一长这些东西都变成神话了。

元宝变赤链蛇好像是二十世纪生活的隐喻。您身上的文化记忆或者性格，跟这个镇的关系有多大呢？

关联是肯定有的，我甚至觉得这是一个核心。其他行业我不知道，至少写作者和自己的童年、少年时代是密不可分的。现在中国文坛的作家写的都是这方面的内容，包括沈从文、汪先生（汪曾祺）。我在上海出生，一直是我的祖母带我，所以我受她影响很多，她的影响也和这个房子有关系。我爸爸结婚以后这房子就被放弃了，全家就直接住到上海去了。

1976 年底刚回上海时，这个城市给你最鲜明的冲击是什么？

当时突然大家都到新华书店排队买书了，甚至通宵排队。不管是电车卖票的小姑娘，还是菜场卖菜的，都在看大部头的小说。这实际是"文革"的遗风，"文革"后期因为没东西看而产生了地下阅读。我书里面也写过，闸北区有一个大姐姐，当时大概三十一二岁，她记忆力特别好。那时候也没事干，一帮文艺小青年就跑到她家去，她一边打毛线，一边说"我昨天看的《简·爱》，我现在跟你们讲"。我认为这种复述有自己创造的成分，她能够花三天时间讲一本书，挺精彩的。

那时候你是一个会说书的人吗?

我倒是没有,但是我会听。我最近好像复述过一件事,去年我在微信上看到一个材料,然后我为了这个事情,还特意打电话给上海档案局的一个朋友,要 1970 年上海某派出所的审讯笔录全文。看完以后,简直不敢相信,我发现 1970 年时候的人太可怜了。1970 年,在工人集中的宿舍,两个人有意思,只能写一个纸条,约好明天早晨 7:00 在公用厨房,你做你的事,我做我的事,互相看一眼。过去什么都没有,必须依靠眼神,依靠文字,依靠一个动作来使双方心领神会。这段材料特别珍贵,那个时代立刻回来了。这个女的说我明天要去走亲戚,这个男的就跟在后头,怕两个人一起走路,给工厂里的同事看见。差不多跟到她亲戚家,男的再走掉。在热恋阶段,两个人却不能有肢体接触。那时候没有旅馆,住招待所又要结婚证书,两人是婚外情,到公园,公园里面又有巡逻队。到最后,男的实在没办法,在板壁上挖了一个洞,男的可以把手伸过去,或者女的可以把手伸过来。女的老公长期在外面出差,回来就发现了,发现以后报派出所抓起来。我说我把这些材料找来,把名字虚掉,可以编一本巨著,这就是 1960 到 1970 年上海人的普通情感生活。

因为压抑和封闭而产生的创造力,我们应该用什么心态来面对?其实这背后有巨大的残忍,但又可能构造出新的情感方式。您作为一个创作者怎么理解？

可能我是写作者，我看见稀罕的东西，就想最好能够让大家都看到，能有这些对照来修正我们现在的生活。我们要把过去这些东西保存下来，不要忘记过去。我对文学的理解很简单，文学就是把过去的生活方式、人际关系保存下来。比如《金瓶梅》，如果没有这本书，我们根本就不知道明朝那个时候的那种生活。文学起不了什么大的作用，不能直接推动社会，我个人觉得能够保存过去的东西就是一种推动。

卡尔维诺给巴尔扎克写书评的时候说，巴尔扎克写的所有东西，巴黎的空间，各种感受，人，最后都是要写一座城市，都是要写巴黎。当时《繁花》也给我这种感觉。

实际上这个书我是借鉴了茅盾先生《子夜》的方式。《子夜》的特点就是写各个阶层的人，比如说写资本家，写银行的职员，写贫民窟里的工人，范围比较宽一点。

你这么喜欢观察细节，你觉得上海在九十年代的变化是什么？

我在《繁花》里反映的九十年代这一块，有很多读者不喜欢，但是我想记录下来。九十年代有一天，我被一个朋友拉到金陵东路一家小饭店，这家小饭店是从日本回来的三姐妹开的。我坐下来后就听到这些男女说话，说话的内容让我非常吃惊，比如其中一个人说，你现在怎么样，那女孩子说，我现在被一个日本人包了两年。在市民阶层中，这种问题，在某些环境下，她就可以这么说出来。

开始我也不理解，但是其中有人就说了，这样太好了，像你这样的人，和一个小职员结了婚，不是天天吵架嘛，还要租房子，你跟一个日本人，等于是免费硕博两三年培训，出来腔调就完全不同了，各种高级地方都去过，又有品位，你干吗不去呢？那么我就问那个女孩子了，怎么认识的呢？她说是她的姑妈介绍，我问她姑妈是干吗的，她说她姑妈也是被别人包着。所以那一天的饭局，让我对上海这整个城市的看法完全不同，这种市民阶层的东西真的引起我的注意。

我写了这个书之后，有人就说，哎呀，老金，怎么你写这种东西啊？但是在当年，像这样子去日本的人有很多，它就是城市的历史，特别生动。而且《繁花》的写法被阿城说起来，就是自然主义的写法。我不会从作家的角度来批判什么，批判就让读者来批判，读者都具有批判的能力。所以阿城说得很有道理，他说中国的"五四"以后，自然主义的积淀非常短暂，几乎没有，直接进入了批判现实主义。而法国是因为有一个非常丰厚的自然主义的写作，在这个基础上才产生的批判。那我反过来想，我想在目前这群熟读了批判现实主义小说的读者的层面上，哪怕是自然主义的小说，他作为读者会自个儿去批判。要是作者在书里去批判了、评点了，可能反而写坏了。

还有一个是饭局。九十年代最大的变化就是，等你有了房子，装修了客厅，家里没人来了，都在外头吃，有事没事就吃饭，一直吃到现在都没结束，那是中国人的交往方式。我特别怀念九十年代，那就像是《金瓶梅》里的时代，风平浪静，市民阶层的特性就出来了。我去年和周嘉宁做过一个谈话，她是80后嘛，听着也特别神往。当时上海的黄河路，真是一晚上灯火辉煌，倒也不是说什么花天酒地，而是一种记忆，对这个城市的这种生命力的记忆，非常有趣。

市民阶层就像海底生物一样，特别敏感，一旦海洋的温度到了，就会蓬勃生长，到一定的时候，不对了，立刻偃旗息鼓。上海在我的眼中就是，无论什么时代什么样子，老百姓都可以过，市民阶层非常灵活，但是他内里是不改变的。他对生活的理解，他最希望过什么生活，他有自己一套东西。

九十年代的饭局会有点像李伯元时代的感觉吗？

当然没有，他们更厉害了，他们那个时代真的太厉害了，李伯元太棒了，他写《官场现形记》，还写过一个《南亭笔记》。他写那个年代上海这座城市，特别有意思，集中了大量的神秘人物。那种神秘人物，他在笔记里边灵光一现，当你再想知道什么时，结束了。

《南亭笔记》里写过一个人，咸丰同治年间一个将军，非常有钱，他到上海来玩，化装成一个乞丐，手里托着一沓纸，跪在四马路上。四马路往来都是红尘中人，都是漂亮女孩子，看见女孩来，就给她一张，就像现在电梯门口发小广告。被人骂，他不管，但如果有人拿了这一张纸，打开一看，里面是一张黄金做的叶子。他就这么发，发完就走了。看到这一段，我就特别想看他到底怎么回事，但是下面没了。中国传统写作的魅力就是点到为止，非常特别。

还看过一个清朝的笔记，里头写北京也有这样的事，五六个乞丐聚会，疯疯癫癫的，在一块儿喝茶、聊天，黄昏的时候，来了几辆马车，下来很多用人，什么洗脸盆、手巾，让他们打扮、换衣服，上了马车绝尘而去。也就是这么一段，到底怎么回事，他们干吗要这样，不知道。这种传奇性，这种写法，特别好，也根本不用交代。

我们喜欢这些有点奇怪的故事，是不是因为只有这些真正的怪异里面，才容纳那些异想天开的自由的东西？

一个是自由，因为自个儿做不到，还有一个是因为我们看过太多的东西，口味越来越重，不是说我们猎奇，而是说只有非常耐人琢磨的、有想象力的东西能激起兴奋点。我们的受众跟过去根本不能比的，我们知道太多的东西，你们要做节目也好，我们要写一本书也好，做一个片子也好，真的是非常非常难。

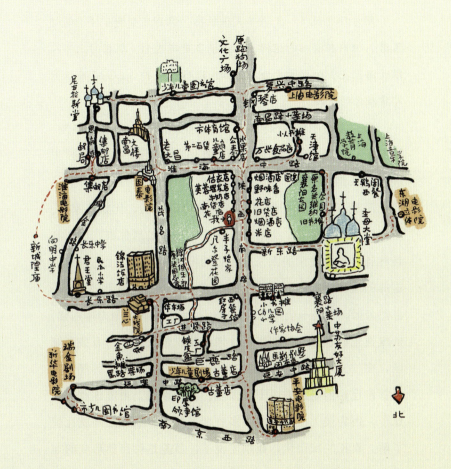

我 · 2020

刚才你也说了，上海市民很敏感，像海底生物一样，起起落落，但内在有他的逻辑，甚至很多是不变的。现在的上海人跟《海上花》时代的上海人，如果进行比较的话，还是有很多非常相像的东西。

尤其是，上海是一个有很多分类的地方，像朝阳新村、工人新村是五十年代之后建的，有很多是因为一个大工厂里头的工人都住一起。像徐汇区的康平路那边，是干部地区。但上海最有味道的一种居住区是自然形成的，比如曹家渡、老西门、大自鸣钟、十六铺，是非常复杂的居住群，里面有各种各样身份复杂的人，是历史的沉淀形成的。上海只有在这样的地区，各种市民阶层的人都混在一起。等于它是一个自然公园，不是一个人造的试验田，所以它的生命力特别强，接地性也特别强，特别丰富。像黄浦、静安这一带有些老城区，在"文革"时代，也没有什么相互举报的事儿，都是自己管自己，但是比方说干部大院、工人新村，可能你就得注意了，因为楼上楼下都差不多一个系统的，相互之间就比较了解。真正的城市化，我刚才说了，就是这种自然形成的非常复杂的区域。我大致只能说到这么一个地步。

这一部分上海，你觉得永远不会消失是吗？

会拆掉，像曹家渡、老西门已经被拆掉了，但是我相信这个东西到了一定时候又会再度形成。王家卫导演有一次问我说，上海和香港有什么不同？我说香港和上海最不同的就是上海经历过翻得底朝天的时代，等于一个旅行袋，内囊都被翻出来，有那么一两年，什么阴暗角落的东西都可以大白于天。这个就是上海和香港最不同的地方。他们说上环有条老街里有一家拍卖行还是什么店铺，上面挂的还是清朝的执照，能保存到这么一个地步，不是说外观上，而是内里都有很多生态被保存下来。当然，上海的自愈能力也很强，这个拉锁到一定程度，慢慢又合拢了。城市就是这样，就像一个森林，破坏了以后，过几年，它又长满了各种植物，又被包裹起来了。城市的魅力就在这种地方，不是一目了然的，那才带劲，对吧？到处都有意想不到的事情。我们要保持这个生态，不能够把它搞得像军事化的生活方式。

小时候我们读冯梦龙的书，吸引我们的那种风尘永远不会消失。

是的。

你刚才说的森林很有意思，九十年代的森林，那些流水的饭局……现在是把饭都打包回家吃了，然后都用微信在群里面交流，你觉得这种对生态有什么影响？

将来说不定真的都成天猫在家里，人越来越麻烦，那没办法了，阻挡不了的。

有一天大家会像现在我们怀念李伯元一样怀念金宇澄，说二十一世纪初有一部小说叫《繁花》，那时候是这样生活的。

是啊，是啊，我说来说去也是一些老套的话，就是怎么才能把你知道的这些非常丰富的东西尽可能地说出来，实际上大量最精彩的内容，肯定是带进棺材的。像《小团圆》，张爱玲差点烧掉了，烧掉就没有了。

如果能碰到张爱玲，想跟她聊什么呢？

那我肯定聊八卦了，我喜欢聊八卦的嘛。我看到《小团圆》真的内心蛮激动的，为什么呢？因为她透露了一些东西。《小团圆》里面说她和胡兰成第一次见了面，两个人挺好的，第二天胡兰成来，问她"你觉得我们俩怎么样"，这里很妙，张爱玲一声不吭，从抽屉里拿出一个信封，信封里都是胡兰成昨天的烟头。这个太震撼了！对一个男人的喜欢到了这么一个独特的地步，大概也只有张爱玲能够做到。

我们都喜欢听八卦。

八卦就是好听嘛，对不对？聊八卦的人的情商都是不一样的，有的人真的就是毫无感觉，但是做这一行的，最好是能够情商高一点。八卦是一个人的天性，所以一想到八卦，我就充满希望，因为再怎么掩盖，再怎么企图去人性化，人的本性是永远不会改变的——一方面是千方百计地保护自己的隐私，另一方面就是千方百计地打听别人的隐私，这是人没法改掉的，一千年以前是这样，一千年以后也是这样。

《阿飞正传》的结尾，就是《繁花》的开始

当时在四马路上，李伯元、吴趼人这些人在写小说，办小报，虽然不同于梁启超那类革新类的报纸，但他们也都是在同一条线上，也都是以文字为生的。那么你怎么看待中国文化中两种不同的传统呢？八卦小说这种传统和道德文章这个传统。

两个传统我都非常尊敬。在过去，每一行他们都很认真，有的是要推动社会，有的是要把自己的事情做好，或者有的人是胡作非为，也可以，都是自成一个生态的，你永远不可能说我们这个世界没有细菌，很多东西其实是相互共生的。现在不是共生太少，是已经不知道如何去共生。现在总觉得只能够听我的，容不了别人，不听我的就是别人有问题。或者说表面上我听你的，实际我心里头根本就不听，肚子里面做功夫。

你这么谈传统的重要性，如果放在这么一个文学传统中，到底你个人怎么定义《繁花》在这个传统之中的位置呢？

我在定义它的时候，按现在的小说的标准，可能也是在小说的独特性上。不是说我要去推大家走传统这条路，而是

发现传统这一块已经被大家忘了，所以我试着来做这个事看看。我并没有特别推崇方言，或者特别要推传统文学，不是的。我就觉得这些过去的细节，这些过去的表达方式，文字那么精炼，又那么出彩，为什么不用呢？包括你看包天笑、周瘦鹃这些人的东西，这种腔调现在都没有了。

《繁花》马上被翻译成各种语言，你是不是对它的翻译结果基本上不抱期望？

我不懂外语，法语版现在是和伽利玛合作，但现在还没翻完。我听一个法国的华侨朋友说，法语非常丰富，所以他从小就教育小孩，说话写作时不能反复用同一个词，而《繁花》里头一会儿一个"不响"，一会儿一个"不响"，法语怎么翻译？我说这个我就没办法了。

另外就是台湾有一个朋友叫詹宏志，有一回一本正经地跟我说，台湾的年轻人对这种半文半白的语言肯定是有障碍的，你这本书一定要做译本，比如日本，一定要给最好的出版社，因为译本可以过滤掉你的方言，你的半文半白，会过滤成非常流畅的口语。但是这本书除了语言的特点，还有很多丰富的故事，里面都是八卦，说不定比中文本卖得还好，詹宏志这么跟我说。后来那个出版社是日本的早川书房，现在他们刚刚开始做。我跟你说老实话，我是根本就不管了，我真心的想法，华文读者能看，我就非常满足，因为我这个完全就是给华文读者看的。所以到底这本书外文版会怎么样，还是未知数。

你说是给华文读者看的，能卖这么多，是不是你也很意外？

当然意外的，非常意外。我原来以为我的书可能就是我这一代人会看，后来发现其实有很多 80 后、90 后的读者，倒是蛮高兴的。我也问过他们，为什么会看这个，他们说主要是因为"你让我们了解了上代人的事情"，他们的好奇在这里。还有一个可能因为我是上海的男人，他们想看一个上海男人怎么来谈男女问题，和女作家肯定不大一样。

上海的男人尤其暧昧，是吗？

对，就这种暧昧呢，实际也是因为上海的妇女地位非常高，它是历史的作用。《繁花》里面都谈到嘛，台湾人问我，大陆女人尤其你们上海女人，怎么可以跟老公说反问句。我说什么叫反问句。比如说"袜子在哪里，你不会自己想吗？我昨天不是已经告诉你了吗？你还要我说一遍吗"，台湾是不可以的。

那现在回想起来，有没有你觉得还想修正的缺陷，或者想去改善的？

凭我本能的感觉，我觉得我已经到家了，已经结束了，我的事情已经完成了。人的范围非常小，就像福克纳讲的，就是邮票大小的一块地方，我曾经在这一小块地方绞尽脑汁，超常发挥。这种超常发挥就像我们现在做对话一样，如果每天要直播，你会在一个什么状态下？你就会变成一个很疯狂的人，成天就在考虑这个事。每天都要来一场，所以我觉得我已经没有办法再增加东西了，就算修订，也是不重要的细节了。

怀念那种疯狂吗？

当然，我一直觉得是天作之合，上海的天气，五月六月七月，对写作来说是最好的。我每天早晨天蒙蒙亮起来写两三个钟头，写完之后贴到网上，然后吃早餐，或者去上班，中午打开一看，底下有很多人开始议论了，我就开始想明天我要干吗，我成天在焦虑，明天我要做一个什么菜。所以呢，他们再三地说《繁花》什么网络不网络的，实际上，现在的网络小说，就是过去的连载。连载会有很多碰撞，有很多互动。

金庸的小说不都是这么写出来的吗？

对呀，反过来说，现在我们开很多讨论会或者作品朗读会，都是小说已经印好了，我们再来讨论，对创作本身是没有用的，至少对这本书是没有用的。而过去我们文学活动里边的那种沙龙，直接就有利于创作。朋友之间互动很强，我

手 · 2018

今天写一首诗，读给大家听，大家说其中有一句怎么样，我再修改，是有这样一个传统。但是我们现在变成，出版以后大家坐下来聊一会儿。这种讨论对书本身是没有帮助的。

如果说一个出版社，明智一点的话，应该是做这个稿子之前就开讨论会，但作者如果听到的话，他会非常生气，他会觉得"怎么我非要听大家说"。所以我只能谈我自己，我是特别乐意听意见的，我没有那种"哎呀，我是一个思想者"或者什么的，写小说嘛，我们的传统就是听意见，说书先生也是听意见，说书先生一看底下在打瞌睡了，知道这一块糟了。但问题是，现在作者实际和读者之间是没有交流的。

现在是觉得作者怎么可以让人说三道四呢，没这个必要嘛，真正的天才是非常非常少的。《繁花》开头一段陶陶卖大闸蟹，就像话本小说一样，一问一答，标点符号也很简单。结果网上的人看得眼睛都疼了，说求求你，你帮我分一下行，我就不理会，我觉得这个样子没有过，我就要保持这么一个写法。所以刚才说到读者的意见，有时候我会听他的，但不是说一味听他的。我咬紧牙关，最后变成每一节都越来越长，他们也居然能接受。读者和作者这种关系，特别让人怀念，实际我根本不认识他们。

是不是写《繁花》那几个月，某种意义上是自己人生天才闪现的时刻？

那倒也不是，我觉得就像是坐在火车上，火车越开越快，挺过瘾的。写小说的人最难最难的就是，你要找到一种只属于自己的文本性质的东西，并且要有很高的辨识度，这个并不容易，所以这个是我非常幸运的地方。

比如说《繁花》已经到了一个最鼎盛的时候嘛，也很难再有相似的东西诞生了。

对呀，对呀。

你是写完之后就意识到这一点了？

对。王家卫导演跟我说过，他说，老金，你好亏啊，人家可以写七八本书的故事，你一本就给写完了。我不是一个有计划的人，愿意做什么就做什么，要把它做好。有时候想想，你说我最崇拜的这些作家，一生写了那么多东西，我也只不过记住其中的一两部而已，但是我永远会记住。我这种是实用主义，就是说，我是看得很开的一个人。我也不会变成一种机械的写作，因为本来我就是磕磕碰碰的，这一辈子不是顺着一种模式在做。

对王家卫的电影是什么感觉？你一开始就很喜欢他的电影。

我很喜欢他的电影，我在香港说过一句话，我说《阿飞正传》的结尾就是《繁花》的开始。梁朝伟在阁楼上面半夜三更打领带，然后数牌，带着钱，准备出去赌钱，这个就是城市生活才有的场景。城市里头真的有很多这样的人，夜行动物，不是在我们大部分作者的视野里边，而是在市民阶级里边。

上海人把上海带到了香港，王家卫一直在处理"在香港的上海"，如果要处理你书里的这种上海，其中不太好处理的是什么东西呢？

非常复杂。这个问题，我首先说王家卫导演对上海的感情非常深，他五岁离开上海，本来准备全家都去香港，但是他的哥哥和姐姐没能过去。所以王家卫第一次遇到我，就跟我说，你写的就是我哥哥姐姐的故事。他哥哥姐姐也都下过乡，年龄跟我差不多，然后回到那种街道工厂，也是同样的境地。但是这个小说里边有一些内容，在拍摄上还是有难度，现在规定婚外恋不能拍，算三观不正。所以我们的年轻读者已经被培养成对三观不正特别敏感。还有一个最不好的词，叫"渣男"。我特别不喜欢这样的话，人本身是非常复杂的东西，比如说《安娜·卡列尼娜》里的渥伦斯基，按照现在的口吻就是渣男，把这么复杂的人性变化用这么低能的一个词去涵盖，这太简单了。当然这可能因为是在网络上，用这么一个词就可以简单地来定义。但是分析文学作品，或者从事影视这一块，如果也用这个标准的话，真的是太幼稚了。

所以你看，《繁花》里，大家误以为你写的是过去，结果写的是未来，你说是不是？它是几种因素在一起的这种新一轮的单调化。所以我特别喜欢那句话，过去从未消失，它只是还没过去。

这个里边也有对大量信息的一种应急反应，就是说，因为信息太多了，这个也要简单处理一下，那个也要简单处理一下，也许他们是口头这么说，心里边不一定觉得渣男就是一种类型，但这是属于这一代人的方式，他要发声，只能用这种方式来定义一下，求得一种趋同。

另外一点，我对年轻人有信心的是什么呢，我发现越是年轻的人，对很多事情分得越来越细，虽然我们看到有很多粗鲁的地方，比如说用这种简单的名词，但是他们也有他们的长处，个人的爱好都那么地不同，是一种简单里面的新的复杂化。

这两种趋向都是并行的。

对的，因为它是当代教育的一个后果，包括我刚才说的渣男，用简单的定义去解释复杂的事情，作为个人，你无力抗拒，但是我相信，这不会是全部。

那你个人面对这种时代的不可抗力的时候，心里怎么化解的？

就是小说里提到的，不响了，沉默，保持沉默。

你羡慕能够挺身而出的、去反抗的那些人吗?

当然,当然,但是我有时候想想,这种沉默不是我个人的特点,我觉得是人的特点。就是说,因为种种原因,他不发表意见。他不发表意见,不等于他没意见。就像庄子说的一样,他不说话,不代表他不说话,他说了话,并不一定代表他说了话。中国人就是这样。

你根本不可能了解整个人生

你说过最初认识到自己有书写冲动,是因为通信。

是,少年时代,我在上海交了一个朋友,他是一个很特别的人,喜欢读哲学。他没有下乡,我去了东北,和他还通信。信里写北方的大炕是怎么回事,北方的屋顶是什么样子,北方吃的东西和上海怎么个不一样,而且上面还画一些插图。他看了我的信,就说,你可以写小说。这句话对我产生了影响,如果没有人告诉我这句话,可能我不会有这么一个想写东西的念头。

他后来去了美国,又去加拿大做生意。我得了茅盾文学奖后,有一天收到一封信,这封信不是用的标准信封,是装在一个文件袋里边,信一半中文一半英文,祝贺我得了奖,下面一句英文意思是"充分享受你的快乐",但是没有署名。

不写小说的话，你会做什么呢？

我也不知道我会做什么，按照陈丹青的说法，我们这代人那时候都是没头苍蝇一样的，因为当时那么七八年的时间，也没有什么人可以求教，全凭自己的兴趣，用上海人的话说是开无轨电车。

七十年代末、八十年代初，已经出现那种"写作热""文学热"，当时你在那股潮流里，也试着写了一些小说，那时候是什么样的一种心态？

当时所谓的热潮主要是形式上的，大家都知道对文本的要求、对语言的要求、对形式感的要求，因为看了大量的西方小说、法国新小说、"垮掉的一代"，后来还有马尔克斯。我们是一个特别爱模仿的民族，在文学中，这种模仿也起了一定的推动作用。八十年代的文体，虽然很多追求的都是一种翻译腔的西方小说的形式，但是我觉得对中国来说，这个阶段也是必须要经历的。

但是也有一些问题，比如说我现在看的这些稿子里面，一些 80 后、90 后的年轻作者，因为大量地看翻译小说，导致他的文字已经和译文差不多了。把小说里的人名改一下，你会以为是个翻译小说，这确实使得我们的文学产生局限性。"五四"以前，中国最经典的就是文言文，当时这是我们的局限性，等"五四"之后，语言立刻变成白话文以后，中间已经隔断了，等于换一种方式来表达，这种表达又是从西方过来的，你怎么能够作和西方文学对等的创作？说来说去，这是一个有局限性的东西。

什么时候比较清晰地意识到这种局限呢？

我们创作圈的朋友当中，有很多人已经是以西方小说来作为游戏了。比如我说出两个作家的名字，你肯定知道中间是谁，像打扑克牌一样。我就特别烦，有一个人半夜给我打电话来，就是搞这种游戏。这个我一直是不喜欢的，我当然喜欢西方作家，但是到了这么一个地步，口必称这些人的话，怎么做得好？那反过来说，中国文字的魅力，是不是真的被判了死刑，是不是还能够用？

在八十年代那样一个热热闹闹的时代里，你是不是也是一个旁观者的感觉？

也是旁观者，因为我写了几部小说以后就调进《上海文学》杂志社了，就变成编辑了。当然整个小说界的状态我都知道，这对我是有影响的。是什么影响呢？是一个编辑对作者的要求，或者说在很多来稿中发现，这一篇是真的有内容，不是只有形式。这个对我后来写《繁花》是有作用的，因为像《繁花》重归传统的方式，从一个编辑的角度你会觉得很少见。比如鸳鸯蝴蝶派的东西早就被判死刑了，但是我觉得它的文字特别有意思，"五四"之前是它最最兴盛的时代，实际就是像现在网络文学的一部分吧。但是从新文化运动开始，这一块已经被判死刑了。

但是这些已经死亡的词现在拿过来用，我个人觉得比带着翻译腔的文字好看。就是物以稀为贵，翻译腔看得太多了。不是说我要提倡这个，是因为很少人做了。比如说一个人眼眸特别明亮、特别流转，鸳鸯蝴蝶派就是"明眸善睐"，文字上就是好看。

在一个美瞳时代，明眸善睐。那八十年代你有没有特别喜欢的西方作家？

喜欢的很多了，过去像是梅里美、巴尔扎克，法国形式主义小说对我的震动挺大的。只不过我心里面一直觉得，这就是西方人的审美，我始终没有到一种非常迷恋的程度。

那时候会开始读白话小说吗？

过去的白话小说都是"文革"时代读的，包括《海上花》，实际我还没完全看完，《红楼梦》我也没看完，我很惭愧的，有很多人《红楼梦》看了好几遍。

真的有这么多人把《红楼梦》看完吗？我很怀疑。

我这个人是乱翻书的。好像"文革"之后看书反而没有过去那么卖力。"文革"的时候，一本书两三天看完，瞪大眼睛都要看。我记得有一年回上海，最吃香的就是一套卢浮宫的黑白油画照片，在地下流转，里边都是黑糊糊的，一团一团的，现在想想这个黑白的油画照片有什么看头，但当时对书的痴迷就是可以到这个地步。我们那一代人当年都是在这种状态下过来的。真的能买到书了，看书的劲头就没过去大了。

八十年代是一个很有朝气、很饥渴的时代，充满了各种雄心勃勃，尤其在文学这个领域。那时候三十岁的金宇澄有没有那种雄心勃勃的时刻？

我有过一个阶段，天天就在家里头写东西。穿一件大棉袄，吃饭就拿一个锅，吃完了锅就扔在地上。有一天出门，我隔壁老太太是个大夫，好久没见到我，一见我吓一跳，问我怎么瘦成这样了，再这样下去的话，要生病的。后来有一次我看到一期《世界文学》，一翻开，写越南文学专号，我心里就一愣。我注意到这个感觉了，为什么我看到越南文学好像有一种特别失望的感觉，如果是欧美的，或者法国小说专号，或者说英国小说专号，那我就来劲了，但越南文学专号，我一下就……

其实说到这个我是在反思，当时我就想，我所处的这个时代，我们中国作家，包括我们中国最好的作家，可能在西方人的眼里，就像我看到越南文学专号一样。所以那时候我好像一下就放下了。

大概哪一年？

那个时候大概是 1986、1987 年。

那时候憋着在写什么？

憋着写短篇小说。

那时候我记得你已经开始发表作品了吧，在《萌芽》发表最多。

对，在《萌芽》发了好几篇，在《上海文学》也发了，当时是我准备进入《上海文学》杂志社的时候。

正式要进上海文坛的时候。

是的，是的，而且当时真的有一种日新月异的感觉，今天出来一个谁，明天又出来一个谁。那个时候参加一个写作班，有半个月的时间，到浙江宁波一座大山里边，二十几个人，男男女女，每人走的时候要交一篇小说，把人憋坏了，大家每天都在讨论谁谁谁写得好。很多人写不出来，就算了，就去爬山。那个时代压力好大，现在想想真有一点不正常。

那时候你们同代年轻人怎么看待像孙甘露那种语言实验？

他写作当中最重要的一点就是对文本的要求，就是说你要发现一种方式，等于作曲你要有一个调性，这是非常了不起的事情。甘露的小说《访问梦境》是在我们这里发的，我们的老主编周介人犹豫不决，李陀看了坚决要发，那个时代确实推出很多人来，包括甘露这个小说，非常有个性。

创作就是要拉开和别人的距离，必须是一个个人化的东西，但是呢，这种文本的意识不是每一个作者都会有。文学最要紧的就是语言，因为读者首先看到的就是语言，而不是整个内容。至于整个故事，要等看完了之后才知道。

那个时候普遍面临着一种对西方的焦虑，要找到属于中国的声音，或者说，那时候关于地方的声音的概念强烈吗？比如说要找到属于上海的味道。

没有那么清晰的说法，但是大量的乡土文学在八十年代非常兴盛，这和我们作家群体本身的构成是有关系的。像城市文学的写作，要到了 2000 年之后才渐渐开始的。

当时你对乡土的风潮有什么感觉？

关于乡土的写作，确实很丰富，但是说老实话，我是一个非常糊涂的人，我没有去作文学评论或者把文学分界，我都是凭感觉在想一个具体的事情，做编辑也是，就是具体看这个稿子怎么样。

有时候真的是越凭感觉越能抓到。

看一个稿子，判断一个稿子，也是凭感觉，写到位了没有，有什么问题没有。所以后来我不写小说，也是因为长期做编辑，就会有一种很严厉的审视的眼光。写作是要百分之一百鼓励自己的，不能有一点怀疑，如果我一边写小说，一边做编辑的话，晚上写的东西，第二天早晨拿编辑眼光一看，这里也有毛病，那里也有毛病，最后我就不写了。

所以有一些人到最后都彻底脱离编辑行业，去写作了。像苏童他们，之前其实都做过编辑。

那么长一段时间里你做编辑，创作者的角色被压抑，会有焦灼吗？

我后来写过一些，但还是不能满足我，所以《繁花》会一写写那么长，我自己都完全无意识，完全昏睡的。包括我说过好多次，我写《繁花》就是路上遇到一个七十年代时的美女，像老太太一样在马路上卖小孩的衣服，我一下子想到好多好多事情，过去的记忆全部涌现了，挡不住。你经历的东西需要有一个突破口的。所以我有时候觉得大概也只有小说作者可以储存很多负面的东西，一般的人本能地会把这些负能量摘除掉，轻装上阵。但小说作者就像收垃圾一样，什么材料都要。

每天背着这些负能量走路。

我自己没感觉，就是因为碰到了这个人，我一下觉得……倒不是说她怎么会这么落魄，就是突然觉得这么美的一个人，怎么会这么老了。她不认识我，我认识她，我知道她是静安寺当时的美女，就像《西西里的美丽传说》中的玛莲娜一样。这样的事情我比较注意，包括《繁花》里也有一种及时行乐的意思，因为乐不是每天都有的，多么美好的一朵花也不是天天开着。

是不是那种好花不常开的感觉，从小就是你心里的一部分？

倒也不是。我爸爸跟我说过，说"到了七十岁，你就要准备吃苦，七十岁之后你就几乎没有任何希望了"。这个我觉得也是中国文化里不大会谈的问题，但是谈了这个以后，可能对人是一个调整，你可以面对更多的压力，因为你位置放得这么低了嘛。就像谁说的，今天晚上脱下的鞋子，明天能不能穿起来还是个问题。如果一个人能够想到这一步的话，我觉得挺好的，就是说知道自己的这种临时性。

那你现在想到哪一步了？

我现在经常会这么想的，所以会比较平静。

其实我老是一个人面对世界，对黏稠的人和人的关系，我一直很好奇，那东西是怎么回事。

那说明你和我一样，都是想知道这些人和事情、人的关系——每天这窗子关起来，窗子里面到底发生了什么。

我的观点是，首先一个前提，你根本不可能了解整个人生，你只不过了解你个人那一块。我的写作就是丛林里面的这么几平方米，我不会说大话，不会说我看破人生了，什么都知道了。我根本不知道。城市里面发生了什么，只能够看微信上面爆出的料，某某人怎么回事，只有上帝才知道。所以我不高看文学，真的不高看。比如十八世纪，那个时代是没有信息的时代，特别爱让一个作家来告诉大家家里怎么回事。现在不是那个时代了，现在人们也没有耐心，萨达姆被枪毙，五分钟全世界都知道了。

对，大概五分钟大家都知道，但是大家也都没有心情去感受他死亡之前各种复杂的感觉了。

现在就是所谓快餐式资料，资讯蜂拥而来。跟过去安静的时代大家都坐在壁炉看一大本书，真的是两回事了。

那在一个大家都知道这么多的时代，怎么去做一个写作者？

我只能写我最熟悉的事，我绝对不能跨过界，因为读者藏龙卧虎，他们什么都知道，作者的范围实际是非常小的，作者知道的事情也是非常少的。

花瓶 · 2020

金宇澄回信

到达黎里前，收到通知，"两位今晚不碰头了，明天九点，见面就录吧"，通常会这样安排。翌日一早我走到桥上，看到了许知远在"中金家弄"的廊棚下跟邻居们说话。在这安静的六月小镇上午，当时我们说了些什么都已经忘了，只是感觉愉快，确实多年没见，想到老屋里都是碎砖，让他换下了人字拖，于是他换鞋。

老屋那两把旧椅子是借邻居家的，我记得两人刚坐下来聊的那印象，只是舒服。事后才知，团队的年轻人也都喜欢黎里，喜欢这个上午。这些就是去年遇见时刻的全部印象，漫无边际地聊天、安静的石板路，以及闲逛，人生快事。

后一日，我们是在《上海文学》编辑部聊了一番，然后去附近茂名路"大沪社"（上海建筑师社团），看我的版画展。

团队没有预设这条线路，走出作协大门，他说上海的小马路有趣——外地朋友也都这样说，于是我们走到了附近的进贤路上，我陪王家卫导演也这么走过。

这一带是我小时候的逃学路线，小学生拿一根大铁钉，一边走，一边顺路划墙，也是在这一带，要很多年后我才懂得，这里（尤其进贤路）的房屋布局，是城市自然延伸的难得标本，一部旧建筑的沿革史，这里什么房子都有，都挤在一起，早期农田时代小黑瓦的本地房子，到各时代的洋房、新老弄堂，包括六十年代的公房和各时代违章建筑，共处共享至今。

我曾画过一个彩色俯瞰图，每一种颜色代表一种房型，纸上就出现了小花园那种丰富繁密感，而今的楼盘规划，是大花园规模，公家种花，盘子大，只种差不多的几种花——全国差不多的那种房型。也许只有私家花园、私人小地皮，才会踊跃各类呈现，甚至出现三角形、平行四边形的地皮与房子，出现那种亲近感、密密麻麻个性，也因此谁都不愿吃大锅菜，进贤路即是各式旧建筑的小灶，各种小碟子小碗的遗存。我如果做摄影，兴趣就是拍这些房子的接合部——两种完全不搭的房子，是怎么靠在一起结婚的——两个完全没关系的男女，紧密结合的细节密码是什么。

在我记忆里，进贤路蕴涵的复杂，还在于我写九十年代的"夜东京"小饭店，原型在这条小马路。九十年代时去过此路一朋友家，是简易街面的三楼，底楼即开设各种小店（包括"夜东京"），地基沉降，记得他家三楼地板，鞋子可以从南窗一溜滑向北窗——轮船甲板的那种倾斜度。楼下公用水池里，长年养有几只龟，每天接受邻居的各种洗涤流水，安之若素。在我记忆里，九十年代到现在的三十年中，这条小马路上各种饭店，也是附近这几本文学杂志编辑包括作者的聚集之地，这里开关了多少的小店、寄托了多少人的梦想，只有旧房子知道。

我们顺这条马路走过去，经过狭窄路边的各种小店，然后拐进了 174 弄，迎面，即是小巷子和棚户，与我肩齐的屋檐或居民鸽子笼，弯弯曲曲，回首上方，蓝天下巍峨的花园饭店，我不会相信这里能与经典老锦江、兰心大戏院一箭之遥。它们只是被各种屋檐、晾挂的各式衣裤、瓦片、枇杷树遮挡了。弄内童年时期熟悉的里弄加工厂，当时日夜生产铁皮玩具和铅笔盒，满地彩色马口铁皮，如今早已打扫干净，挂有陌生某公司某牌子，时代都被时间屏蔽了，"有当年照片该多好""当年干吗到这里来"，内心这么嘀咕，在这种肯定和疑惑中，我们走到另一端的弄堂口，巨鹿路口，挂有 393 弄的牌子。

然后我们一路向东，去附近的茂名路 2 号。这是"大沪社"所在地，行程结束于此。这街角建筑，原是 1925 年创立的美商美通汽车行（Bills Motors），即上海最早的汽车品牌 3S 专卖店，基本保留了当年的外立面框架结构，在此地南望两个街区，它与淮海路口著名的国泰电影院、老锦江饭店一路的骑楼（九十年代扩为铺面）以及兰心大戏院，都是褐色泰山砖建筑立面，西班牙伊斯兰摩尔风格，极有辨识度。

最近这几天，《十三邀》编导陈继冲和明慧发信来，望我能写个短文，因此看了涉及本街区的材料，其中有 1947 年的旧地图，等于重建了另一章的城市历史。

这里的密集里弄，有不少是与汽车有关的小厂，可称近代中国汽车文化的摇篮，包括本文提到的美商联合汽车公司。

类别图谱·2015

旁边当年的雷诺车行、马迪新展示图、上海广播电台珍贵资料——美通汽车广播电台、进贤路口宝昌汽车材料行、兰心大戏院附近，也有汽车"样子间"（不止一处的展示厅），包括附近的壳牌加油站，我小学时代熟悉的兰心大戏院对面日夜开工的汽车零件工厂旧貌，路对面就是剧场后门，那么文艺的道具，莎士比亚戏剧的帝王座椅，就是在汽车零件工厂的喧嚣中运走的。旁边迪生百货，1960年同样是我回归的记忆，那是锦江饭店的车库吧，四十年代中国独有的四层立体停车场，六十年代，它附近的长乐路上，停满了国产三轮小卡车，不远的北端，想到了八十年代威海路的"汽车一条街"，这些原来都与茂名路（慕而鸣路）街区有深厚的历史渊源。单从这地图所标的名目，细小文字，这来自纸上的空间，完全是我陌生的另一世界。

因此说，我们那天经过的街区，并不只是我记忆中的历史，我们眼中那些旧房，应存有更苍老的城市记录，这些莫名的空间，频繁接纳了多少流动的画面。多少声音和画面，都消失了，人人都说上海历史太短，尤其是这些远古历史，一旦仅存纸上，几乎就等于消亡。

访谈与回信参考自《十三邀3："我们都在给大问题做注脚"》，广西师范大学出版社，2020年

跋

单调的年月，记忆会更丰富……

洗牌——为求更多更复杂的变化，替换原有的应对顺序。

变动位置，四季也在移行中，声息、光、倒影，切断的瞬间和停顿，一瞥惊鸿。

人与事都不必完整，可以零碎，背道而驰。

不必为一个结构写下去。

对固有的记忆提出的疑义。

凡不必说的，可以沉默。

这都是徘徊已久的想法。

虽然虚构和想象犹自弥漫，难以摆脱——但这种本能，有时真的很糟。

我喜欢这样的开头：

"从前有个人……""事情是这样的……"

我养一条鲷鱼有很多年了，浑身有紫色斑点，属于单独饲养的动物。

　　每次打开鱼缸灯，它就逐渐醒来，灯光驱除了它的睡意，令它重作自省和回忆。

　　有时，它表现出恐惧或愤怒，一如特定时期人们对于环境保持的那种警惕。

　　如果我给它照镜子，它浑身鳞片就现出深色斑纹，有时冲撞鱼缸。

　　原因很多，也许它是：

　　为往事不安。

　　发现变化太大。

　　拒绝自己如此的模样。

　　看见一条陌生的鱼。

　　它在深夜的书桌旁悠游。我点烟的火光一闪,它翻腾起来。

　　　　　　　　　　　　　　　　　　　　作者谨白

我的电脑 · 2015

图书在版编目（CIP）数据

洗牌年代/金宇澄著. -- 上海：上海三联书店, 2021.6（2021.8 重印）

ISBN 978-7-5426-7250-6

Ⅰ.①洗… Ⅱ.①金… Ⅲ.①随笔—作品集—中国—当代 Ⅳ.
① I267.1

中国版本图书馆 CIP 数据核字 (2020) 第 224139 号

洗牌年代

金宇澄 著

责任编辑 / 宋寅悦
特约编辑 / 黄平丽　黄盼盼
装帧设计 / 张　卉
插　　图 / 金宇澄
内文制作 / 李丹华
责任校对 / 张大伟
责任印制 / 姚　军

出版发行 / 上海三联书店
　　　　　（200030）上海市漕溪北路331号A座6楼
邮购电话 / 021-22895540
印　　刷 / 山东韵杰文化科技有限公司

版　　次 / 2021 年 6 月第 1 版
印　　次 / 2021 年 8 月第 2 次印刷
开　　本 / 850mm×1168mm　1/32
字　　数 / 200千字
图　　片 / 43幅
印　　张 / 11.25
书　　号 / ISBN　978-7-5426-7250-6/I・1671
定　　价 / 69.00元

如发现印装质量问题，影响阅读，请与印刷厂联系：0533-8510898

雪泥银灯

淮国旧

长乐路

拿摩温

新闸桥上，西风里是匆匆不绝的归人

莫干山路，有人拉京胡

绿豆烧

笋烧肉

老沙发

麦乳精　　　　估衣店　　　　被头橱

打马蹄铁

黄梅天

酱肉

灯火平生

中央商场

合欢